세계 최고의 암살자, 이세계 귀족으로 전생하다
The world's best assassin,
To reincarnate in a different world aristocrat
츠키요 루이 일러스트 레이아

† 타르트
루그의 전속 메이드이자
암살 조수. 자신을 거둬 준
루그에게 의존하는 경향이
있다.
† 마하
루그가 만든 화장품
브랜드의 대표 대리.
자금과 물자의 원조,
정보 수집 등으로
루그를 백업한다.
† 디아
이웃 나라의 귀족 영애.
마법 재능으로는
인류 최고 클래스.

† 키안
루그의 부친. 암살 귀족 중
역대 최강. 애처가의 얼굴과
냉철한 암살자의 얼굴을
가졌다.
† 루그
신동이라고 불리는
암살 귀족의 장남.
전생하기 전에는 세계 최고의
암살자였다. 그 지식과 경험을
마법과 조합해 나간다.
† 에스리
루그의 모친. 아들을
끔찍이 예뻐한다.
평소에는 나긋나긋하지만
머리 회전이 빠르다.

# Contents

The world's best assassin,
to reincarnate in a different world aristocrat

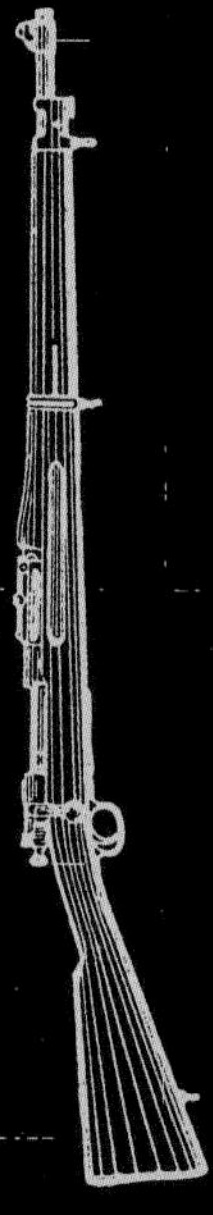

The world's best assassin,
To reincarnate in a different world aristocrat

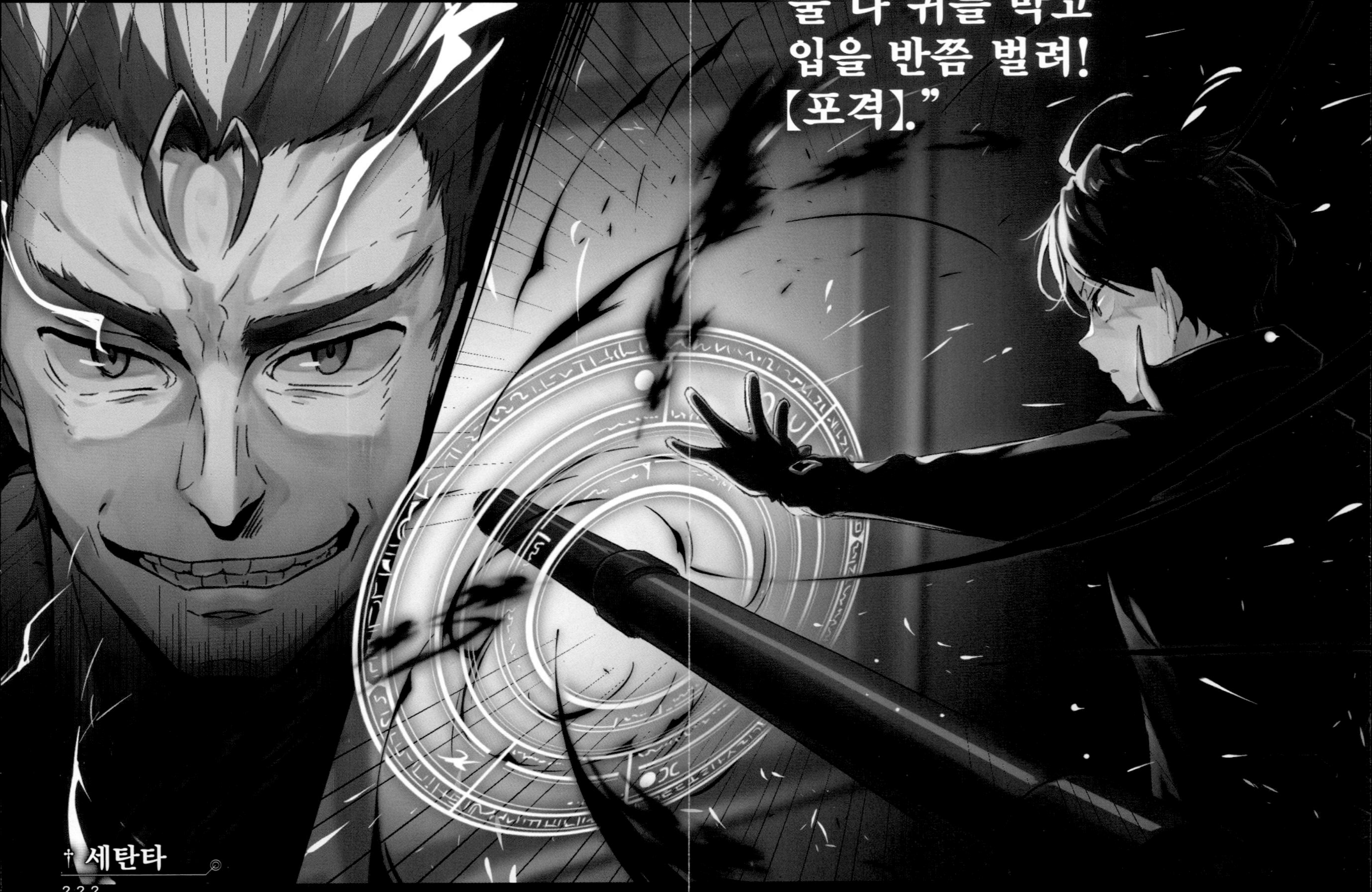
"둘 다 귀를 막고
입을 반쯤 벌려!
【포격】."
† 세탄타
???

# 세계 최고의 암살자, 이세계 귀족으로 전생하다

*The world's best assassin,*
To reincarnate in a different world aristocrat

츠키요 루이
일러스트 레이아
옮긴이 송재희

Prologue

# 프롤로그 — 암살자는 전생한다

The world's best assassin, to reincarnate in a different world aristocrat

여객기 시트에 깊이 앉아 있었다.

해외에서 일을 끝내고 일본으로 귀환하는 중이었다.

암살자는 픽션 속에만 존재한다.

대다수의 사람들에게는 그것이 상식이리라.

하지만 냉정히 생각해 봤으면 좋겠다.

암살보다 효율적이고 신속하게 적을 제거하는 방법은 없고, 돈과 권력을 가진 자일수록 제거하고 싶은 적은 많다.

수요가 있으면 공급이 있는 법이라…… 나 같은 암살자가 존재한다.

"마지막 일도 평소처럼 끝났군."

그 암살자 일도 오늘부로 은퇴다.

세계 최고의 암살자라고 불리며 한 나라의 대통령조차 「병사」시킨 나도 어쩔 수 없이 노화했다.

다음 일도 정해져 있다.

예전에 암살자에게 필요한 기술을 배웠던 시설에서 교원이 된다.

암살자를 교육하려면 고도의 전문적인 기

술이 요구된다.

그런 기술이 있는 인재는 흔하지 않았다.

앞으로는 재능 있는 아이들을 길러서 나 같은 암살자를 만들어 내려했다.

……하지만 유감스럽게도 그 이야기는 나를 방심시키기 위해 날조한 이야기였던 모양이다.

폭발음과 함께 여객기가 크게 흔들리더니 점점 고도가 떨어졌다.

"다 쓴 도구를 입막음을 위해 처분하는 건 이해하지만, 단 한 명을 죽이려고 이렇게까지 하다니. ……그런대로 높게 평가받고 있었던 모양이군."

다시금 늙었다고 생각했다. 이런 사태를 예측하지 못하다니.

일어나 패닉에 빠진 승무원들을 제치고 소리가 난 곳으로 달려갔다.

조종실 문을 해킹하고 안으로 들어갔다. ……여기까지 오는 동안 방해하는 자도 있었지만 모두 잠재웠다.

조종실에 들어가 보니 기장과 부조종사의 머리가 날아가 있었다.

그것뿐이라면 그나마 괜찮다.

암살자에게는 다종다양한 능력이 요구된다. 여객기 조종 정도는 할 수 있다.

……기장과 부조종사의 머리와 함께 조종 콘솔이 폭파되지 않았다면 말이다.

"지금까지 누군가의 목숨을 많이도 끝장내 왔지. 언젠가는 내 차례가 올 거라고 생각했다. 하지만 이렇게까지 호화로운 무덤을 준비했을 줄이야."

눈을 감았다.

어떤 상황에서도 살아남을 가능성이 0.01%라도 있다면 최선을 다한다. 그것이 내 방침이다.

온갖 경험과 지식을 총동원하여 최선의 방법을 찾았다.

……할 수 있는 일은 있다. 여객기를 구하기는 어렵지만 나 혼자 살아남는 것은 가능하다.

"생각보다 빨라. 확실하게 사전 준비를 해 뒀군. ……곤란한걸."

창밖에 미사일을 실은 전투기가 다가와 있었다.

현재 여객기는 시가지 상공을 날고 있다.

이대로 가면 여객기가 시가지에 추락하여 다대한 피해를 내게 된다. 그러기 전에 가루로 만들어 버리려는 것이다.

계산상으로는 도착하기까지 앞으로 10분쯤은 더 걸릴 터였지만 뒤에서 미리 손을 쓴 듯했다.

미사일이 발사됐다.

아쉽다. 그저 추락할 뿐이라면 아직 방도는 있었는데.

공대공 미사일, AIM-92. 이런 여객기는 파편조차 남지 않는다.

……분하다.

조직의 도구로서 감정을 죽이고 그저 충실하게 명령을 수행해 왔는데 배신당했다.

죽으라고 하면 그 사명조차 완수할 정도의 충성심이 있었다.

그 충성심이 짓밟히자 처음으로 조직과 자신의 인생에 회의가 들었다.

만약 다음 인생이 있다면 누군가의 도구가 아니라 자신을 위해 살자.

이 기술과 지식과 경험을 나를 위해 쓴다면 분명…….

그렇게 바라며 최후의 1초까지 살아남기 위해 필요한 수단을 취해 나갔다.

◇

눈을 뜨자 신전이었다.

굳이 따지자면 파르테논 신전과 비슷했다. 돌로 만들어진 낡고 하얀 신전.

그 상황에서 살아났을 리는 없다. 아까 그건 꿈인가?

"아뇨, 틀렸어요. 조금 전까지 현실이었어요. 당신은 세계 최고의 암살자면서 멍청하게도 암살당했죠. 픕, 키득키득."

머리가 하얗고 마찬가지로 하얀 관두의(貫頭衣)를 입은 여성이 미소 지었다. 아니, 머리카락과 옷만 하얀 게 아니었다. 피부도 눈동자도 모든 것이 하얬고 무엇보다 아름다웠다.

온갖 요소가 황금비로 만들어져 너무나도 완벽하여 인간에서 벗어난 존재.

그러면서도 그 전부를 망치는 스스럼없는 어조는 뭘까.

"……흠, 여러 가지로 설명을 들을 수 있을까?"

"죽은 당신의 영혼을 불러왔어요. 참고로 저는 여신이에요. 에헴."

"여신은 일일이 죽은 자를 불러와 담소하나? 죽는 사람의 수를 감안하면 신은 별처럼 많거나 한가롭나 보군. ……아니면 날 부른 특별한 의미가 있나?"

"마지막 게 정답이에요. 보통은 찌든 영혼을 후딱 표백하고 재활용하죠. 저희도 한가하진 않거든요."

아까부터 여신의 표정근 움직임, 목소리 억양, 발한 등의 요소로 진위를 확인하고자 했지만 부자연스러우리만큼 너무나 자연스러웠다. 마치 내가 읽으려 하는 포인트를 알고서 연기하고 있는 듯하여 불쾌했다.

비슷한 일을 나도 할 수 있지만 이렇게까지 완벽하게는 못 한다. 사람에게는 불가능한 영역이었다.

그 사실이 적어도 눈앞에 있는 존재가 인간은 아니라는 확신을 주었다.

"그럼 날 왜 불렀는지 이유를 들어 보지."

"똑똑하네요. 당신에게는 선택지가 있어요. 영혼이 표백되어 자신이 모르는 누군가로 다시 태어나는 것. 혹은 제 의뢰를 받는 대신 지식과 경험을 남기고 다른 세계에서 전생하는 것."

전자는 그건 이미 내가 아니라 다른 사람이다.

후자라면 어떤 의미에서 이 인생이 계속된다고 할 수 있다. 매력적인 이야기였다.

사람을 죽이는 도구로 살다가 최후에는 주인에게 배신당해 목숨을 잃었기에 마지막 순간에 후회하고 말았다. 그것을 다시 시작할 수 있다.

다만 왜 나를 택했는지를 생각하면 의뢰 내용은 뻔했다. 별로 탐탁지 않았다.

"의뢰라는 건 누군가를 죽이길 바라는 건가?"

"긴말하지 않아도 돼서 편하네요. 역시 제가 고른 영혼이에요. 검과 마법의 세계에서 용사를 암살해 주세요. 기한은 당신이 태어나고 18년 후까지."

"검과 마법의 세계? 용사? 그건 공상의 존재가 아닌가."

물어봄과 동시에 그 세계의 정보가 머릿속에 흘러들었다.

세계의 구조, 마법이란 것의 정의, 그 시대의 문화, 기술 수준, 용사에 관해.

……그렇군, 내가 있던 세계와는 다른 세계다.

"용사는 영웅이잖아? 왜 죽여야 하지?"

"16년 후, 용사는 마왕을 쓰러뜨리고 세계를 구한 다음, 힘을 사리사욕을 채우는 데 이용하여 세계를 대혼란에 빠뜨려요. 마왕보다도 가차 없이, 적확하게. 그리고 18년 후에는 세계가 멸망해 버리죠. 그러니 쓱싹 죽여 주세요."

"용사는 마왕을 쓰러뜨린 후에는 필요 없다는 건가."

왠지 친근감이 들었다.

"딱히 말썽 부리지 않는다면 내버려 두지만, 그 녀석이 저지르는 일은 허용 범위를 넘어선단 말이에요. 뿌우!"

마법이라는 기술이 존재하고, 일부 인간의 신체 능력은 내가 살던 세계를 능가하는 세계.

기술 수준은 중세와 근세의 중간쯤이고 마법이 몹시 발달했다.

그곳에서 오로지 용사를 죽이기 위해 전생하는 것인가.

"마왕을 죽인 용사가 불필요해져서 처분한다. 그럼 이번에는 용사를 죽인 내가 불필요해지는 것 아닌가?"

"말썽 부리지 않으면 내버려 둔다고 했잖아요. 그리고 당신에게 그럴 만한 힘은 없고, 그런 힘을 줄 수 있었으면 처음부터 당신을 고르지 않았을 거예요."

여신은 내 턱을 건드리고서 요염하게 미소 지었다.

"암살자를 고른 이유는 인간의 틀 안에서 용사를 죽일 수 있는 것이, 전사도 기사도 마법사도 아닌 암살자뿐이기 때문이에요."

"그럼 난 규격을 벗어난 괴물을 규격 내의 평범한 인간인 채로 죽여야 한다는 건가."

조금 전에 받은 세계의 정보에 그 이유가 있었다.

이 세계에 태어나는 인간의 성능에는 한계가 있다.

용사는 한계를 크게 돌파한 존재로, 태어났을 때부터 압도적으로 뛰어난 존재다.

그리고 여신은 용사 이외에 특례를 만들 수 없으며, 용사는 동시에 한 명만 존재할 수 있다.

용사가 폭주하면 막을 수 있는 자는 없다. 「전투」로는 누구도 용사를 당해 낼 수 없다.

그렇기에 「암살」하려는 것이다.

"용사라는 녀석이 얼마나 괴물인지는 이해했어. 그 이해를 바탕으로 말하지. 죽이는 건 가능해. 단, 인간이라는 틀의 상한에 가까운 성능은 필요해."

"응, 그 부분은 협력할게요. 인간의 틀 내에서 이론상 최강 스펙…… 그리고 원래는 무작위로 부여되는 스킬을 고를 수 있게 해 줄게요."

무수한 스킬이 뇌리에 떠올랐다.

검과 마법의 세계에서 사람은 태어날 때 최대 다섯 가지 스킬을 무작위로 부여받는다.

별처럼 많은 스킬 중에서 원하는 스킬을 고를 수 있는 것은 큰 강점이다.

강력한 스킬을 고를 수 있을 뿐만 아니라 적절히 조합하여 큰 힘을 발휘할 수 있다.

"스킬을 골라 주지는 않는 건가?"

"자잘하게 생각하는 데 서툴러서요. 작은 힘을 요리조리 궁리하다니, 생각만 해도 소름이 돋네요. ……사흘 드릴 테니 공부해서 고르세요. 제 의뢰를 받으실 거라면 말이죠."

"그 전에 몇 가지 묻고 싶군. 내가 받은 정보에 의하면 여신은 세계에 과도하게 간섭할 수 없는 것 같은데, 다른 세계에서 나를 전생시키는 건 과도한 간섭에 해당하지 않는 건가?"

"네, 세이프예요. 마침 영혼이 부족하여 다른 세계에서 보충했고, 우연히 영혼 표백이 덜 돼서 기억과 지식이 남아 버렸고, 우연히 고성능 신체에, 우연히 강한 스킬이 걸렸을 뿐이에요. 뭐, 그런 틀 내에서는 아무리 발버둥 쳐도 「보통」은 이길 수 없지만 말이죠.”

어디까지나 통상적인 규칙 내에서, 있을 수 있는 범위를 벗어나지 않으며 해치우라는 뜻이었다.

“다음. 18년 이내에 죽이라고 했는데, 준비가 되는 대로 처리해도 되는 건가?”

“아, 그건 안 돼요. 적어도 용사가 마왕을 죽일 때까지 기다려 주세요. 마왕은 용사가 아니면 못 죽여서, 그 전에 용사를 죽이면 세계가 멸망해 버려요.”

“다음 질문. ……나와 비슷한 미끼에 낚여 전생하는 영혼은 얼마나 있지?”

나만이 용사를 암살하기 위해 기억을 가지고서 전생한다고는 생각하기 어렵다.

내가 여신이라면 수족은 많이 준비한다. 조금이라도 확률을 올리기 위해.

“흐응, 역시 이름난 암살자. 착안점이 좋네요……. 대답은 제로. 적어도 지금은 당신뿐이에요. 아무리 제가 신이어도 우연을 여럿 일으킬 수는 없으니까요.”

「지금」은 나뿐인가.

“마지막으로. 당신은 세계를 구하길 바라는 건가? 아니면 용사를 죽이길 바라는 건가? ……만약 전자라면, 용사를 죽이지 않고 세계를 구할 수 있을 시 그래도 되겠지."

"물론 세계를 구하고 싶은 거예요. 예, 용사를 죽이지 않고 세계를 구할 수 있다면 그래도 돼요. ……가능하다면 말이죠."

여신은 의미심장하게 웃었다.

"알겠어. 받아들이지. 나는 검과 마법의 세계에서 전생하겠어. 한 가지 희망 사항이 있어. 전생할 곳은 그런대로 유복한 집안이었으면 해. 기술과 몸을 단련할 수 있는 환경이 필요해."

"아아, 그거라면 걱정하지 않으셔도 돼요. 왜냐하면 세계에서 제일가는 암살자 가문에서 전생할 테니까요. 암살 귀족 투아하데 가문의 후계자로요. 그런고로 열심히 고민하여 인간의 틀 내에서 최강이 돼 주세요. 스킬이 정해지면 전생시켜 드릴게요."

여신이 사라지고 나는 웃었다.

다시 태어나서도 암살하게 될 줄이야.

다음이 있다면 자신을 위해 살자고 맹세했는데 초장부터 누군가의 도구가 되다니 얄궂은 일이다. ……하지만 불평할 생각은 없다.

18년이라는 유예가 있고, 끝났을 터인 인생을 단 한 번의 살인으로 이어갈 수 있으니까.

나는 이번에야말로 자신의 뜻대로 살며 행복이라는 것을 찾아 손에 넣을 것이다.

Episode1
제1화
암살자는 스킬을 고른다
The world's best assassin, to reincarnate in a different world aristocrat

머릿속에 떠오른 모든 스킬을 확인하는 작업에 하루를 썼다.

스킬뿐만 아니라 전생할 세계가 어떤 곳인지를 깊이 이해할 필요가 있었기 때문이다.

스킬의 수가 매우 많았다. 12만3851개.

검과 마법의 세계에서 사람은 태어나며 스킬을 받는다. 유용하다고 여겨지지 않는 스킬도 많았다. 【동물 울음소리 흉내】【접시 닦기】【옷 빨리 갈아입기】【여장】 등도 있었다.

S, A, B, C, D까지 다섯 랭크가 존재하고, 각각 하나씩 얻을 가능성이 있다.

S: 1억분의 1의 확률

A: 100만분의 1의 확률

B: 1만분의 1의 확률

C: 100분의 1의 확률

D: 1분의 1의 확률

모든 랭크에 얻을 수 있을지 없을지에 대한 판정이 있기에 이론상으로는 모든 랭크의 스킬을 입수할 수 있다. 하지만 애초에 S랭크 획득 확률이 1억분의 1이고, 모든 스킬을 얻을 확률은…….

1/100,000,000,000,000,000,000이 된다.

스킬을 고를 권리를 준 것은 매우 고마웠다. 대부분의 인간은 D랭크 하나니까.

기본적인 방침은 가장 강력한 S랭크 스킬을 고르고 다른 스킬은 S랭크 스킬을 빛내기 위한 서포트 스킬로 고르면 될 것이다.

“1억분의 1인만큼 S랭크는 강력한 스킬들이 모여 있군.”

S랭크 스킬은 가지고만 있어도 영웅이 되는 힘이다.

예를 들면…….

【마검 소환】.

사용자의 역량에 따른 마검을 소환하여 사역할 수 있다.

……얼핏 보면 밋밋한 스킬이지만 소환되는 마검의 성능이 엄청났다. 한 번 휘두르기만 해도 산 하나는 간단히 쪼갤 수 있다.

【성투기(聖鬪氣)】.

성스러운 황금빛 기운을 휘감아 공격력·방어력·속도가 대폭으로 상승한다.

……상승 폭이 압도적이었다. 이 스킬만 있으면 어린아이도 맨손으로 전차를 파괴할 수 있을 것이다. 범용성이 매우 높으니, 무엇을 고를지 고민된다면 이걸 고르면 된다.

【예속 각인】.

상대의 이마에 접촉해 각인을 새겨서 상대를 지배한다.

……절대복종하는 수족을 얼마든지 만들 수 있다. 단, 각인을 새

길 때 마력 저항 판정이 있어서 술자가 상대보다 뛰어난 마력을 가지고 있어야만 했다.

【마물 생성】.

온갖 재료로 마물을 만들어 사역한다.

……주로 시체나 마석을 조합하여 마음대로 마물 군단을 만들 수 있다. 제법 상상력이 자극되는 스킬이다.

이것들은 일례에 불과하고 수십 개의 S랭크 스킬이 존재했다.

스킬을 고를 때 중시해야 하는 것은 첫째로 화력 확보다. 용사는 규격을 크게 벗어난 존재라서 무방비한 상태에서도 웬만한 화력으로는 상처를 입힐 수 없다. 최소한 「상대가 무방비한 상태일 때 급소에 최대 화력을 때려 박으면 죽일 수 있는 위력」이 필요하다.

둘째로 범용성과 응용성. 용사를 죽이려 들면 얼마든지 예상치 못한 사태가 일어날 수 있다. 범용성과 응용성이 없으면 커버할 수 없다.

그것들을 고려하여 고른 스킬은…….

"【초회복】. 이것밖에 없어."

S랭크: 【초회복】.

체력·마력·자기 치유력 등, 온갖 회복력이 상승한다. 초기 배율 100배. 숙련도에 따라 회복률이 상승.

……일견 별거 없어 보이지만 최후에 살아남는 것은 계속 달릴 수 있는 자다. 이 세계의 탄환인 마력을 계속 보충할 수 있는 것도 매력적이고 상처나 질병에도 강하다.

게다가 수면 시간도 잠깐이면 된다. 체력 회복이 빠르면 그만큼 단련할 수 있고, 이 세계의 규칙을 생각하면 회복력은 무엇보다 강력한 무기가 된다.

여신에게 정보를 받지 않았다면 이 스킬을 고르지 않았을 것이다.

"A랭크는 이것 외에 있을 수 없어."

A랭크: 【식을 짜는 자】.

마법을 만들어 낼 수 있다.

……전생할 세계에서 마법은 신이 준 것으로, 신이 만든 약 100개의 마법을 사용할 수 있을 뿐이다.

하지만 이 스킬이 있으면 새로운 마법을 만들어 낼 수 있다.

그것은 무한한 가능성이 손에 들어옴을 의미했다.

내가 가진 화학이 발달한 세계의 지식을 가장 잘 살릴 수 있는 스킬이다.

"【초회복】을 고른 시점에 B랭크 스킬도 정해진 샘이지."

B랭크: 【성장 한계 돌파】.

온갖 성장 한계가 사라진다.

……강력해 보이지만 이 스킬만으로는 아무런 의미도 없기에 B랭크다. 보통은 한계를 돌파할 수 있어도 아무 의미가 없었다. 검과 마법의 세계에서는 일평생 단련해도 한계에 도달할 일이 없기 때문이다.

하지만 나는 【초회복】을 이용해 끝없는 체력으로 수련할 수 있기에 이 스킬이 빛난다.

C랭크는 범용성을 중시하여 【체술】을 골랐다.

【체술】의 재능과 보정을 얻는다.

……【검술】이나 【창술】과 비교하면 효과는 뒤떨어지지만 암살자는 온갖 무기를 구사한다. 상승 폭이 커도 특정 무기에 의존하는 스킬은 필요 없다.

"이게 D랭크인 걸 보면 신은 안목이 없는 것 아닐까?"

그리고 D랭크는 재미있는 스킬을 골랐다. 강한 스킬이라고는 할 수 없으나 사용법에 따라 판이해진다.

얼핏 보면 흔해 빠진 밋밋한 능력이지만 비장의 패가 되리라고 확신한다.

◇

스킬 외에도 마력 속성을 정해야 했다.

이 세계에서는 땅·불·바람·물이라는 기본 4속성에 희소 속성인 빛과 어둠을 더한 6속성 중 하나, 드물게 두 가지 속성을 가지고 태어난다.

마법은 신이 준 것.

각 속성을 반복하여 사용하면 새로운 마법이 머릿속에 떠올라서 쓸 수 있게 된다.

나는 모든 속성을 골랐다.

희소 속성은 쓸 수 없고, 사용할 수 있는 것은 기본 4속성. 그리고 단점이 있었다.

많은 속성을 쓸 수 있는 만큼 숙달 속도가 반감된다.

"숙달 속도가 절반이라면 두 배로 연습하면 돼. 회복력이 100배라면 그리 고생스럽진 않겠지."

숙달 속도가 반절이 되는 단점보다 4속성을 쓸 수 있다는 이점을 택했다.

이틀 만에 스킬과 마력 속성을 결정했지만 아직 여신을 부를 생각은 없었다.

남은 하루 동안 재고찰하자. 더 좋은 조합이 발견될지도 모른다.

◇

하루 동안 고민했지만 결국 어제 고른 다섯 가지 스킬로 결정했다.

【초회복】과 【성장 한계 돌파】로 기본 능력을 상승시키고 【체술】로 움직임을 예리하게 만든다.

전 속성 마법을 사용해 【식을 짜는 자】의 힘으로 마법을 만들어서 패를 늘리고 최후의 스킬을 비장의 카드로 삼는다.

암살자로서의 기술과 경험을 가진 내게 이 이상의 조합은 없다고 단언할 수 있었다.

여신이 모습을 드러냈다.

"만족스러운 조합을 찾은 모양이군요."

"음, 이 이상의 조합은 찾을 수 없었어."

“흐응, S랭크로서는 밋밋한 【초회복】. A랭크도 크게 대단해 보이지 않네요. D랭크에 이르러서는 이런 스킬이 있다는 것도 잊고 있었어요……. 정말 인간은 재밌어요.”

“비아냥인가?”

“칭찬하는 거예요. 평범하게 알기 쉬운 강한 스킬들만 골라서는 용사처럼 제한 없이 스킬을 서른 개나 가진 괴물을 이길 수 없으니까요.”

용사는 애초에 신체 능력과 마력부터 규격을 벗어났고, S랭크와 A랭크 스킬 서른 개를 가지고 태어난다. 그중 최소한 다섯 개는 S랭크가 된다고 전달받은 지식에 있었다.

S랭크 스킬이 비정상적으로 강하다는 것은 잘 알고 있다.

확실히 「전투」로는 아무리 발버둥 쳐도 이길 방도가 없다.

하지만 꾸준히 단련하고 꼼꼼히 준비하면 암살은 가능하리라.

……나는 S랭크와 A랭크 스킬 서른 개가 최대한의 시너지를 낳는 용사를 죽일 것을 염두에 두고서 스킬을 골랐으니까.

“자, 전생입니다. 지금 가진 지식과 인격 그대로 갓난아기가 되는 것이니 힘들겠지만, 뭐, 참아 주세요. 암살 귀족 투아하데 가문이라면 심심하진 않겠죠. 엄마도 미인이에요. 젓 빨 때 망측한 표정 짓지 마세요! 엄마가 질색할 거예요. 그리고 충고하는데 어린아이가 그런 말투를 쓰면 사람들이 기분 나쁘게 여길 테니 지금부터 고치는 편이 좋을 거예요.”

내 대답도 기다리지 않고서 여신이 손가락을 튕겼다.

몸이 빛의 입자로 바뀌어 갔다.

나는 이제부터 새롭게 태어난다.

암살 귀족 투아하데 가문이 최소한 필요한 영양소 취득과 단련 시간을 확보할 수 있는 환경을 지녔기를 기도하자.

Episode2

# 제2화 암살자는 가훈과 암살 귀족의 법도를 배운다

The world's best assassin, to reincarnate in a different world aristocrat

누군가가 내 몸을 닦고 부드러운 천으로 전신을 감쌌다.

몸을 움직이려고 했지만 생각대로 힘이 들어가지 않았다.

눈을 뜨자 시야가 몹시 뿌옜다.

점점 초점이 맞았다.

은색 머리카락을 가진 예쁜 여성이 시야에 들어왔고 나는 그녀에게 안겨 있었다.

아까부터 빨리 울리지 않으면 위험하다며 여성이 등을 세차게 때리고 있었다.

근질근질했다. 그 충동을 따라 나는 크게 울음을 터뜨렸다.

그런 나를 여성이 끌어안았다.

"우리 귀여운 루그."

흠, 내 이름은 루그인 모양이다.

목도 가눌 수 없기에 주위를 둘러볼 수는 없었지만 모친인 듯한 인물의 건강 상태와 포대기, 시야에 보이는 가구들을 통해 유복한 집안에 태어났다고 추측할 수 있었다.

말을 이해할 수 있는 것은 여신에게 받은 정

보 덕분인가?

타이밍 좋게 여신의 목소리가 머릿속에 울렸다.

『상황 확인을 위해 오늘만 특별히 서비스한 거예요. 말은 제대로 배우세요.』

발소리가 들리고 몇 명이 방에 들어왔다.

"무사히 태어났나, 에스리."

"네, 키안. 건강한 남자아이예요. ……키안, 이 아이도 투아하데로 키울 건가요?"

"이 나라에는 투아하데가 필요해. 암살로만 제거할 수 있는 병터가 있어."

"……저는 싫어요. 이 아이까지 루흐처럼 잃는 게 무서워요."

"그렇게 되지 않도록 강하게 키울 거야. 잘못을 반복하지 않겠어. 나도 자식을 두 번이나 잃고 싶지 않아."

엄격하고 단호한 음성이지만 그 말의 이면에는 희미한 온기가 있었다.

추측하건대 루흐는 내 형이나 누나고 투아하데의 가업으로 목숨을 잃었다.

위험한 일을 하는 집안에 태어난 것은 나쁘기만 한 것은 아니다.

전생에 암살자로서 익힌 기술과 지식은 인간의 틀을 넘지 않는 신체 능력으로 마력이 없는 상대를 죽이기 위한 것일 뿐이다.

하지만 암살 귀족 투아하데 가문에는 마력을 가진 상대를 죽이기 위한 노하우가 있을 테고 그것은 내가 가장 원하는 것이었다.

게다가 귀족이라면 유복할 테니 단련에 필요한 환경과 시간을 확보하기 쉽다.

"키안을 따를게요. 하지만 이 아이까지 잃게 되면 저는 더 이상 이 집에는……."

"약속하지. 루그는 죽지 않아."

어머니는 나를 안은 채 눈앞에서 아버지와 키스했다.

그것이 끝나자 이번에는 두 사람이 내 뺨에 키스했다.

……암살 귀족으로 태어난다고 듣고 부모의 사랑은 기대하지 않았다. 그런데 설마 이렇게 제대로 된 부모일 줄이야.

철이 들었을 때부터 조직에서 자랐던 내게 애정이란 것은 작전의 도구일 뿐이었다.

하지만 부모가 서로에게, 그리고 내게 보내는 애정은 왠지 간지러워서…… 숭고한 진짜 사랑이라는 생각이 들었다.

이곳에서는 나도 사랑을 배울 수 있을지 모른다.

암살에는 필요 없는 감정이다. 하지만 도구가 아니라 사람으로 살려면 필요한 것이었다.

◇

전생하고 벌써 5년이 지났다.

유아의 몸으로는 언어와 문화를 습득하는 데 시간이 걸려서 제대로 배울 수 있게 되기까지 2년이나 걸리고 말았다. 그래도 평범한 아이와 비교하면 매우 빠르지만.

덕분에 부모도 하인들도 신동이라고 떠들었다. 처음에는 섬뜩하게 느끼지 않도록 성장 속도를 억제하려고 했지만, 아무리 빨리 배워도 주위 사람들이 순진하게 기뻐해서 자중하지 않았다.

하지만 말하는 방식이나 행동만큼은 어린아이답게 굴었다.

부모가 바라는 이상적인 아이를 연기하여 쾌적한 환경을 유지하기 위함이기도 했고…… 놀랍게도 내가 부모를 좋아하게 됐기 때문이었다.

다섯 살이 되자 할 수 있는 일이 늘었다.

【초회복】의 혜택이 컸다.

어린 몸은 쉽게 지치지만 금방 회복되기에 활동 시간이 길었고, 근육 재생도 빨라서 단련한 결과가 빠르게 피드백되었다. 또래와는 비교할 수 없을 만큼 힘이 있었다.

지금은 서재에 들어와 있었다. 귀족 중에서도 특히 많은 기록을 남기고, 게다가 전 세계에서 서책을 모으는 투아하데의 서재에는 매력적인 정보가 많았다.

"투아하데, 상상 이상으로 어둠이 깊어."

암살 귀족 투아하데 가문은 대륙의 4대 국가 중 하나인 알반 왕국의 남작가다.

남작은 귀족 중에서는 밑에서부터 세는 게 더 빠른 신분으로 넓은 영지를 가지고 있지는 않았다.

하지만 투아하데는 유복한 가문이었다.

표면적으로는 알반 왕국 제일의 의술 명가로, 왕족이나 대귀족의 의뢰를 받아 온 나라를 돌아다니며 뛰어난 기술로 치료를 행해 고액의 보수를 얻고 있고 쓸 만한 인맥도 만들고 있다.

그리고 배후에서는 왕족과 어떤 공작가의 의뢰만으로 움직이는 암살 일을 하고 있었다.

국가에 불이익이 되는 요소를 암살이라는 수단으로 제거한다.

생과 사. 양쪽을 지배하여 남작가면서도 강한 발언권과 재산을 가지고 있었다.

"……우리 집안은 조상 대대로 우수해. 토사구팽당하지 않고 7대나 암살 가업을 이어오고 있으니 말이야."

그것은 곧 투아하데의 이면이 공개되면 그것만으로도 나라가 뒤집힘을 의미했다.

비밀을 지키기 위해 언제 국가로부터 버려져도 이상하지 않았다. 대책은 필요하리라.

"오늘은 이쯤 할까."

책을 덮자 문을 노크하는 소리가 들렸다.

"루그 님, 주인어른께서 부르십니다."

벌써 시간이 그렇게 됐나.

투아하데에서는 유아기부터 뇌를 활성화시키기 위한 교육, 정기적인 신체 능력 파악과 그에 맞춘 강도의 운동에, 마력을 쓰는 훈련 등을 더해 지극히 합리적인 교육을 진행했다.

하지만 다섯 살이 되자 본격적인 훈련이 시작되면서 단숨에 허들이 올라갔다. 오늘도 아버지의 기술을 훔치자. 아버지로부터 얻는 것은 많다.

◇

오늘은 지하에 있는 시설을 쓰는 듯했다. 출입이 금지된 곳이었다.

"루그, 지금부터 우리 투아하데의 뛰어난 의료 기술과 암살 기술의 비밀을 밝힐 거다. 그 전에 투아하데의 가훈을 말해 보아라."

"투아하데의 기술은 오직 알반 왕국의 번영을 위해서만 씁니다."

"투아하데의 의술은 왜 국가에 도움이 되지?"

"뛰어난 자가 죽지 않도록 하기 때문입니다."

"맞다. 우리는 뭔가를 만들어 내지는 못해. 하지만 뛰어난 자를 살리면 살아난 자가 이 나라를 더욱 좋게 만들지. 그럼 투아하데의 암살술은 왜 필요하지?"

"국가의 병을 제거하기 위해 필요합니다. 병이 되는 자를 조기에 잘라 내서 피해를 억제합니다."

수없이 아버지에게 들은 투아하데의 신념을 막힘없이 대답했다.

국가에 유익한 자를 살리고 해가 되는 자를 죽인다. 투아하데는 생사를 조종하여 국가를 번영시켜 왔다.

"맞다. 만약 욕심에 미친 귀족이 반란을 일으키면 설령 진압되더라도 큰 상흔이 남는다. 이 나라의 백성들끼리 서로를 죽이게 되기 때문이다. 하지만 우리라면 미연에 방지할 수 있다. ……법으로 심판할 수 없는 교활한 너구리도 암살로부터 도망칠 수는 없어."

투아하데의 칼날은 주로 자국의 귀족에게 향한다.

이 나라는 귀족의 권력이 세다. 귀족들은 그 권력으로 법의 심판을 요리조리 피해서 왕족도 마음대로 손대지 못했다. ……그런 그들도 투아하데의 칼로 물리적으로 죽여 버리면 권력 따위 관계없이 처분된다.

그러기 위해 필요한 힘을 지금부터 배운다.

"루그, 어떤 무술이든 궁극적으로는 의학을 흉내 내게 된단다."

"그렇겠죠. 사람을 효율적으로 망가뜨리려면 인체를 알아야 하니까요."

인체의 구조를 이해함으로써 자신의 몸을 적확하게 움직이고, 인체의 취약성을 찌름으로써 효율적으로 사람을 망가뜨리는 방법이 바로 무술이다.

"내가 보기에 무술가들의 기술은 애들 장난에 불과해. 인체를 너무나도 몰라. 하지만 투아하데는 다르지. 진정으로 인체를 이해하기에 누구보다도 사람을 잘 죽일 수 있는 것이다. 세상에서 가장 사람을 효율적으로 죽일 수 있는 것은 의사야."

지하를 나아가자 거대한 감옥이 있었고 붙잡혀 있는 사람들이 있었다.

"저들은 우리 영지와 타 영지에서 데려온 사형수로 우리 투아하데의 교재이기도 하다."

"죽여도 상관없는 인간이란 거군요. 이렇게 편리한 교재는 없겠네요. 의술 샘플로도 쓸 수 있고 살인 연습에도 쓸 수 있어요."

투아하데의 평가가 더 오른다. 의술이 발전하고 암살자로서 힘을 더하는 것이다.

해체하고, 고치고, 망가뜨리고, 죽이는 것만큼 치료법과 살해법을 배우는 데 효율적인 방법은 없다.

전생 세계의 의사들이 들으면 어쩌면 부러워하리라.

그들은 신약이나 새로운 수술을 시험하고 싶어도 모르모트 등으로 대체할 수밖에 없다.

만약 의사들이 인간을 마음껏 교재로 삼을 수 있었다면 의술은 수백 년 후 수준으로 진보했을 지도 모른다.

"……너는 놀라지 않는구나. 내가 다섯 살에 여기 왔을 때는 공포를 느꼈고 인도적인 관점에서 아버지를 비판했어."

"저항감은 들지만 논리적으로 생각하면 납득이 가요."

"역시 재능이 있어. 다섯 살에 그만한 지성과 논리적 사고를 가지고 있다니. 장래가 기대되는구나. 기념할 만한 지하에서의 첫 수업은 살해 수업이다. 다섯 명쯤 죽이거라. 단검을 주마. 수단은 네게 맡길 테니 마음대로 죽이면 돼. 상대는 근이완제를 먹어서 저항하지 못해. ……마지막 질문이다. 이 살인에 무슨 의미가 있지?"

움직이지 못하는 상대를 그저 죽인다. 다섯 살 아이여도 단검을 쓰면 할 수 있는 일이다.

효율적인 살해법을 실전으로 배울 수 있겠지만 그것만으로는 대답이 약하다.

“살인에 익숙해지기 위해? 실제로 암살할 때 망설이지 않도록 많이 죽여서 연습해 두는 거죠.”

“정답이다. 사람은 사람을 죽이는 데 지독한 저항감을 느끼지. 그 저항감이 얼마나 강한지, 목숨이 오가는 전쟁터에 나간 병사가 적병의 숨통을 끊는 것을 망설일 정도야. 군부의 아는 사람에게 듣자 하니, 처음 전쟁에 나가 망설이지 않고 사람을 죽일 수 있는 자는 세 명 중 한 명이라더군. ……망설여서 죽은 자도 많아.”

“이해했어요. 저는 실전에서 망설이지 않게 지금부터 살인에 익숙해지겠어요.”

즉시 아버지가 안내해 준 방에서 움직이지 못하는 사형수에게 다가갔다.

“죽이기 전에 질문이 있어요.”

“말해 보아라.”

“왜 살인을 주저하도록 키우셨죠? 어머니가 읽어 주신 그림책에서 생명은 고귀하다고 했고, 아버지는 제게 이웃에 대한 사랑을 가르치셨어요. ……살인에 방해되는 감정이에요.”

전생에 조직은 인간의 생명 따위 무가치하다고 가르쳤다. 그렇기에 나는 사람을 죽이는 것을 망설이지 않았고 죄악감을 느끼지도 않았다.

하지만 투아하데 가문은 건실하고 건전한 마음을 키우려고 했다.

그것은 전생의 내가 가지지 않았던 것으로 이 세계에서 얻은 것이었다.

그러나 그것이 내 속의 칼날을 무디게 만들고 있다는 느낌도 들었다.

“평범한 인간의 가치관을 가지고 있어야 타인의 마음을 깊이 읽을 수 있다. 인간다움은 암살에 필요한 무기야. 그리고 우리는 도구가 아니라 인간이다. 명령받은 대로 죽이는 것이 아니라 국가에 도움이 되는지 판단하고 납득한 다음에 죽이는 것이다. 그걸 잊어선 안 돼. 마음을 가진 채 해야 할 일을 하는 암살자로 나는 널 키우고 있다.”

“지금은 반은 알겠고 반은 모르겠어요. ……그러니까 계속 생각할게요.”

마음을 둔화시키는 온기를 가진 채 강해진다.

이 변화는 분명 기쁜 일이리라.

나는 첫 번째 인생과 달리 도구가 아니라 사람으로서 사는 것이니까.

그럼 할 일을 하자.

사람을 죽이는 데 망설이는 것도 죄악감이 드는 것도 처음이다.

하지만 도망치진 않겠다.

이것은 루그 투아하데로서 살아가기 위해 필요한 의식이니까.

Episode3

# 제3화 암살자는 눈동자를 손에 넣는다

The world's best assassin, to reincarnate in a different world aristocrat

일곱 살이 됐다.

아버지의 훈련과 【초회복】과 자율 연습 덕분에 신체 능력은 더욱 향상되었다.

아버지는 의료 지식을 살려 빈번히 내 몸을 조사했고 【초회복】의 존재를 눈치채서 최근에는 【초회복】을 전제로 내 몸을 만들고 있었다.

오늘은 사냥 훈련으로 영지에 있는 산을 탐색 중이다.

식량 확보를 겸한 훈련이었다. 산을 뛰어다니며 체력과 민첩성을 단련하고, 사냥감을 잡으면서 기척을 지우는 법과 추적 능력, 일격에 생명을 빼앗는 기술을 갈고닦는다.

야생 동물은 인간보다 기척에 훨씬 예민하다. 야생 동물의 허를 찔러 일격에 죽일 수 있다면 인간을 암살하는 것쯤은 쉽다.

인간의 손길이 거의 닿지 않은 산에는 길이 없고 풀이 무성하여 걷기도 힘들었다.

주행 루트를 선정하고, 사냥감이 남긴 약간의 흔적도 놓치지 않도록 주의 깊게 관찰했다.

"오늘 사냥감은 정해졌네."

토끼의 분변을 찾았다. 그것도 오래되지 않았다. 풀숲을 헤쳐 나간 흔적과 발자국이 남아 있었다.

알반의 토끼, 아르테 토끼는 대형견 크기로 배불리 먹을 수 있다.

나무들 사이를 고속으로 빠져나갔다.

마력을 휘감아 신체 능력을 강화하여 바람이 되었다.

아직 마법은 쓸 수 없지만 마력 사용법은 배웠다.

도중부터는 나뭇가지에서 나뭇가지로 뛰며 움직였다.

가지를 발판으로 삼으면 부러져 버리지만, 발을 디디는 순간에 마력으로 덮으면 가지는 부러지지 않는다.

좋은 느낌이었다. 숨 쉬듯 마력을 조종할 수 있었다.

사냥감을 찾았다. 약 30m 앞에 거대 토끼가 참마를 파내 먹고 있었다.

내 쪽으로 바람이 불고 있어서 냄새는 전달되지 않겠지만 토끼는 귀가 좋아서 금방 접근을 눈치챈다. 이 이상은 다가갈 수 없다.

기척을 지우며 다리로 나뭇가지에 매달리고, 등에 메고 있던 활을 당겼다.

특별히 제작한 활시위는 거한도 당길 수 없을 만큼 강하고 팽팽했다. 신체 능력 강화가 사용의 전제인 활이었다.

화살이 날아갔다. ……쏜 순간에 명중을 확신했다.

노린 대로 일격에 머리를 꿰뚫어 즉사.

"좋아, 이걸로 오전 과제는 달성이네."

나무에서 뛰어내려 거대 토끼의 피를 빼고 해체한 뒤, 나무껍질로 감싸 등에 멘 바구니에 넣었다.

겸사겸사 나무 열매와 산나물, 버섯을 모으며 집으로 돌아갔다.

◇

"루그, 오늘은 엄마가 요리할게."

"사냥감을 가지고 돌아온 날은 제가 요리한다고 약속했잖아요. 어머니는 앉아 계세요."

저택에 돌아온 나는 주방에서 즉시 오늘의 사냥감을 이용한 점심을 만들고 있었다.

직접 요리하는 이유는 맛있는 음식을 먹기 위해서이기도 했고 강한 몸을 만들기 위해서이기도 했다.

강인한 육체를 만들려면 영양학을 이해하고 식사에도 신경을 써야 한다.

운동선수는 어릴 때부터 전속 영양사가 붙어서 철저한 식사 관리를 받아 강한 몸을 손에 넣는다.

아무리 투아하데 가문이 대단해도 영양학에 관한 지식은 적었다.

그래서 며칠에 한 번은 직접 요리를 만들어 부족한 영양소를 섭취하고 있었다.

평소에는 어머니의 말을 가능한 한 순순히 듣지만 오늘은 양보할 수 없었다. 식사 관리의 효과가 크게 나타나는 것은 몸이 만들어지기 전까지니까.

강한 몸을 얻는 것이 최우선이다. 아무리 기술을 몸에 익혀도 마지막에는 피지컬이 좌우한다.

"우우우우우우."

어머니가 알기 쉽게 뺨을 부풀리며 토라져서 어떻게 할까 곤란해하고 있으니 아버지가 나타났다.

"에스리, 루그에게 맡기도록 해. 투아하데의 기술 습득도 빠르지만 요리를 배우는 것도 빨라. 이상한 음식은 만들지 않을 거야. 에스리가 잘 가르친 덕분이겠지."

"완성될 요리가 불안하진 않아요. 분명 맛있겠죠. 루그가 요리를 잘하는 건 엄마로서 자랑스럽지만, 잇달아 멋진 아이디어를 내니까 엄마의 체면이 안 서요."

뚱한 눈으로 어머니가 나를 바라보았다.

"어머니, 그건 과찬이에요. 제 요리는 아직 어머니만 못한걸요."

"호오, 요리 재능뿐만 아니라 인사치레의 재능도 있나."

"아아, 키안, 너무해요!"

행복한 가족 풍경이었다.

어머니는 항상 이렇고, 아버지도 일과 훈련 시 외에는 부드러운 표정을 보여 주었다.

……냉철한 암살자의 모습은 조금도 보여 주지 않았다. 그것 또한 일류 암살자라는 증거였다.

사냥감을 죽이는 순간까지 경계시키지 않는다. 보통은 오히려 살갑고 경계심이 들지 않는 인물상을 연기한다. 다만 아버지는 순수

하게 애처가이고 아들을 예뻐하는 것 같기도 했다.

나는 크림 스튜를 만들고 있었다.

닭고기처럼 담백한 토끼 고기는 진한 간이 잘 어울린다. 맛의 결정타는 말린 버섯으로 직접 만든 향긋한 육수와 아침에 짠 염소젖과 그걸 사용한 버터였다.

버섯과 뿌리채소와 염소젖, 거기에 토끼 고기를 듬뿍 넣은 스튜는 성장에 필요한 영양소를 단번에 섭취할 수 있다는 점에서도 완벽했다.

"역시 루그가 만들어 준 솥은 편리해요. 농후한 맛이 스며든 스튜를 몇십 분 만에 만들 수 있다니. 마법 같아요. 지금까지 스튜를 만들려고 몇 시간씩 고생했었는데 말이에요."

"압력솥은 마법이 아니에요. 서재에 있는 책을 읽고 만들어 봤을 뿐인걸요."

압력솥의 원리는 단순하다. 기체나 액체가 빠져나가지 못하게 밀봉하고 가열하여 대기 압력 이상의 압력을 가하는 것이라 만들기 어렵지 않았다.

"하지만 제가 보기에는 마법이에요."

"역시 루그는 머리가 좋아. 압력이란 개념과 그것이 만들어 내는 현상은 나도 알고 있지만, 그걸 요리에 활용한다는 발상은 하지 못했어. 유연한 발상은 암살자에게 필요한 덕목이지."

……우리 부모님은 팔불출이라 무슨 일만 하면 칭찬해서 낯간지러웠다.

그러는 사이에 희고 걸쭉한 크림 스튜가 완성됐다.

작년에 잔뜩 구입하여 키우기 시작한 염소가 젖이 잘 나와서 젖과 버터를 듬뿍 쓸 수 있게 되었기에 단골 메뉴가 된 요리였다.

“아버지, 어머니, 앉으세요. 점심 먹죠.”

이렇게 단란한 가족 식사가 시작된다.

◇

투아하데 가문은 귀족치고 드물게 어머니나 내가 요리를 만들었다. 어머니가 요리를 좋아하기 때문이다.

2년쯤 전, 어머니에게 나도 요리를 하고 싶다고 하자 매우 기뻐하며 가르쳐 주셨다. ……하지만 최근에는 아들에게 추월당할 수는 없다며 이상한 대항 의식을 불태우고 있었다.

아들인 내가 말하기도 뭐하지만 무척 젊고 귀여운 사람이었다.

다만 도를 넘은 어린애 취급만큼은 좀 참아 줬으면 좋겠다. 요전번에는 오랜만에 엄마 젖 먹지 않겠냐고 해서 기겁했다.

요리를 차렸다.

토끼 고기와 버섯이 듬뿍 들어간 크림 스튜에 샐러드와 빵.

귀족의 식탁치고는 소박했다. 이것도 투아하데의 일상으로, 빵과 메인 요리, 거기에 반찬과 샐러드, 수프로 구성될 때가 많다. 가끔 디저트가 더해지는 날도 있다.

“역시 루그의 특제 스튜는 훌륭해요. 이런 요리를 생각해 내다니, 루그는 천재일지도 몰라요."

"나도 그렇게 생각해. 이런 스튜는 왕도에서도 볼 수 없어. 장사하면 떼돈을 벌 거야."

"어머니랑 아버지가 유난이신 거예요. 그렇게 공들인 요리도 아닌걸요."

"루그는 너무 겸손해요. 그렇지! 올해 수확제에 영민들에게 베풀어요! 분명 다들 기뻐할 거예요!"

"음, 난 찬성이야. 이 요리라면 모든 영민에게 베풀어도 수확제 예산 내에서 해결할 수 있어. 그리고 우리 영지의 명물로 삼는 거야. 명물이라면 이 영지의 백성들이 사랑하는 것이어야지."

아들에게 깜빡 죽는 아버지의 모습을 보면 「이 사람은 정말로 암살 귀족 투아하데의 가주인가?」 하는 생각이 들 때가 있다.

하지만 싫지 않았다. 이 사람들에게 사랑받는 아들로서 행동하는 것이 고되지 않았다.

그리고 두 번째 인생에서는 첫 번째 세계와 비교도 안 될 만큼 식사가 즐거웠다.

전생에도 요리는 그런대로 잘했다. 사냥감이 있는 파티장에 잠입할 때 요리사라는 직업은 편리해서 자주 썼고, 필요했기에 기능과 자격을 손에 넣었다.

당시 만들었던 요리도, 연구를 위해 먹었던 요리도 이 크림 스튜보다 맛은 더 뛰어났을 것이다.

그래도 오늘 먹는 크림 스튜가 더 맛있었다. 첫 번째 인생에서는 몰랐던 감정 덕분이리라.

◇

식사가 끝나자 어머니가 그릇을 들고서 주방으로 갔다.

요리를 만들지 않은 사람이 식사 정리를 하는 것이 우리 집안의 규칙이었다.

아버지가 진지한 얼굴로 내 몸을 진찰했다. 아버지는 일주일에 한 번, 오후 훈련 전에 내 몸이 얼마나 성장했는지 확인하고 그 결과를 바탕으로 훈련 내용을 정하고 있었다.

"이만큼 자랐다면 시술이 가능하겠어. 루그, 투아하데의 마안을 주마."

마른침을 꿀꺽 삼켰다.

마침내 받는가. 서재에 있는 자료로 그 존재에 대해서는 알고 있었다.

내 머리카락은 어머니에게 물려받은 은발이지만 눈은 아버지와도 어머니와도 닮지 않았다. 어머니는 선명한 파란색 눈이고 아버지는 회색 눈인데 내 눈은 검은색이었다.

아버지가 후천적으로 검은색 눈에서 회색 눈이 되었기 때문이다.

그것이 바로 투아하데의 마안이었다.

수백 명의 사형수를 이용한 인체 실험 끝에 완성된 특별한 눈을 부여하는 수술.

마력을 사용하는 수술로 몹시 난이도가 높지만 성공하면 고성능 눈을 얻을 수 있다.

"아버지, 부탁드릴게요."

"무서운가?"

"아뇨, 아버지의 실력을 믿어요."

그랬다. 이렇게 가족끼리 단란하게 지낼 때는 자상한 팔불출이지만, 투아하데로서 행동할 때의 아버지는 진짜 프로임을 알고 있었다.

"안심해라. 확실한 성공을 약속하마."

아버지는 이미 투아하데 가주로서 그곳에 있었다.

그 모습의 아버지에게 실패는 없을 것이다.

◇

얼굴에 붕대가 감겨서 눈앞이 캄캄했다.

내가 잠든 사이에 수술은 끝났다.

【초회복】 덕분에 이제 붕대를 풀어도 될 만큼 회복됐다고 아버지가 판단했다.

아버지가 붕대를 풀었고, 눈을 뜬 나는 시야의 변화에 깜짝 놀랐다.

시력이 강화되어 있었다. 그저 멀리 있는 것이 보이게 됐을 뿐만이 아니라, 움직이는 물체를 포착하는 동체 시력, 원근감을 관장하는 심시력이 모두 강화되었다.

그리고 마력이 보이게 되었다. 통상적으로 마력은 눈에 보이지 않고 막연하게 느끼는 것이다.

그런데 내 몸에서 용솟음치는 마력이 희미하게 보였다. 그것을 한 점에 모아 보니 마력의 움직임을 이해할 수 있었다.

상대의 마력 흐름이 보이면 초동을 간파하고 빠르게 대응할 수 있다.

반칙이라고도 할 수 있는 눈이었다.

다만 너무 많은 것이 보여서 단숨에 늘어난 정보량을 뇌가 따라가지 못하고 비명을 질렀다.

얼마간 고생하면 【초회복】과 【성장 한계 돌파】의 힘으로 정보를 버틸 수 있게 뇌가 성장하리라.

"아버지, 잘 보여요."

"안심했다. 조만간 이 기술도 가르쳐 주마. 언젠가 네가 자기 자식에게 행할 테니."

"네, 반드시 계승하겠어요."

3대 전의 가주가 만들어 낸 비술.

투아하데 가문의 비밀 중에서도 정상급 비밀이라고 할 수 있었다.

"그리고 좋은 소식이 있다. 네가 줄곧 바라던 일을 마침내 이루어 줄 수 있게 됐어."

"설마 마법 스승님을 찾은 건가요?!"

학수고대하던 일이었다. 마법은 스승이 없으면 배울 수 없다.

가르치는 측에게 특수한 소양이 필요하기에 아버지도 어머니도 가르칠 수 없었다. 그렇기에 마력을 다루는 것에는 익숙해졌어도 마법은 쓸 수 없었다.

【식을 짜는 자】로 마법을 만들 수 있는 나는 빨리 마법을 배워서 다루고 싶었다.

"음, 다음 주에 선생님이 올 거다. 한동안은 손님맞이 준비에 전념해라."

마법, 원래 세계에는 없던 힘. 용사를 죽이려면 마법이 열쇠가 될 것이다.

하지만 그 이상으로 순수하게 흥미가 있었다. 마법을 배우는 것이 참을 수 없이 기대되었다.

Episode4

# 제4화 암살자는 마법을 배운다

The world's best assassin, to reincarnate in a different world aristocrat

어머니는 여러모로 별난 사람이다.

귀족인데 요리를 좋아하고, 그 요리도 호화찬란한 것보다 가정 요리가 특기였다.

사치에도 별로 관심이 없어서 보석류나 드레스도 최소한으로만 가지고 있었다.

표면적인 직업상 투아하데 가문에 산더미처럼 밀려드는 다과회나 파티 초대장도 가능한 한 피했다.

심지어 옷까지 만들었다.

"이 옷, 루그에게 잘 어울릴 거예요."

"……하하, 확실히 귀엽지만, 여자애 옷 같고, 움직이기 불편하지 않을까요."

묘하게 나풀나풀하고 장식이 과한 옷을 내게 들이밀었다.

소녀 취향의 옷이라 입기 싫지만, 그렇게 말하면 슬픈 표정을 지을 테니 에둘러 고했다.

"루그, 입기 싫어요?"

"그게, 죄송해요."

"모처럼 열심히 만들었는데…… 루그가 입은 모습을 꼭 보고 싶어요. 부탁할게요!"

어머니가 양손을 맞대고 머리를 숙였다.

"이거, 여자애가 입는 옷 같아서요."

끝이 나질 않아 직설적으로 말해 버렸다.

"하지만 분명 잘 어울릴 거예요!"

"여자 옷이라는 건 인정하시는 거네요……."

"오늘 저녁은 루그가 좋아하는 특제 오리 로스트를 만들어 줄게요."

이 집에 태어나 사랑받으며 자라면서 애정을 이해했다. 그 점은 깊이 감사하고 있다.

그래서 이 사람들의 좋은 아들이 되려고 노력하고 있었다.

그래도 이런 여자애 같은 옷은…….

어머니가 눈물을 글썽거리며 나를 바라보고 있었다.

"알겠어요. 입을게요. 하지만 그 대신 오리 로스트 만들어 주세요."

"맡겨 주세요. 루그가 갈아입는 동안 화가를 불러올게요. 귀여운 옷을 입은 루그를 그림으로 남겨 둬야죠."

"……거기까지 허락하진 않았는데요. 오늘은 마법 선생님이 오시는 날이잖아요. 기다리시게 할 순 없어요."

"그것도 그러네요. 아쉬워라."

염원하던 마법을 배울 수 있다며 아침부터 스승님의 도착을 고대하고 있었지만 지금은 다른 이유로 빨리 와 줬으면 좋겠다. 옷 입히기 인형이 되어 놀아나고 있으려니 마법 선생님이 왔다. ……살았다.

"어머니, 이제 만족하셨죠? 슬슬 원래 옷으로 갈아입을게요. 스승님을 맞이하러 가야죠."

"무슨 소릴 하는 거예요? 그 모습으로 가세요. 그러라고 지은 옷이니까요."

진짜요? 하고 눈으로 호소하자 어머니는 고개를 끄덕이며 아까까지 내가 입고 있었던 옷을 뺏기지 않게 꼭 끌어안았다.

즐거워 보였다.

좀처럼 동요하지 않는 내가 당황하는 모습이 재미있는 거겠지.

◇

하인이 부르러 와서 응접실로 갔다.

그곳에는 그야말로 마법사 같은 형태의 로브를 입은 소녀와 그 종자가 있었다. 소녀가 후드를 벗자 은발이 사르르 흘러내렸다.

나와 어머니 외에 은발은 처음 봤다. 매우 예쁜 아이라고 생각했다.

문제는 나이였다. 아마도 열 살 전후.

나이로 판단하는 것은 좋지 않다. 나도 어리지만 웬만한 병사는 가볍게 해치울 수 있다.

실제로 그녀가 휘감은 마력은 강해서 아버지를 아득히 능가했다.

마법사인 시점에 귀족이거나 기사일 것은 틀림없지만, 이 마력량을 보면 상당히 고귀한 혈통이리라.

예외도 있으나 부모가 마력 보유자여야만 마력을 가진 아이가 태어나고, 부모가 강한 마력을 가지고 있으면 그 아이도 강한 마력을 가진다.

이 나라는 전통적으로 마력 보유자를 중용했고, 고위 귀족일수록 강한 핏줄을 합쳐 강한 아이를 만들었다. 마력의 강함은 대부분 문벌에 비례했다.

그렇기에 투아하데 가문은 귀족이면서 가주가 직접 암살을 하고 있는 것이다. ……귀족은 귀족만이 죽일 수 있다.

아버지가 나타나 소녀에게 앉으라고 권하고 본인도 소파에 앉았기에 나도 따랐다.

허브티가 나왔다.

"바쁘신데 와 주셔서 고맙습니다."

"신경 쓰지 마. 비코네에게 투아하데는 은인인걸. 도둑이기도 하지만."

"하하, 도둑이라니 가차 없군요."

말에 함의가 담겨 있었다.

아마 투아하데의 이면을 말한 것이리라. 속사정까지 아는 자는 거의 없지만 비코네라는 이름의 귀족은 알반 왕국에 없을 터. 그녀는 누구일까?

"으음, 그 애가 내 제자가 될 아이구나. 남자애라고 들었는데?"

"……저는 남자가 맞아요."

역시 이 옷을 입으니 여자애로 여겨지고 말았다. 어머니도 참 곤란한 사람이다.

"이 옷은 아내의 취미입니다."

"어? 아, 그렇구나. 그러고 보니 옛날부터 그 사람은…… 크흠,

그건 그렇고…… 마법을 배우기에는 너무 어리지 않아?"

"루그는 특별합니다. 믿지 못하실 수도 있지만, 이 아이는 일곱 살인데도 웬만한 부하보다 뛰어납니다. 안팎으로. 디아 님과 마찬가지로 천재입니다."

"키안 투아하데의 말이 아니었다면 팔불출이라고 일축했을 거야. 좋아, 2주간 기초를 가르칠게. 단, 천재인 나, 디아 비코네가 가르칠 만한 재능이 없다면 시간 낭비니까 수행을 중단하겠어."

아버지가 고개를 끄덕였다. 재능을 보이지 않으면 겨우 찾은 스승님이 달아난다……. 방심할 수 없겠네.

◇

저택에 있는 훈련실을 쓰지 않고 안뜰을 이용하게 되었다.

"자기소개를 할게. 디아 비코네. 열 살이지만 어른보다 훨씬 마법을 잘 써."

"저는 루그 투아하데입니다. 마법을 잘 배울 수 있게 지도 편달 바랍니다. 나이는 일곱 살입니다."

"잘 부탁해. 뭘 하든 우선은 마력이 얼마나 강한지 알아야 해. 결국 일정량 이상의 마력이 없으면 뭘 가르치든 소용없으니까."

그렇게 말하고 무색투명한 유리구슬 같은 도구를 준비했다.

"루그, 마력은 다룰 수 있지?"

"아버지께 배웠습니다."

"그냥 반말해. 부담스럽고 거리감이 들잖아."

"디아 님은 스승님이신걸요."

"그건 그렇지만. 좀 더 가볍게 가자. 애초에 마법을 쓰는 것도 피곤한데 마법 외적으로 지칠 거리를 만드는 건 미련한 일이야."

디아의 이런 태도는 친숙했다.

……은발도 그렇고, 얼굴 생김새도 그렇고, 무엇보다 분위기가 어딘가 어머니와 비슷했다.

"알겠어. 반말할게. 그래서, 이 구슬을 어떻게 하면 돼?"

존댓말을 그만두고, 부모님을 대할 때와도 다른 본연의 내 모습을 드러냈다.

그러는 것이 가장 좋겠다고 느꼈다. 디아는 만족스럽게 미소 지었다.

"움켜쥐고 마력을 담아. 마력이 텅 빌 때까지. 그러면 마력량을 알 수 있어."

마력을 담기 시작하고 깜짝 놀랐다. 이 유리구슬은 마력을 저장하는 성질이 있는 듯했다.

계속 마력을 담았다. 처음에는 제법이라며 고개를 끄덕이던 디아가 1분 이상 지나자 식은땀을 흘리기 시작했다.

"그 방출량을 1분이나 유지하고서 아직도 마력이 나오다니 이상해!"

"아직 더 할 수 있어."

거짓말이 아니었다. 내 마력은 아직 5분의 1 정도밖에 안 썼다.

그 증거로 흘러나오는 마력의 기세는 조금도 약해지지 않았다.

"그, 그렇구나. 그럼 계속해."

"알겠어."

그 후로도 마력을 계속 담아 3분쯤 지나자 디아의 얼굴이 완전히 굳었다.

……내 마력량은 일반인의 천 배에 가깝다. 마력을 계속 쓰면서 단련을 이어 왔다. 여신에게 이 세계의 정보를 받았을 때, 마력량을 늘리는 방법도 알았기 때문이다.

마력은 쓸수록 상승한다. 다만 한계까지 다 써도 0.01% 상승할까 말까 하는 수준이었다.

일반인이라면 다 쓴 마력을 회복하는 데 사흘이 걸린다.

가령 1년간 마력이 꽉 찰 때마다 다 쓰더라도 마력량이 1%가량 늘어날 뿐이라, 끈기 있게 10년을 계속해야 겨우 10%가 늘어난다. 마력 방출을 유지하는 것은 몹시 지치는 일이므로 그렇게까지 꾸준히 할 수 있는 자는 없다.

그러나 나는 【초회복】으로 마력이 100배 빠르게 회복된다. 100배 이상의 효율로 마력을 단련할 수 있었다. 체력도 초속으로 회복되기에 마력 방출의 피로가 힘들지 않았다.

이론상으로는 1년에 마력량을 3.3배로 만들 수 있었다. 심지어 【초회복】의 회복률은 숙련도에 따라 점점 올라가서 더욱 효율이 높아진다.

늘 대량의 마력을 흘리고 있기에 타고난 마력은 이미 천 배까지 늘어나 있었다. 【성장 한계 돌파】가 없었다면 진작에 성장 한계가 왔을 것이다. ……이것이 【초회복】과 【성장 한계 돌파】를 고른 이유 중 하나였다.

“아니, 아무리 마력량이 많아도 이건 이상해!”

“마력이 많긴 해. 하지만 탱크가 클 뿐, 방출량은 그렇게 대단하지 않아.”

어디까지나 보유 마력이 천 배일뿐이었다. 한 번에 방출할 수 있는 양도 단련으로 조금씩 늘어나고 있지만 마력량보다 훨씬 성장이 어려워서 일반인의 다섯 배 정도. 그렇기에 이 유리구슬에 관심이 갔다.

방대한 마력을 평소에 듬뿍 담아 뒀다가 여차할 때 구슬에 담은 마력을 한꺼번에 해방할 수 있다면 마력 보유량에 비해 낮은 순간 마력 방출량을 보완할 수 있다.

그 생각에 호응하듯 쩌적 소리를 내며 유리구슬에 금이 갔다.

그 순간, 디아의 얼굴이 새파래졌다가 새빨개졌다.

“그거, 던져! 되도록 세게! 힘껏 위쪽으로!”

마력을 전부 신체 능력 강화로 돌리고 유리구슬을 하늘 높이 던졌다.

일곱 살이지만 투아하데의 영재 교육과 【초회복】의 상승효과로 키운 신체 능력은 높았고, 심지어 일반인의 다섯 배에 달하는 마력으로 몸을 강화했다.

유리구슬은 순식간에 보이지 않게 되었고…… 아득한 상공에서 파란빛이 번쩍이더니 대폭발이 일어났다.

전력으로 던지길 잘했다. 지표면 근처에서 폭발했다면 저택이 사라졌을 만한 위력이었다.

아득한 상공에서 폭발했는데도 공기가 떨리고 저택이 흔들리며 유리창이 몇 개 깨졌다.

무슨 일이냐고 소란이 벌어지며 부모님이 나왔고, 아버지가 디아를 향해 입을 열었다.

"디아 님, 방금 그건?"

"미안해. 루그의 마력을 측정하려다가."

"즉, 루그가 한 겁니까?"

아버지의 날카로운 눈빛이 디아를 꿰뚫었다.

"아, 아니, 그게 아니라, 내, 내 탓이야."

"누구 탓인지를 물어본 게 아닙니다. 루그가 일으킨 일인지 묻는 겁니다."

"엇, 그, 그렇긴 하지만. 루그 탓이 아니라 내 탓이니까, 혼낼 거면 날 혼내!"

어른스럽게 굴어도 아직 어린아이인지 디아는 덜덜 떨며 눈을 감았다.

머리라도 한 대 맞으리라고 생각한 거겠지.

하지만 그런 일은 없었다. ……아버지는 애초에 화나지 않았으니까.

"대단해! 에스리, 들었나?!"

"네! 역시 우리 아들이에요! 이렇게 무시무시한 위력의 마법을 쓰다니!"

"음, 하지만 암살에는 적합하지 않군. 이건 굳이 따지자면 전쟁용 마법이야. 디아 님, 다음에는 암살용 마법을 가르쳐 주십시오."

"하, 하아. 응? 어어어어, 그, 화 안 내?"

"음, 루그의 첫 마법은 훌륭했습니다. 디아 님께 맡기길 잘했군요."

기분 좋게 웃으며 부모님이 돌아갔다.

"그게, 미안. 저런 부모님이야."

"……굉장한 사람들이네."

디아는 매우 신경 써서 말을 골라 줬다.

"그런데 디아. 이건 다른 얘기인데, 아까 그 투명한 구슬, 어디서 입수할 수 있는지 가르쳐 주면 안 될까? 멋진 물건이야. 여러 개 갖고 싶어."

"그건 우리 영지의 비장의 물건이라 다른 영지 사람한테는 줄 수 없어."

"칫."

"왜 혀를 차는 거야?!"

"아니, 그게 대량으로 손에 들어오면 편리할 테니까. 굉장한 무기를 만들 수 있어."

용사를 죽일 수단을 얻기 위해 마법과 몸을 단련하는 것 외에도 이것저것 조사하고 있었다.

그중 하나가 무기 개발이었다.

다만 무기 개발을 위해 필요한 화약 입수에 애를 먹고 있었다. 흑색 화약 정도라면 재료를 모아 자력으로 조합할 수 있지만, 그보다 더 성능이 좋은 화약은 재료를 모으는 것도 조합하는 것도 어려웠다.

그 점에서 아까 그 유리구슬은 훌륭했다.

이 폭발력이라면 전차포…… 아니, 전함포에 필적하는 위력의 무기를 만들 수 있다.

"……여러 가지 의미에서 부모님의 영향을 받았구나. 하지만 방금 말했듯 다른 영지 사람에게는 넘길 수 없어. 크흠! 아무튼 마력 측정 말인데, 계측 불능이야. 뭐든 가능한 마력량이 있다는 걸 알았으니 충분하겠지. 참고로 체감상 어느 정도 마력이 남았어?"

"그러네, 3분의 2 정도는 남아 있어."

"샘이 날 것 같아. ……하지만 마법사는 마력량이 전부가 아니니까! 다음으로 넘어가자."

"디아."

"왜?"

"그 구슬, 진짜 안 될까?"

"안 돼!"

역시 아깝다. 그래도 디아의 영지에 가면 입수할 수 있다는 것은 알았다. 입수하기 위해 갖은 수단을 쓰자. 그게 손에 들어오면 고성능 화약의 입수, 탱크에 비해 너무 작은 순간 마력 방출량, 양쪽 고민이 해결되어 용사 암살이란 목표에 크게 다가갈 수 있을 것이다.

그리고 정신 바짝 차리자. 사전 준비는 끝났다. 마침내 마법을 쓸 수 있다.

Episode15

# 제5화 암살자는 마법을 깨닫는다

The world's best assassin, to reincarnate in a different world aristocrat

폭발한 유리구슬 대신 디아가 새로운 돌을 꺼냈다.

마력 측정만으로도 대폭발을 일으키다니, 마법은 생각보다 위험했다.

그렇기에 강력한 무기도 된다.

그저 마력을 담았을 뿐인데 그렇게 됐다.

폭발시킬 생각으로 궁리하면 더 위력을 끌어올릴 수 있을 것이다. ……훌륭해. 역시 그 구슬은 가지고 싶다.

"뭐야. 왜 그렇게 갖고 싶다는 눈으로 쳐다봐? 안 줘!"

"새삼스럽지만 그 구슬은 이름이 뭐야?"

"팔석."

디아네 영지에서 얻을 수 있는 모양이지만, 거기서만 채굴할 수 있지는 않을 것이다. 찾아보자.

"루그, 한 번 더 팔석을 줄 건데 가지면 안 돼. 이번에는 마력을 조금 담아서 돌려줘. 원래는 마력량을 측정한 돌을 사용하지만, 폭발한 탓에 두 번 수고해야 해."

"미안."

"아냐, 사과 안 해도 돼. 사고였잖아. 자, 빨리 마력을 담아."

얌전히 팔석에 마력을 담아서 돌려줬다.

그것을 디아가 움켜잡았다.

"으음, 우선은 불부터 시도할게."

디아가 뭐라고 읊조리자 투명한 돌이 빨갛게 빛났다.

"루그의 마력 속성은 불이구나. 이중 속성일 가능성도 있으니 다른 속성도 보자."

다시 투명한 색으로 돌아간 돌은 이어서 하늘색으로 바뀌었다.

"아, 굉장해. 물 속성도 있어. 이중 속성인 아이는 나 말고 처음 봐. 이중 속성은 엄청 희귀해. 자랑스럽게 여겨도 돼."

"방금 그건 뭐야?"

"팔석에 담긴 마력에 속성별로 자극을 줘서 변화하는지 보는 거야. 적성이 있으면 각 속성의 색이 돼."

"그렇구나. 그럼 나머지 두 속성도 시험해 줄 수 없을까?"

"상관없지만…… 3속성 이상은 들어본 적도 없어. 어라? 땅 속성도?! 응응? 바람 속성까지. 4속성, 전 속성(올 매직 유저) 마법사? 이런 사람이 실재했던 거야?!"

여신이 선택할 수 있게 해 줬으니까. 숙달 속도가 반감하는 대신 나는 전 속성을 쓸 수 있다.

"그런 것 같네. 마력량과 속성을 알았어. 이제 뭐 해?"

"……믿을 수 없는 일들뿐이야. 휴우, 하지만 익숙해진 것 같아.

이제 루그가 뭘 하든 안 놀랄 거야. 확실하게 마법을 가르쳐 줄게."

그렇게 말하고 내 뒤에 선 디아가 가녀린 손을 내 목덜미에 올렸다.

"잘 들어. 평소에도 마력은 쓰고 있는 모양이지만 마법은 별개야. 마법을 쓰려면 마력의 속성을 변환해야 해. ……그걸 도와줄게. 첫 속성 변환은 강렬한 체험이라 기억에 남아. 그래서 형편없는 스승이 인도하면 이상한 버릇이 들게 돼."

"디아는 형편없는 스승이 아니잖아?"

"누구보다 멋진 첫 체험을 약속할게."

목덜미에서 이상한 힘이 흘러들었다.

팔석에 담긴 마력을 변환시키듯 내 체내 마력을 직접 변환하는 건가.

"집중해. 맨 처음은 땅. 내가 잘 다루는 속성이야. 마력 변화를 피부로 느끼고 마음에 새겨."

디아의 말대로 눈을 감고 체내의 마력 변화를 느꼈다.

마력이 변환되어 형태를 바꾸는 감각을 기억해 나갔다.

안락했다. 디아 외에 다른 사람에게 받은 적이 없으니 비교할 수 없지만, 디아가 잘하는 것은 틀림없는 듯했다.

하지만 그런 기분 좋은 시간에도 끝이 찾아와서 디아가 손을 뗐다.

"이제 알겠지? 해 봐."

"멋진 첫 체험을 선사해 줘서 고마워. ……덕분에 대충 알았어. 이렇게 하는 거지?"

디아가 인도해 준 것처럼 무색 마력을 땅 속성으로 바꿨다.

"아직 조잡해. 마력이 커도 잘 변환하지 못하면 의미가 없어. 보통은 기껏해야 60%. 하지만 내가 가르치고 있으니까 80% 변환 효율은 달성해 줘야 해."

마법에 쓸 수 있는 것은 속성 변환된 마력뿐이다.

즉, 변환되지 못한 마력은 전부 낭비된다.

이래서 아버지가 스승을 엄선했구나.

형편없는 스승에게 배워 이상한 버릇이 들면 그 마법사는 평생 속성 변환의 낭비로 고생한다.

디아가 아무렇지도 않게 한 속성 변환이 얼마나 훌륭한지 직접 해 보고 알았다.

최고의 본보기였다. 그 기술을 떠올려.

"뭐, 간단한 일은 아니지만. 몇 년씩 수행해야, 굉장해, 벌써 이 정도로 숙달된 거야?!"

"본보기가 좋았으니까. 그래도 디아보다는 한참 뒤떨어져."

"첫날부터 따라잡히면 내 자존심이 상하지! 이래 봬도 천재라는 소리를 듣는데……. 마력 속성 변환은 기본이면서 오의야. 매일 단련하도록 해. 후후후, 끝은 없어. 그리고 루그는 4속성을 가지고 있으니 네 배로 큰일이지."

땅 속성 변환을 알게 되자 신기하게 나머지 세 속성의 방식도 대충 알 수 있었다.

매일 조금씩 연습하자.

땅 속성 마력을 높이니 뇌리에 문자 같기도 하고 그림 같기도 한 처음 보는 형상이 떠올랐다.

“아, 그 얼굴, 마법을 배웠구나.”

“이게 마법인가.”

“응. 일정량 이상의 속성 마법을 몸에 지니면 신의 계시를 받아 마법을 배워.”

“……확실히 뇌리에 떠오르긴 했는데, 이거 어떻게 쓰는 거야?”

의미 모를 문자가 늘어서 있을 뿐이라 읽을 수도 없었다.

“속성 변환한 마력을 높이면서 영창…… 뇌리에 떠오른 문자를 읽으면 돼. 잘 봐.”

디아가 아름다운 음성으로 생소한 시를 자아냈다.

발음과 악센트가 이 나라의 말과는 전혀 달라 이질적이었다. 영창이 끝나자 그녀의 손에 납덩어리가 생겼다.

“맨 처음 떠오르는 땅 속성 마법이 이거야. 납을 만들어 내는 마법. 마법은 쓰면 쓸수록 새로운 마법이 뇌리에 떠올라. 신께서 새로운 마법을 내려 주셔. 지금은 무른 납을 만들어 냈지만 단련하면 단단한 철도 만들어 낼 수 있어!”

철이 더 단단하긴 하지만 딱히 납이 철의 하위 호환인 것은 아니었다.

하지만 속성 마법을 반복할수록 쓸 수 있는 마법이 머릿속에 늘어나는 것은 재미있었다.

“나도 해 보고 싶지만 이 이상한 문자라고 할까, 그림 같은 걸 읽을 수가 없어. 머릿속에 떠오른 이 문자를 어떻게 읽는지 가르쳐 줘.”

"응, 그게 기본이야. 마법 문자는 발음이 생명! 올바른 발음이 정밀도와 위력에 영향을 주니까."

"속성 변환과 능숙한 영창. 그 두 가지가 중요하구나. 꽤 어렵네."

"귀찮기도 하고 약점도 있어서 마법을 일절 쓰지 않는 사람도 많아."

"그게 정말이야? 지금 보여 준 납을 만드는 마법만 쓸 수 있어도 편리할 것 같은데."

납덩어리를 던지는 것만으로도 충분히 무기가 되고, 더 편리한 마법도 있을 터다.

"약점이 있다고 했잖아. 마력 보유자는 전장에서 일반인 100명분의 힘이 있는데, 그건 마력을 휘감아서 신체 능력과 방어력을 향상하기 때문이야. 하지만 영창 중에는 마법에 마력을 쏟기에 신체 능력도 방어력도 일반인과 다름없어져서 위험해."

확실히 위험하다. 특히 칼이 닿을 만한 거리에서 무방비해지는 것은 치명적이다.

그래도 마법에는 가능성이 있다. ……그리고 나는 마법을 만들어 내는 힘인【식을 짜는 자】가 있다. 쓰지 않는 것은 아깝다.

납을 만들어 내는 마법, 그리고 그보다 상위 마법인 철을 만들어 내는 마법이 있다.

그렇다면【식을 짜는 자】로 술식을 개변하여 전투에 더 적합한 금속을 생성하는 마법을 만들 수 있지 않을까?

예를 들면 철과 거의 똑같은 경도를 가졌으면서 중량은 60% 정도라 무기에 적합한 티타늄.

초중량, 초경도의 텅스텐.

티타늄으로 가볍고 튼튼한 참격 무기를, 텅스텐으로 단단하고 관통력이 있는 창이나 탄환을 만들면 전력이 크게 증가한다.

이 시대의 기술로는 무기에 쓰는 금속이라고 해 봤자 기껏해야 불순물이 많이 섞인 질 나쁜 철이다.

더 강한 금속 무기를 쓸 수 있으면 그만큼 큰 우위성을 갖는다.

애초에 무에서 금속을 만들어 낼 수 있다는 것 자체가 대단했다. 예를 들어 높이 점프하여 초중량 금속을 만들어 내면 그걸 떨어뜨리기만 해도 무시무시한 운동 에너지가 생긴다.

땅 마법으로 만들어 낸 탄환을 불 마법의 폭발로 날리면 유사 총기가 된다.

팔석을 마법으로 생성할 수 있으면 언제든 엄청난 화력의 폭탄을 만들 수 있다.

단 하나의 마법으로도 가능성이 이렇게나 많다. 다른 마법을 알면 더 많은 발상이 떠오를 것이다.

"저기, 아까부터 왜 계속 히죽거리는 거야?"

"아아, 미안. 생각 좀 하느라."

생각만 해도 두근거렸다.

우선은 마법 문자를 배워 발음할 수 있게 돼서 영창을 완벽하게 해야 했다.

평범한 마법을 완벽하게 외울 수 있게 돼야 비로소 응용이 가능하다.

디아라면 완벽한 발음을 가르쳐 줄 것이다.

Episode6

# 제6화 — 암살자는 새로운 마법을 만들어 낸다

The world's best assassin, to reincarnate in a different world aristocrat

디아에게 마법 문자를 배우기 시작했다.

마법 문자는 36종류. 단독의 음을 배운 뒤, 문자 배열에 따라 발음이 변화하는 것을 배웠다. 발음뿐만 아니라 마법 문자의 의미를 알고 싶었지만 그건 모르는 모양이었다.

……【식을 짜는 자】로 새로운 마법을 만들려면 고생을 좀 할 듯했다.

마법 문자의 의미와 규칙성을 모르는데 새로운 식을 쓸 수 있을 리가 없었다.

그건 그렇고, 디아는 정말로 좋은 스승님이었다.

발음이 아름다웠다. 문자로 표현하기조차 어려운 이질적인 음을 막힘없이 낭독했다.

서른여섯 가지 마법 문자의 음, 그리고 특수한 조합으로 발음이 바뀌는 114종류의 패턴을 전부 들려줬다.

디아가 읽은 후, 나는 그 전부를 복창했다.

"어떻게 한 번만 듣고 다 외우는 거야?!"

"기억력에는 자신 있거든. 혀가 따라가질 못하지만."

후천적으로도 기억력을 강화하기 위한 노하우는 존재했고 당연히 나는 그걸 실행하고 있었다.

그뿐만 아니라 마안은 압도적인 정보량으로 뇌에 계속해서 부하를 준다. 【초회복】과 【성장 한계 돌파】를 가진 나는 부하를 버틸 수 있게 뇌가 진화해서 기억력이 매우 뛰어났다.

하지만 내 발음과 디아의 발음을 비교하면 아직도 서툴렀다. 평소 쓰지 않는 근육을 쓰는 탓에 혀가 돌아가지 않았다.

"우우, 납득이 안 돼. 나는 엄청 고생했는데. ……아무튼 문자를 발음할 수 있게 됐으니 영창해 보자. 루그가 쓸 수 있는 마법은 하나밖에 없으니까 먼저 내가 그걸 읽을게."

디아가 최초의 땅 마법, 납을 만들어 내는 마법을 굳이 적은 다음에 천천히 손으로 덧그리며 발음하자 손바닥에 납이 생겨났다.

이제 따라 해 보라고 재촉해서 고개를 끄덕이고 낭독했다.

어떻게든 형태가 되어 납을 만들어 냈지만 더 정진이 필요했다.

마안으로 나와 디아의 마법 발동을 보았는데, 나는 디아와 비교해 마력 낭비가 많았고, 생성된 납도 디아 것은 정사각형인데 내 것은 찌그러졌으며 소비 마력에 비해 크기가 작았다.

"이게 마법인가. 즐겁네."

"나도 처음 마법을 썼을 때는 흥분했었어. 계속 쓰다 보면 새로운 마법이 머릿속에 떠오르니까."

"마법이 머릿속에 떠오를 때까지 굳이 기다릴 것 없이 다른 사람한테 적어 달라고 해서 읽으면 쓸 수 있는 거 아니야? 마력을 담아 술식을 읽으면 발동하는 거잖아?"

"시험해 볼래? 땅 속성 마법을 쓰고…… 한번 영창해 주는 편이 좋을까?"

"아니, 발동시킬 뿐이라면 괜찮아."

조금 전의 술식과 길이는 거의 같았다. ……길이만 비슷한 게 아니라 95% 똑같은 술식이었다. 영창하기 쉽도록 신경 써서 비슷한 마법을 골랐을 것이다.

마법이 완성되자 아까처럼 금속이 생겨났다. 이번에는 철이었다.

"말도 안 돼, 정말로 됐잖아……. 신기하다. 듣고 보니 당연한 건데 왜 이제껏 누구도 그런 발상을 못 했을까?"

디아의 말대로 이제껏 아무도 알아차리지 못한 것은 이상했다. 어쩌면 이 세계에서는 신이 준 술식만을 사용할 수 있다는 규칙의 영향으로 【식을 짜는 자】 말고는 『그런 발상이 불가능』한 것일지도 모른다.

그리고 철과 납 술식을 발동하면서 한 가지 번뜩인 생각이 있었다.

철과 납을 만들어 내는 술식은 95% 똑같다.

그렇다면 차이 나는 5%가 생성하는 금속을 지정한다고 생각하는 것이 자연스러우리라.

……이 5% 부분을 치환하면 원하는 물질을 생성할 수 있지 않을까?

다만 차이는 알아도 어떻게 치환하면 좋을지 알 수 없었다. 마법 문자와 식의 의미를 모르니까.

그래도 특정할 방법은 있었다.

"부탁이 있어. 알고 있는 술식을 전부 적고, 실제로 발동하고, 효과를 가르쳐 줘."

다양한 술식과 효과를 결합하고 분석한다.

두 가지 술식만 분석해도 어느 정도 식의 의미는 추측할 수 있지만, 더 많은 술식의 효과를 비교하고 공통점과 차이를 보는 것이 마법식의 의미를 해독하는 데 더욱 효율적이다.

마법 샘플이 늘어나면 늘어날수록 그 정밀도는 올라간다.

"우와, 그거 되게 힘든 일인데."

"그래도 부탁하고 싶어. 철과 납의 술식을 비교해 보면 거의 똑같아. 그 근소한 차이로 생성되는 금속이 바뀌어……. 더 많은 술식을 보고 공통점과 차이를 찾아내다 보면 마법식의 의미를 특정할 수 있을 거야. 의미만 알면 치환해서 새로운 마법조차 만들어 낼 수 있을지도 몰라. 답례는 할 테니 부탁해."

"……후우, 알겠어. 하지만 답례를 받고 싶어서 하겠다는 건 아니야. 술식의 의미를 해명해서 새로운 마법을 만든다는 게 두근거려서 하는 거야. 나도 내 마법을 만들고 싶어."

디아는 쓸 수 있는 땅 마법 아홉 개, 불 마법 일곱 개를 전부 적은 다음, 효과를 설명해 주고 잠시 쉬며 마력을 회복한 후에 실제로 보여 주기까지 했다.

그것이 끝나자 둘이서 술식의 공통점과 차이를 발견해 나갔다.

……디아는 머리 회전이 매우 빨랐다. 그 이상으로 감이 예리하고 발상력이 있었다.

내가 못 보고 넘어간 몇몇 규칙성을 발견해 주었다.

그리고 둘이서 규칙성에 관해 의논하니 새로운 발상이 생겨났다. 어느새 작업에 푹 빠져서 정신 차리고 보니 날이 저물고 있었다.

이 시간이 속절없이 즐거웠다. 눈을 빛내며 상체를 앞으로 내밀고 자기 의견을 말하는 디아를 보고서 문득 사랑스럽다고 생각하고 말았다. 이런 감정은 처음이었다.

"루그, 내 얘기 제대로 듣고 있어?"

"아, 응, 제대로 듣고 있어."

넋 놓고 쳐다보고 있던 것이 창피해서 말을 더듬고 말았다.

"납을 생성하는 마법과 철을 생성하는 마법의 차이 말인데, 숫자가 적혀 있는 것 같아. 봐, 이쪽의 세 술식. 여기를 숫자라고 가정하면 앞뒤가 맞아. ……세 항목에 각각 숫자가 적혀 있어서, 납은 11.3, 327.5, 207.2. 철은 7.8, 1540, 55.8. ……이게 무슨 뜻이지? 어떤 숫자로 바꾸면 좋을지 모르겠어."

듣고 보니, 그 마법 문자가 숫자라면 다른 술식에서 이해가 가는 부분이 있었다.

그리고 납과 철에 적힌 숫자는 결코 대충 넣은 숫자가 아니었다.

"납이 11.3, 327.5, 207.2. 철이 7.8, 1540, 55.8. ……이게 우연일 수는 없어. 잘 눈치챘어! 숫자와 마법 문자 치환표를 만들 수 있을까?"

"할 수 있어. 자, 여기."

디아가 만들어 준 표를 보며 납을 생성하는 술식을 개변해 나갔다.

11.3을 10.5로, 327.5를 961.9로, 207.2를 107.9로.

고작 세 항목의 숫자를 바꿨을 뿐.

하지만 내 상정이 옳다면 바라는 결과를 얻을 수 있으리라.

영창을 시작하고 마법이 완성되자 정육면체 모양의 은이 만들어졌다.

"이거, 은이야?! 은을 만들어 내는 마법이라니 들어 본 적도 없어."

"생각한 대로야. 이 세 가지 숫자는 불러내는 금속을 지정하는 파라미터였어."

"좀 더 알기 쉽게 말해 줘."

"세 가지 숫자는 비중, 녹는점, 원자량을 나타내. 그래서 납의 파라미터를 은의 파라미터로 바꾸면 은이 만들어지는 거야."

그렇게 말은 했지만 이건 이것대로 의문점이 있었다. 이 숫자에 쓰인 단위는 내가 살던 세계에서 쓰이던 것이다. 왜 신이 준 술식의 기준이 내가 살던 세계에 있는 것일까.

……이 사실에 뭔가 비밀이 숨어 있다. 그런 기분이 들었다.

지금은 이 이상의 것을 알 수 없지만 마음 한편에 담아 두기는 하자. 어떤 계기로 터무니없는 사실이 판명될지도 모른다.

"더 모르겠어……."

고개를 갸웃하는 디아를 내버려 둔 채, 흥분한 나는 다른 두 가지 술식을 더 개변하고 실행했다.

"하하, 손에 들어왔어. 이 세계에서는 입수할 수 없을 줄 알았던 티타늄과 텅스텐. ……그러고 보니 금속을 자유자재로 변형시키는 마법도 있었지."

즉시 그쪽을 영창했다.

티타늄의 형상을 단검으로 바꾸고 정원수에 휘둘러 보았다. 날이 잘 들었고 가벼웠다.

불순물 많은 철이 주류인 시대에 철보다 경도가 약간 떨어지지만 중량은 60%면서 열화에 매우 강한 티타늄 단검을 만들어 냈다. ……이 세계에서는 마검이라고도 할 수 있는 성능이었다.

다음으로 텅스텐. 초중량·초경도의 매우 강력하며 희소한 금속이다.

"상상한 대로 원하는 금속을 만들 수 있었어. 디아도 영창해 봐."

"응, 해 볼게. ……아! 정말로 은이 만들어졌어. 말도 안 돼."

다만 신경 쓰이는 점이 있었다.

직접 술식을 만들려면 【식을 짜는 자】가 필요할 터. 디아가 새로운 마법을 영창할 수 있다면 이 스킬은 필요 없었던 게 아닐까? 그런 후회가 들려고 했다.

"디아. 이번에는 금을 만들어 보고 싶지 않아? 난 금의 파라미터를 알아."

"아, 만들어 보고 싶어. 파라미터를 알면 나도 할 수 있을 거야!"

내가 가르쳐 준 숫자로 디아가 술식 개변을 끝내고 영창을 시작했을 때였다.

돌연 디아의 얼굴이 새파래지더니 쓰러졌다.

"괜찮아? 디아!"

“으, 응, 괜찮아. 갑자기 머리가 엄청나게 아프고 구역질이 나서.”

술식을 봤지만 금의 비중, 녹는점, 원자량은 제대로 표시되어 있었다.

실제로 디아와 완전히 똑같은 술식을 적어서 내가 영창하자 금이 생겨났다.

……【식을 짜는 자】가 있어야 술식을 만들 수 있다는 건 이런 뜻인가.

내가 아닌 다른 사람이 술식을 개변하여 새로운 마법을 만들어 내도 거부 반응이 일어나서 영창할 수 없다.

하지만 내가 만든 술식이라면 다른 사람도 쓸 수 있다.

이것은 어디까지나 가정에 불과했다. 가능하다면 검증하고 싶었다.

“디아, 싫으면 거절해도 돼. 디아와 완전히 똑같은 술식을 종이에 적었어. 이걸 읽어 줬으면 해. 새로운 마법을 만들어 내는 조건을 찾기 위해 필요한 일이야.”

“치사해. ……그렇게 말하면 호기심을 억누를 수 없잖아.”

내가 쓴 술식을 디아가 창백한 얼굴로 영창했다.

그러자 이번에는 막힘없이 영창이 끝나며 금이 생겨났다.

“신기하다. 하지만 이건 곧, 내가 새로운 마법을 만들고 그걸 루그가 적으면 쓸 수 있다는 뜻이지? 불타오르는걸? 좀 더 규칙성을, 각 문자의 뜻을 조사하자! 그러면 더 굉장한 마법을 만들 수 있어!”

“똑같은 생각을 했구나. 규칙성과 의미를 각자 나눠서 조사하자.

하지만 마법 샘플이 부족해. 난 물과 바람 마법을 마구 써서 새로운 마법을 배울게. 디아는 불과 땅을 부탁해."

"물론이지!"

둘이서 손을 단단히 맞잡았다.

새로운 술식은 비밀로 해야 한다. 1회차 때의 나라면 누군가의 도움을 받는 것은 있을 수 없는 일이었다.

하지만 디아는 우수하므로 협력받는 편이 훨씬 능률이 오른다.

……무엇보다 디아와 이렇게 함께하는 것이 즐거웠다. 참을 수 없이. 그러니 루그인 나는 그렇게 할 것이다.

이로써 새로운 마법을 만들어 낼 첫발을 뗐다.

막연하게 새로운 술식을 개발해서는 안 된다.

우선은 목표를 만들자. ……이렇게 원하는 금속을 만들고 금속을 변형시키는 마법이 있다. 여기에 폭발을 일으키는 마법만 있으면 총을 만들 수 있다.

그것도 마력이 있는 한 무한히 쏠 수 있고 전생의 총에 필적하는 정밀도를 가진 것을.

사정거리와 파괴력 모두 뛰어나면서 비무장인 척 언제든 꺼낼 수 있는 무기. 이토록 암살에 적합한 물건은 없다. 우선은 총을 실현해 보이겠다.

디아와 둘이서 어디까지 갈 수 있을까. 이 세계에 온 이래 최고로 흥분되었다.

Episode7

# 제7화 암살자는 전생의 지식을 살린다

The world's best assassin, to reincarnate in a different world aristocrat

디아가 온 지 벌써 아흐레가 지났다.

디아는 어른스럽게 굴지만 외로움을 많이 타고 어리광쟁이임을 알게 되었다.

어제는 「루그는 어린애니까 혼자 자기 외롭지?」라면서 침대에 들어와 나를 껴안고 잤을 정도다.

나이가 나이다 보니 성욕은 존재하지 않지만 묘하게 가슴이 뛰었다. 디아에게 안기면 그녀의 달콤한 향기와 부드러움, 온기가 묘하게 신경 쓰였다.

"루그, 오늘도 누나 말을 잘 듣도록 해."

"……언제부터 난 동생이 된 거야?"

"아아, 키안 님은 그 사실을 숨기고 있구나. 아무튼 스승의 명령으로 루그는 동생이야!"

그 사실? 설마 디아가 이복 누나라도 되는 걸까?

아니, 그럴 리는 없지. 내 스승이 되어 준 사람이다. 그녀의 정보는 가능한 한 모았다.

디아는 비코네라고 했다.

알반 왕국에 그 이름을 가진 귀족은 존재하

지 않았고, 이웃 나라에 비코네 백작이 있었다.

그리고 어머니는 표면상 평민 출신이라고 되어 있지만 마력 보유자고, 그 우아한 행동거지와 예의범절은 나중에 따로 익힌 것이 아니었다. 어딘가 고귀한 출생일 터였다.

그런 어머니와 디아는 닮았다. 특징적인 은발도, 외모도, 버릇도, 알반 왕국에서는 들을 수 없는 살짝 독특한 억양의 발음도.

어머니는 비코네 가문에서 태어나 신분을 위장하고서 아버지에게 시집왔으리라고 나는 생각하고 있었다.

그리고 그 가설이 옳다면 디아는 내 사촌일 가능성이 크다.

"알겠어. 스승님의 명령에는 따를게."

"흐흥, 알면 됐어. 그건 그렇고 투아하데 가문은 밥이 맛있네."

디아가 그라탱을 맛있게 먹었다.

어제는 사냥으로 토끼를 잡아서 크림 스튜를 대접했고, 오늘은 남은 것으로 그라탱을 만들었다.

스튜에 마카로니를 더해 향신료로 간을 하고 드라이 토마토를 뿌려 맛의 인상을 바꾼 후, 치즈를 듬뿍 올려 오븐에 구우면 그라탱으로 변신한다.

"별로 호화로운 요리를 대접 못 해서 미안."

"그런 건 질렸어. 그라탱, 무척 따뜻한 맛이 나서 정말 좋아."

"좋아해 주니 기뻐."

"……루그는 일곱 살인데 왜 이렇게 다재다능해? 박식하고, 어리면서 나보다 머리 좋고. 나도 신동이라고 불리는데."

"부모님의 교육 덕분이지. 맞다, 저녁은 비장의 요리를 대접할게. 기대해 줘."

슬슬 꿩이 통통해질 계절이다.

살이 오른 꿩은 맛있다. 오늘의 마법 개발이 끝나면 사냥하러 나가 보자.

저녁으로 맛있는 꿩 로스트를 먹일 수 있을 것이다.

◇

디아와 둘이서 안뜰에 나갔다.

열흘간 각자 분담하여 다양한 마법을 적으며 규칙성을 발견했다.

그러면서 통감했는데 디아의 센스는 대단했다.

분석에 자신 있는 나보다도 많은 규칙성을 찾아내고 있었다.

"이걸로 루그가 만들려고 하는 마법이 완성될 거야."

그렇게 말하며 휘갈겨 쓴 메모를 건넸다.

"굉장하다. 여기까지 해석해서 이런 형태로 사용하다니."

"누나니까!"

아니, 그건 관계없다. 그렇게 말해서 토라져도 재미없기에 나는 고개를 끄덕이고 만들다 만 술식에 디아의 새로운 발견을 담았다.

"이게 되면 마법 자체의 가치가 껑충 뛸 거야."

"응응. 원거리 고화력 마법. 심지어 연비도 뛰어나고. 아주 좋은 마법이 될 거야."

자, 실험하자. ……암살에 적합한 마법을.

◇

둘이서 개발한 마법은 몹시 살벌하기에 저택 뒤편에 있는 산에서 시험하기로 했다.

서로를 보며 고개를 끄덕이고 마력을 땅 속성으로 변환한 뒤 영창을 시작했다.

허공에서 철을 만들어 냈다. 그것이 손잡이 달린 통이 되었고 통 내부에는 홈이 새겨졌다.

영창을 계속하자 통 안에 텅스텐 탄환이 장전되었다.

첫 번째 마법은 여기서 끝. 다음은 불 속성으로 마력을 변환하고 영창했다.

통 내부에 불의 마력이 높아졌고…… 터졌다.

폭발이 텅스텐 탄환을 밀어내며 통 안에 새겨진 홈, 라이플링에 의해 초고속 회전이 가해져 사출되었다.

탄환이 순식간에 음속을 초월했고 라이플링에 의해 직진성을 부여받아 400m 떨어진 산에 착탄. 나무에 맞았는지 거목이 부러졌다.

"됐어, 성공이야. 사거리 400m. 마법의 상식을 바꿀 새로운 마법. 활로도 맞힐 수 없는 거리에서 이 명중 정확도와 위력! 응, 최고야!"

"이만큼 거리를 둘 수 있다면 영창 시에 무방비해진다는 약점도 크게 신경 쓰이지 않아."

종래의 마법은 적과 상당히 가까운 위치에서 영창해야 했다.

하지만 이 정도 사거리가 있으면 적의 화살조차 닿지 않는 안전한 장소에서 영창할 수 있다.

이번에는 디아가 영창하여 탄환을 발사했다.

"됐다! 바위에 맞았어! 저렇게 큰 바위가 산산조각이 났어."

"좀 더 연습하자. 위력은 높지만 핀포인트를 노려야 하는 마법이야. 많이 연습하기 위해 이걸 준비했어."

탄환 수십 개를 꺼냈다.

매번 탄환을 만드는 마법을 외울 필요는 없다.

탄환을 손으로 넣고 불의 폭발만으로 날릴 수 있다. 실전에서도 이렇게 운용하게 될 것이다.

"뭘 좀 아네. 루그, 잔뜩 연습하자!"

그렇게 우리는 정신없이 새로운 마법을 연습했다.

쏘면 쏠수록 정밀도가 올라가는 것이 느껴졌다.

명중 정확도를 올리기 위해 중요한 것은 어떻게 반동을 억제하는가.

폭발을 일으키는 불씨를 만든 시점에 마법은 완성이다.

불씨가 폭발하기까지의 짧은 순간에 마력으로 신체 능력을 강화하는 것이 중요하지만 타이밍을 맞추기가 꽤 힘들었다. 신체 능력을 마력으로 강화하지 않으면 반동으로 총구가 튀어 오르는 것을 막지 못할 뿐만 아니라 몸도 튕겨 나간다.

마법으로 만들어 낸 총신의 생김새는 화승총과 매우 비슷하나

화력과 명중 정확도는 차원이 달랐다.

폭발 마법은 흑색 화약보다 압도적으로 위력이 높다. 즉, 탄환을 쏘는 힘이 강하다는 말이었다.

무엇보다 쏘는 탄환의 성능이 달라도 너무 달랐다.

탄환의 경도가 높을수록 관통력은 커진다. 텅스텐의 경도는 철과 비교도 되지 않는다.

두꺼운 장갑을 뚫는 전차용 포탄에 채용되는 것이 텅스텐이라고 하면 그 위력을 알 수 있을 것이다.

강철판조차 텅스텐 탄환은 쉽게 뚫는다.

유선형이라 공기 저항에 의한 위력 감퇴가 적고, 라이플링으로 높은 정밀도를 가진다.

……편리한 마법이다. 하지만 용사를 상대하기에는 아직 화력이 부족했다.

웬만한 마법사 상대로는 이 정도 화력으로도 관통할 수 있겠지만, 규격을 벗어난 존재를 상대하기에는 불안하고, 애초에 용사의 파격적인 스펙이라면 무방비하게 낮잠 자는 상황에서도 죽일 수 없으리라.

그래서 더욱 강력한 마법도 준비했다.

기본 사상은 똑같지만 스케일이 달랐다. 내 마력량이 아니면 쓸 수 없는 마법이었다.

"루그, 그거, 세상에—."

내가 새로 외운 마법이 형태를 이루어 갔다.

먼저 포신을 만들어 냈다.

화승총 크기의 오리지널과는 규모가 달랐다. 말하자면 전차포였다.

6m쯤 되는 긴 포신은 두꺼웠고 비정상적인 위압감을 내뿜었다. 그런 것을 손으로 들 수는 없었다. 받침을 준비하고 스파이크로 지면에 박았다.

너무 커서 한 번에 포신을 만들지 못해 작업을 세 번으로 나누고 변형 마법으로 접합했다.

다음으로 발사할 탄환을 만들어 냈다.

물론 특대 크기였다. 전차포로는 일반적인 120mm탄, 지름이 일반적인 권총탄의 약 14배에 이르렀다. 너무 커서 탄환 하나가 우유병만 했다.

심호흡하고 불 마법을 행사했다. 총을 쏠 때는 총신이 파열되지 않게 힘을 억제했지만 이 녀석은 다르다. 전력으로 폭발을 일으켜도 버틸 수 있을 만큼 두꺼운 포신을 만들어 냈다.

포신 내에서 총을 쏠 때와는 비교도 안 될 압도적인 힘이 소용돌이쳤다.

"디아, 귀 막아."

"으, 응!"

공기를 진동시키는 굉음. 조금 전의 총격이 어린애 장난처럼 보이는 엄청난 화력이었다.

스파이크로 지면에 고정했음에도 불구하고 포신은 대지를 가르며 후퇴했고, 포격을 맞은 산맥에는 크레이터가 생겼다.

"탄환의 질량을 높이고 강하게 폭발시키면 위력은 차원이 달라져. ……하지만 이 정도일 줄이야."

전생에 전차를 조종하며 포격한 적도 있지만 이 마법의 위력은 그것을 웃돌았다.

하지만 이것조차도 용사라면 전투태세로 마력 강화하면 막을 테고, 그게 아니더라도 상시 발동형 방어 스킬이 있다면 효과가 있을지 의심스러웠다.

그래도 상대가 방심했을 때 죽일 수 있을지도 모른다. 그 정도의 패였다.

"대체 이거, 뭘 쏘려고 만든 거야?! 명백하게 오버킬이야!"

"이 정도가 아니면 못 죽이는 상대가 나타날지도 몰라."

포신을 체크했다. ……이런. 한 발 쐈을 뿐인데 금이 갔다. 꽤 두껍게 만들었는데.

포신의 재질을 철에서 다른 것으로 바꿀까? ……아니, 적합한 금속이 없다. 단단함만 따지면 텅스텐이 몇 단계 위이기는 하지만 무르다. 단단하면서 질긴 금속이 필요했다.

이렇게 되니 단원소 금속만 만들 수 있는 점이 걸림돌이 되었다. 철 등은 만들 수 있어도 합금이나 가공된 금속은 만들어 낼 수 없었다. ……반대로 생각하자. 합금을 생성하는 마법을 만들어 내면 된다. 그러면 더욱 강한 금속을 만들 수 있다.

"위력은 기대한 대로지만 문제투성이야."

"진짜 터무니없어. ……하지만 이런 거 쏘면 기분 좋을 것 같아."

"영창해 볼래?"

"아니, 분하지만 무리야. 루그처럼 엄청난 마력이 필요한걸."

디아가 원망스럽다는 듯 바라보았다. 이 마법은 연비가 너무 나빴다.

"이 마법의 문제점은 보였어. 아무튼 오늘은 연습하자."

"응! 후후후, 이 마법이 있으면 그 야만족들도 한 방에 끝이야!"

디아는 디아대로 고생하고 있는 듯했다.

야만족이라는 게 누구를 말하는지는 모르겠으나 뭔가 적이 있는 모양이었다.

"그러고 보니 루그. 아직 마법 이름을 안 지었지?"

"그러네. 지금 손에 들고 쏘는 쪽을【총격】, 커다란 쪽을【포격】이라고 하자."

"잘 모르겠지만 멋진 이름이야!"

그렇게 오늘은 디아의 마력이 다 떨어질 때까지 총을 쏘며 예전의 감을 되찾았다.

무풍 혹은 미풍 상태에 움직이지 않는 표적이라면 300m까지는 반드시 명중시킬 수 있었다.

평범한 암살이라면 이 마법 하나로 대부분 어떻게든 될 것이다.

총이라는 개념이 존재하지 않는 세계에서 원거리 저격은 거의 무적이니까.

"앞으로 나흘인가……. 쭉 이렇게 지내고 싶다."

디아가 쓸쓸하게 중얼거렸다. 그녀와 함께 있을 수 있는 시간은 얼마 안 남았다. 디아가 사라지기 전에 완수하고 싶은 일이 내게는 있었다.

Episode8

# 제8화 암살자는 재회를 약속한다

The world's best assassin, to reincarnate in a different world aristocrat

디아가 내게 마법을 가르치는 것은 오늘로 마지막이다. 저녁에는 디아를 데려갈 사람들이 온다.

나는 지금 뒷산에서 합금을 만들기 위한 마법을 시도하고 있었다.

여태까지는 금속을 생성하는 마법으로 단원소 금속만 만들 수 있었지만, 물질 형성 술식을 개변하여 여러 금속을 혼합하는 데 성공했다. 이건 큰 의미를 가졌다.

예를 들어 티타늄이라는 금속이 있다.

철과 거의 동등한 경도를 가졌으면서 중량은 60% 정도. 녹는점이 매우 높아 열에도 강하다.

게다가 내식성이 뛰어났다. 쉽게 녹이 슬거나 부식되지 않는, 장점이 많은 금속이었다.

……하지만 철과 동등한 경도밖에 안 된다는 점은 아쉬웠다. 그러나 더 단단한 금속은 질기지 않아서 무르거나 무겁다. 티타늄보다 우수하냐고 묻는다면 고개를 갸우뚱하게 된다.

하지만 티탄 합금으로 만들면 장점은 유지

하면서 경도와 예리함을 키울 수 있다.

구체적으로는 바나듐과 알루미늄을 더해 베타 티타늄으로 만든다.

두 배 가까이 단단해지는데도 가볍고 열화에 강하며 질긴 꿈같은 소재가 된다. 가혹한 환경에서의 사용을 전제한다면 베타 티타늄은 단검으로서 종결급이다.

마법으로 만들어 낸 티타늄, 바나듐, 알루미늄을 마법을 써서 하나로 만들었다.

성공이다. 바란 대로 티탄 합금, 베타 티타늄이 완성됐다.

그것을 더욱 변형시켜 단검을 만들어 냈다. 손잡이 부분에 가죽을 감아 디아에게 건넸다.

"디아, 이게 우리가 만든 마법의 성과야."

디아는 근처에 있던 나무를 벴다.

"가볍고 날이 굉장히 잘 들어! 이걸로 검을 만들어서 나눠 주면 병사의 전투력이 한 단계 올라갈 거야."

"안 그러는 게 좋을걸. 우리가 몰래 쓰는 정도로는 난리가 나지 않겠지만 양산해서 다른 사람에게 건네면 괜한 불씨가 돼. ……최악에는 국가의 노예가 되어 평생 이것만 만들어야 할 거야."

철이 주력인 시대에 이렇게 뛰어난 검을 만들 수 있다는 사실이 알려지면 다들 가지고 싶어 할 것이다.

"듣고 보니 그러네……. 하지만 믿을 수 있는 기사들한테만, 세 명한테만 주는 것도 안 될까? 다들 입이 아주 무겁고, 좋은 무기를 썼으면 좋겠어. ……전장에서 죽지 않게."

소중한 사람이 살아남을 수 있게 강력한 무기를 가지고 싶다. ……그 마음은 이해하지만 디아가 그렇게까지 생각하는 기사들에게 조금 질투가 났다.

"믿을 만한 기사라도 그들에게는 거짓말할 수 없는 상대가 있어. 비밀은 반드시 새어 나가. ……하지만 마법으로 만들었다는 사실을 숨기고 검을 준다면 괜찮겠지. 저번에도 얘기했지만 둘이서 만든 새로운 마법은 비밀로 해야 해. 【총격】도, 안 쓰면 목숨이 위험할 때만 써."

"응, 그럴게!"

고개를 끄덕인 디아는 나를 흉내 내어 영창했지만 합금 연성에 실패했다.

"어라? 어째서."

"아마 이미지가 부족해서 그럴 거야. 단순히 생성할 뿐인 마법과 달리 합금을 만들 때는 금속끼리 어떻게 변화하고 어떻게 완성되는지 이미지하는 게 중요해."

합금은 두루뭉술한 마법 대신 술자의 이미지가 중요하다. 형태를 바꿀 뿐인 변형과 달리 합금을 만들려면 화학을 이해해야 했다.

"그거, 나한테는 무리야. 어떻게 섞으면 강한 금속이 되는지 모르는걸……."

"가르쳐 주고 싶지만, 물리학과 재료학의 기초부터 알려 줘야 해서 이야기가 무진장 길어져. 그래, 한 달은 걸릴 거야."

이것도 디아의 천재적인 두뇌를 전제로 한 기간이었다. 보통은 다섯 배쯤 더 걸릴 것이다.

"윽, 오늘 돌아가는데."

"연장 못 해?"

"……가능했으면 했을 테고, 이미 몇 번이나 부탁했어. 하지만 안 된대. 나도 루그랑 같이 마법을 더 만들고 싶은데."

그렇게 말해 줘서 조금 기뻤다. ……그러니 서비스해 주자.

티탄 합금을 더 생성하고 그것들을 가공하여 검 세 자루를 만들었다. 날이 잘 들고 튼튼하며 가벼운 검. 이 나라에서 주류인 직도로 가공했다. 그리고 덤으로 만든 칼집에 넣었다.

"아까 준 단검과 이 검 세 자루는 선물이야. 어떻게 입수했는지에 대한 설정은 둘이서 생각하자. 아버지에게 협력받아야 할지도 몰라. 투아하데 영지에서 마검을 가지고 돌아오면 디아네 아버지도 의심스럽게 여길 테고, 아마 우리 아버지에게 연락할 거야. 딸이 멋대로 훔쳐 온 건 아닌가 하고 말이지."

"그러네. 우리 아버지라면 아마 그럴 거야. ……검을 만들어 주고 거기까지 신경 써 줘서 정말 기뻐. 루그는 좋은 아이구나."

기뻐하며 세 자루 검을 끌어안았다.

"……답례야. 디아가 내 스승님이 아니었다면 마법을 능숙하게 쓸 수 없었을 거야."

"나야말로 고마워. 루그와 만나지 못했다면 마법을 만든다는 발상은 절대 떠오르지 않았을 거야. 예전보다 훨씬 마법을 좋아하게 됐어. 돌아가서도 새로운 마법을 잔뜩 만들 거야. 재회했을 때 루그가 전부 식을 써 줘야 해."

"그거 큰일이네. 하지만 그럴게. 디아가 무슨 마법을 만들지 기대돼."

분명 나와는 전혀 다른 발상으로 재미있는 마법을 만들 것이다.

그것을 알면 나는 더욱 강해질 수 있다.

"나만 알려 주는 건 불공평하니까 루그가 만든 마법도 가르쳐 줘."

"그러네. 디아가 깜짝 놀랄 만한 마법을 만들게. ……디아가 배운 열한 번째 마법 있잖아. 그걸 이용하면【포격】보다 위력이 400배는 센 마법을 만들 수 있을 것 같아."

아직 이론 단계라 과제는 산더미 같지만, 완성하면 내 순간 마력 방출량으로도 실현 가능하며【포격】보다 400배 센 위력을 가진 전략급 마법이 되리라.

"……그거, 100명이 하는 의식 마법조차 초월한 위력이잖아. 하지만 무척 설레. 루그와 만나고 평생 겪을 설렘을 느낀 것 같아. 오늘부로 끝난다니 절대 싫어. 그러니까 오늘이 끝이 아니라고 약속해."

디아는 손가락을 내밀었다. 둘이서 손가락을 마주 걸었고 디아가 웃었다.

귀여웠다. 이것이 첫 번째 인생 때는 몰랐던 사랑이라든가 동경이라든가 그런 감정이리라.

같이 있고 싶었다. 이별하려니 가슴이 꽉 죄어들었다.

두 번째 인생에서는 이런 감정을 하나하나 얻어 나가자.

◇

저녁 무렵, 디아의 송별회를 겸해 조금 일찍 식사하게 되었다.

어머니와 내가 솜씨를 발휘해 만든 진수성찬이 차려졌다. 디아가 좋아하는 그라탱도 준비되어 있었는데, 디아는 제일 먼저 그라탱을 스푼으로 떠먹고 황홀하게 웃었다.

"디아 님, 아들을 이만큼이나 키워 주셔서 감사합니다."

"루그는 천재라 거의 혼자서 성장했어. 나, 처음으로 샘이 났어."

"루그에게는 마법 재능이 있는 건가. 대견한걸."

아버지가 기분 좋게 웃으며 와인을 기울였다.

"저기, 실은 루그랑 산을 탐색하다가 검을 주웠어. 루그는 기념품으로 가져가도 된다고 했지만 정말 가져가도 돼?"

그 후 둘이서 이야기하여 이런 각본으로 아버지에게 말하기로 했다.

"호오, 산에 검이 있었다고? 잠깐 볼 수 있을까?"

"응, 여기."

디아에게 받은 티탄 합금 검을 칼집에서 뺀 아버지는 가볍게 휘두르고서 고개를 끄덕였다.

아버지라면 그것만으로도 베타 티타늄으로 만든 마검의 진가를 간파했을 것이다.

"호오, 재미있는 물건이 산에 묻혀 있었군. ……그리고 아직 더 묻혀 있을 것 같아. 다른 산에도 묻혀 있을지 모르지."

후반의 억양이 조금 특수했다. 그 의도를 이해하고 나는 대답했다.

“아버지, 그 산에는 아직 더 묻혀 있어요. 다음에 찾아보기로 해요. 하지만 다른 산에는 묻혀 있지 않아요. 제가 보증해요.”

“그런가. 그 산에만 있나. 그럼 괜찮겠지. 디아 님의 소중한 사람에게 건네주십시오.”

……방금 말을 해석하면, 아버지는 내가 검을 만들었음을 확신하고 똑같은 것을 더 만들 수 있는지, 그리고 그것을 만들 수 있는 사람이 나뿐인지 물었다.

그래서 더 만들 수 있고, 나만이 만들 수 있다고 대답했다.

“우와~ 루그도 참, 아직 어리면서 여자아이에게 선물을 다 하고. 디아가 귀엽긴 하죠.”

“……어머니, 놀리지 마세요.”

“후후후, 놀릴 거예요. 루그, 최근 점점 건방져져서 이럴 때나 놀릴 수 있는걸요. 디아, 우리 새아기가 될 생각은 있나요?”

“엇, 그, 그게, 그렇게 되면 멋질 것 같아.”

디아가 쑥스러워하며 고개를 숙였다. 더욱 신이 난 어머니는 이것저것 말했다.

내게도 그런 마음이 없지는 않았다.

디아는 분명 미인으로 성장할 테고 우수하다. 둘이서 함께하는 편이 새로운 마법 개발의 능률이 오른다.

“내가 생각하기에는 너무 성급한 것 같은데. 아무튼 루그에게 친구가 생겨서 다행이야. 밖에 나가려 하지 않아서 걱정했어.”

“아버지, 그렇게 말씀하시면 제가 음침한 어린애인 것 같잖아요.”

……반성할 점이기는 했다. 훈련할 때 말고는 서재에 틀어박히거나 자율 연습을 하며 보냈다.

개인 스펙은 오르고 있지만 사교 능력이 향상되지 않았다.

앞으로는 시간이 생기면 밖에 나가서 또래 아이들과 교유해 보자.

"내가 루그의 친구가 돼 줄게. 돌아가서도 편지 보낼 거고, 가능한 한 만나러 올 거야."

아버지와 어머니가 흐뭇하게 나와 디아를 보고 있어서 조금 낯간지러웠다.

그렇게 최후의 만찬이 끝났다.

식사 후 차를 마시고 있으니 하인이 나타나 사람이 왔다고 알렸다.

우리는 밖으로 나갔다. 디아가 탑승하자 천천히 마차가 출발했다.

"무척 즐거웠어! 반드시 또 올게!"

창문으로 얼굴을 내밀고 디아가 외쳤다.

"응, 나도 기다릴게."

"그리고 이거 받아! 날 잊지 마!"

그렇게 말하며 항상 목에 걸고 있던 펜던트를 던졌다.

투명한 돌이 달린 목걸이로 돌 안에서는 보라색 마력이 빛나고 있었다.

수없이 옆에서 봤기에 알 수 있었다. 디아의 마력이었다.

팔석에 마력을 담은 것이다. 다른 영지 사람에게는 절대로 넘길 수 없다고 했는데.

"절대 안 잊어!"

"그리고 그때 뭐든 들어주겠다고 한 약속, 지금 부탁할게. 내가 루그를 꼭 만나고 싶다고 생각했을 때, 반드시 달려와 줘!"

상당히 무리한 요구였다. 그래도 나는 망설이지 않았다.

"약속할게! 그때는 반드시 달려갈 거야!"

잠시 후, 마차가 보이지 않게 되었다.

2주간 마법을 배우고 그것을 발전시켜 더 큰 것을 얻었다.

힘내자. 다음에 만났을 때 디아가 깜짝 놀랄 만한 마법을 만들어야 했다.

……그럼 언제 만나러 갈까. 원래라면 디아와 만날 기회 따위 몇 년간 없다.

그건 싫다. 마법 연구를 위해 디아와 정기적으로 의견을 교환해야 하고…… 외롭다.

비코네 영지까지는 산을 두 개 넘고 약 320km.

그런 장거리를 이동하여 국경을 비밀리에 빠져나가 누구에게도 들키지 않고 비코네 영지에 들어가서 저택에 숨어드는 것도 나라면 불가능하지는 않다. 암살자로서 최고의 훈련이 될지도 모르겠다.

1회차 때의 나라면 절대로 하지 않았을 발상이다. 하지만 이런 자신이 좋았다. 나는 누군가의 명령을 따를 뿐인 도구가 아니다. 자신의 의지로 하고 싶은 일을 하는 것이다.

Episode9

# 제9화

# 암살자는 조수를 손에 넣는다

The world's best assassin, to reincarnate in a different world aristocrat

깊은 숲속을 달리며 사냥을 하고 있었다. 곧 겨울이 온다. 이 지방은 눈이 가차 없이 쏟아져서 겨울이 오면 이렇게 산에 들어올 수 없게 된다.

이 틈에 고기를 말리거나 소금에 절여 두지 않으면 겨울 식탁은 부실해진다.

열 살의 겨울을 즐겁게 보내기 위해서도 사냥감이 필요했다. ……좋아, 바로 사냥감을 잡았다.

"사냥은 순조로운데…… 설마 한 명도 못 찾을 줄이야."

혼자서는 할 수 있는 일에 한계가 있으므로 최근에는 암살 조수를 찾고 있었다.

마력 보유자일 것이 최저 조건이었다.

하지만 마력 보유자는 귀족과 그 분가의 핏줄이 대부분이라 스카우트하기 어려웠다.

……그래서 만 명 중 한 명꼴로 일반 가정에 태어나는 마력 보유자를 찾고 있었다.

마력을 가지고 있어도 사용법을 모르면 마력 보유자임을 모른 채 지내기도 한다.

그런 자를 찾기란 일반적으로 어렵지만, 마력이 보이는 투아하데의 눈동자가 있으면 찾을 수 있다.

그렇게 기대했으나 영지 내를 빠짐없이 찾아봐도 영민 중에 마력 보유자는 없었다.

"……다른 영지에서도 찾아볼까."

조수는 빨리 찾을수록 좋다.

조수로 삼으려면 교육에 최소 2년, 실전 경험을 쌓게 하는 데 1년, 합계 3년은 필요하다.

가루눈이 내리기 시작했다. 춥다는 생각은 안 했는데 벌써 눈이 내리기 시작하다니.

"내일 디아를 만나러 가자."

아무리 내가 대단해도 눈이 쌓인 가운데 산을 두 개나 넘어가며 320km를 답파하지는 못한다.

한 달에 한 번씩 만나러 가고 있지만, 겨울에는 만나지 못할 테니 이번 달은 특례다.

기척을 느끼고 활을 들었다가…… 그 기척이 짐승이 아니라 인간의 기척임을 깨달았다.

영민들의 사냥감을 뺏지 않으려고 나는 일부러 늑대나 곰이 나오는 위험한 사냥터를 다녔다. 이런 곳에 대체 누가? 이상하게 여기며 나는 그 누군가 앞에 모습을 나타냈다.

소녀가 있었다. 나이는 나와 비슷했다.

가루눈이 내릴 만큼 추운데 몸에는 얇고 더러운 헝겊만 걸치고 있었고 맨발이었다. 부러질 듯한 얇은 몸을 끌어안은 채 추위에 떨고 있었다.

앙상하게 말랐고 금색 머리카락과 피부도 엉망이었다. 영양실조 수준을 넘어 굶어 죽기 직전이었다. 얼굴 생김새는 괜찮은 것 같은데 이 상태에서는 그것도 잘 알 수 없었다.

아무런 장비도 없이 숲에 들어오다니 미친 짓이다. 아직껏 살아 있는 것이 기적이었다.

……그리고 무엇보다 놀란 점은 마력 보유자라는 것이었다.

투아하데 영지의 백성을 한 명도 빠짐없이 둘러봐도 찾을 수 없었던 마력 보유자가 여기 있었다.

다만 마력을 다룰 줄 모르는지 몸 안쪽에 마력이 고여 있을 뿐이었다. 이래서는 일반인과 다를 바가 없고, 소녀도 자신이 마력을 가지고 있음을 모르고 있었다.

"힉, 아, 저기, 저는, 나쁜 짓 하지 않아요. 그러니까 죽이지 마세요."

"……넌 누구지? 왜 이런 숲속에 있어?"

"제, 제가 살던 마을은 가난해서, 겨울이 오기 전에 식구를 줄이기 위해 쫓겨났어요. 돌아가도 다시 쫓겨나요……. 산 너머 투아하데 영지는 부유하다는 여행자의 말이 생각나서, 거기라면 괜찮을 것 같아서."

설명하는 도중에 소녀의 배에서 꼬르륵 소리가 났고 비틀거렸기에 부축했다.

……냄새가 고약했다. 그리고 거짓말처럼 가벼웠다.

"얘기를 듣고 싶어. 하지만 그 전에 밥을 먹어 줘. 당장에라도 쓰러질 것 같아."

나는 쓴웃음을 짓고 점심용으로 가져온 샌드위치를 꺼냈다.

소녀는 눈을 동그랗게 떴다. 남에게 먹을 것을 받는다니, 식구를 줄여야 할 만큼 빈곤한 마을에 살았던 소녀로서는 생각도 할 수 없었던 일이리라.

당황하는 그녀 앞에서 따뜻한 수프를 컵에 따라 샌드위치 속을 수프에 넣고 빵은 잘게 찢어 넣은 즉석 빵죽을 내밀었다.

오랫동안 식사하지 않아 위가 약해져 있을 테니 이렇게 줘야 했다.

그러자 소녀는 절대 돌려주지 않겠다는 듯 컵을 가슴에 끌어안고 내 품에서 벗어나 주저앉아 빵죽을 먹기 시작했다.

옆 영주가 무능한 데다가 욕심이 많아서 무거운 세금을 부과하고 있다는 소문은 들었지만 이토록 지독할 줄은 몰랐다.

소녀가 식사를 마치고 행복한 표정을 지었다.

그러다 내 시선을 알아차리고 얼굴을 붉혔다. 배가 부르니 남의 시선을 신경 쓸 여유가 생긴 듯했다.

"넌 투아하데 영지로 가고 있는 모양인데, 난 투아하데 영주의 아들이야."

"……예? 그럴 수가, 대단해. 꿈에서 여신님이 말씀하셨던 운명의 만남은 사실이었구나."

지금 여신님이라고 한 건가? ……딱 내가 원하던 이 전개는 여신이 준비한 건가?

여신의 인도라고 생각하니 아니꼬웠지만 이 기회를 놓칠 수는 없었다.

"만약 그럴 마음이 있다면. 내 전속 하녀가 되지 않을래? 너의 힘이 필요해."

마력 보유자라는 점 외에도 나는 그녀를 높이 평가하고 있었다. 버려진 뒤의 행동이 좋았다.

마을에 돌아가도 소용없다고 판단하고 살아남을 길을 모색한 뒤 실행했다. 극한 상태에서 올바르게 행동하는 것은 암살자에게 필요한 자질이다. 후천적으로는 익힐 수 없다.

소녀가 나를 올려다보고 눈물을 뚝뚝 흘렸다.

"왜 울어?"

"저, 기뻐요. 필요하다는 말을, 처음 들어 봐서. 줄곧 모두에게 필요 없다는 말을 듣고, 짐짝 취급을 받다가, 이렇게 버려졌는데…… 제가 필요하다고."

꾹꾹 눌러 담았던 감정을 폭발시키듯 울었다.

그런 소녀를 끌어안았다.

"더, 더러워요."

"그러네. 하지만 넌 갈고닦으면 빛날 거야."

"저, 노력할게요! 그러니까, 그러니까."

"그래. 쭉 나를 위해 일해 줘. 내게는 네가 필요하니까."

확실히 지금 소녀는 더럽다. 하지만 다이아몬드의 원석이었다.

……좋은 것을 주웠다. 천천히 키우자. 암살하기 위한 조수로.

◇

누군가가 몸을 흔들었다.

"일어나세요, 루그 님."

부드러운 손이었다. 따뜻하기도 해서 기분 좋았다.

선명한 금발 소녀가 있었다.

나이는 열두 살로 하녀복을 입고 있었다. ……그녀는 표면상 내 전속 하녀였다.

매우 귀여운 그녀는 언제나 손님의 눈길을, 특히 남성의 눈길을 사로잡았다.

"루그 님, 그, 아, 안 일어나시면 장난칠 거예요."

나를 흔들고 있는 소녀가 기어드는 목소리로 그런 말을 했다. 도리어 일어나기 싫어지는 말을 하지 않았으면 좋겠다.

"안녕. 타르트."

"안녕히 주무셨어요? 루그 님이 늦잠이라니 별일이네요."

"조금 무리를 해서."

【초회복】이 있어서 휴식이 거의 필요 없지만, 어제는 회복이 따라잡지 못할 만큼 무리를 했다.

"아침밥을 준비해 뒀어요. 오늘은 야심작이에요!"

"그거 기대되네. 가자."

"네!"

둘이서 나란히 거실로 향했다.

"타르트, 꿈을 꿨어. 2년 전에 너와 만났을 때의 꿈을."

"……윽, 조금 부끄럽네요. 그때 제 꼴이 엄청났고, 피골이 상접한 모습이었잖아요."

"주웠을 때는 이렇게 미인이 될 줄 몰랐지."

"……! 루그 님, 아침으로 준비한 요구르트에 과일을 넣어 둘게요!"

2년이 지나 앙상했던 소녀는 건강한 육체와 어여쁜 모습을 되찾았다.

지금은 적당히 살이 붙어 있었다. 아니, 나이에 비해 발육이 좋았다.

자리에 앉자 타르트는 식사를 차리고 내 뒤에 섰다.

"하녀 일은 대충 해도 돼. 어차피 내 옆에 있기 위한 구실이니까."

타르트가 만든 아침을 먹으며 그녀에게 말했다.

베이컨 에그와 요구르트. 내가 좋아하는 음식이었고 이 영지의 재료를 쓴 것이었다.

"아뇨, 대충 할 수 없어요. 왜냐하면 저는 루그 님의 전속 하녀니까요! 루그 님의 쾌적한 생활을 위해 매일 노력할 거예요!"

암살을 보조시키려면 옆에 둬야 해서 전속 하녀로 임명했다.

그러니 하녀로서 부자연스럽지 않게 행동하기만 하면 됐다.

그런데도 타르트는 이렇게 암살 조수의 훈련과 하녀 일을 모두 소화하려고 했다.

"타르트, 정말로 너는 잘해 주고 있어."

재능이 있는 것도 아니고 감이 좋은 것도 아니었다. 그저 한없는 노력가였고 순종적이었다. 그래서 그녀는 계속 성장할 수 있고 신뢰할 수 있었다.

"루그 님이 거두어 주시지 않았다면 저는 죽었을 거예요……. 그리고 루그 님은 제가 필요하다고 말씀해 주셨어요. 그러니 제 목숨은 루그 님을 위해 있어요."

고용주에 대한 아부가 아니라 진심에서 우러나온 말이었다.

자리에서 일어나 부드러워 보이는 금발을 쓰다듬어 주었다. 그러자 순순히 체중을 기댔다.

"기뻐. 내게는 타르트가 필요해."

필요하다고 말할 때마다 그녀는 정말로 기뻐했고 어떤 힘든 훈련도 버텨 주었다.

실제로 2년 만에 암살자로 성장했고 귀족의 하녀로서 부끄럽지 않을 교양을 익혔다.

……타르트를 주워 조수로 키우겠다고 아버지에게 설명했을 때 두 가지를 약속했다.

첫째, 내가 책임지고 그녀를 지도할 것. 아버지는 타르트의 교육에 관여하지 않는다.

둘째, 문외불출인 투아하데의 기술을 하사하는 것이니, 만에 하나 그녀가 배신하면 책임지고 죽일 것.

첫째는 아마 타르트를 가르치면서 내 이해가 깊어지기 때문이리라.

둘째도 납득이 갔다. 혈족이 아닌 자에게 기술을 하사하는 것은 위험하다.

……다만 타르트가 배신할 일은 없다.

애초에 만난 경위가 경위인 만큼 그녀는 내게 심취해 있고, 전생에 가지고 있었던 세뇌 기술을 응용하여 2년에 걸쳐 절대적 충성심을 품게 만들었다.

타르트는 나를 숭배하며 의존하고 있었다.

"식사가 끝나면 서재에 오라고 주인어른께서 말씀하셨어요. 특별히 할 이야기가 있다면서요."

"알겠어. 갈게."

특별한 이야기인가. 상상은 갔다. 드디어 그 시기가 온 모양이다.

Episode10

# 제10화 암살자는 시험을 치른다

The world's best assassin, to reincarnate in a different world aristocrat

아버지에게 가니 평소보다 더 날카롭게 벼려진 모습이었다.

"루그, 타르트는 어떻지?"

"2년간의 훈련으로 분가 자식들과 동등한 수준까지 성장했어요. 재능은 평범하지만 무시무시한 노력가예요."

"음, 훈련은 순조로운 모양이구나. 하지만 내가 묻는 것은 그게 아니다."

"……현재로서는 결백해요. 2년간 감시하며 일상 대화 중에 속을 떠보고 있는데 변함없이 평범한 마을 처녀 출신이에요."

"과한 생각이었나. 투아하데의 기술을 훔치기 위해 보내진 스파이라고 의심했다."

그도 그럴 것이 타르트와의 만남이 너무 시기적절했다.

투아하데의 눈으로 영내 전체를 뒤져도 찾지 못한 마력 보유자가 식구 줄이기의 대상이 되고, 산에서 사냥하던 나와 만나다니 있을 수 없는 일이다. 계획된 일이라고 생각하는 것이 보통이다.

아버지의 말대로, 내가 투아하데 영지를 돌아다니며 마력 보유자를 찾고 있음을 안 동업자가 투아하데의 기술을 훔치기 위해 마력 보유자 스파이를 보냈다고 충분히 생각할 수 있었다.

나도 그 생각은 했었고, 타르트의 꿈에 여신이 나와 운명의 만남이 있을 거라고 속삭였다는 것도 신경 쓰였다.

2년간 타르트는 한 번도 수상쩍은 행동을 보이지 않았다. 만약 정말로 타르트가 누군가가 보낸 스파이라면 그 실력은 나나 아버지조차 뛰어넘었다는 뜻이다.

"아버지, 하실 말씀은 그게 다인가요?"

"본론은 따로 있다. 다음 훈련은 특별해. 훈련이긴 하지만 동시에 시험이기도 하다. 오늘 있을 시험과 장기간에 걸친 또 다른 시험을 극복하면 한 사람 몫을 한다고 인정하고 암살 귀족으로서 본업을 맡기겠다."

"시험을 치르겠습니다. 뭘 하면 되죠?"

"지금부터 나와 싸워라. 승패는 관계없다. 실력을 보여라."

알기 쉬웠다. 이제껏 열심히 단련한 기술로 스승인 아버지에게 전력으로 도전하자.

◇

이미 시험은 시작됐다.

무대는 숲속. 암살자 간의 싸움이다. 정정당당히 모습을 드러내고서 치고받지는 않는다.

서로가 모습을 숨긴 채 상대를 찾아내 기습을 노리고 있었다.

이 승부는 먼저 적을 찾아낸 쪽이 일방적으로 공격할 수 있는 만큼 압도적으로 유리했다.

기척을 지우며 어떤 사소한 흔적도 놓치지 않게 집중력을 높였다.

옆으로 뛰었다. 내가 있던 위치에 화살이 박혔다. 짧은 화살, 크로스 보우로 쏜 것이었다.

검게 빛나는 화살 표면에는 독이 발려 있었다. 맹독이었다. 일반인이라면 스치기만 해도 사흘은 앓아눕는다. ……그만큼 아버지가 진심이라는 거겠지.

"……기척을 지우는 건 자신 있었는데."

어떻게 내 위치를 간파했을까. 나는 짐작도 가지 않았는데 말이다.

하지만 화살의 궤도와 각도로 사수의 위치는 특정할 수 있었다.

여기서 5m쯤 앞, 남동쪽.

놓치지 않겠다며 마력을 담아 달렸다.

마력량과 순간 방출량은 내가 아버지를 압도한다. 즉, 속도와 힘도 압도하고 있다는 뜻이다.

산은 초목이 무성하고 제대로 발 디딜 곳도 없어서 달리기 힘들다.

그래서 특기를 썼다. 나무줄기를 차고 가지를 이용해 공중을 이동하는 입체 운동. 평범하게 나뭇가지를 차면 부러져 버리지만, 차는 순간에만 마력으로 가지를 덮는 고등 기술을 쓰고 있었다.

찾았다. 눈으로 봄과 동시에 품에서 단검 두 자루를 꺼내 투척했다.

나의 주 무기는 단검이었다. 티탄 합금으로 만든 단검을 늘 몇 개씩 가지고 다녔다. 형상을 궁리해서 투척 무기로도 쓸 수 있었다.

마력으로 완력을 강화하여 던진 단검은 음속에 필적하는 속도였다.

한 자루는 빗나가고 한 자루는 막혔지만 그사이에 거리를 좁혔다.

예비 단검으로 공격하자 아버지는 내가 던졌던 단검을 주워 받아넘긴 후 즉시 손날을 세워 목을 노렸다.

가까스로 피하고 발차기를 날렸다. 예상했는지 팔꿈치와 무릎 사이에 발이 끼어 부러졌다.

비명을 참으며 그대로 끝까지 발을 휘둘러 날려 버렸다.

만약 발이 부러졌다고 가만히 서 있었다면 그 자리에서 끝났을 것이다.

아버지는 다시 숲으로 사라졌다.

부러진 발에 마력을 집중하여 자가 치유력을 강화했다. 【초회복】과 합치면 1분 만에 뼈가 붙는다.

"……정말이지, 괴물인가."

힘도 속도도 내가 우위에 있다. 게다가 투아하데의 암살술에 첫 번째 세계에서 익힌 기술도 쓰고 있었다.

그런데도 농락당했다. ……이유는 알고 있다. 아버지는 내 움직임을 읽고 있었다.

근육의 삐걱거림, 심장 소리, 동공, 발한, 호흡, 시선, 냄새, 마력의 흐름, 온갖 동작으로. 세계 최고의 의료 기술을 가져 인간의 몸을 훤히 꿰고 있기에 가능한 일이었다.

역시 투아하데의 현 가주, 키안 투아하데.

하지만 그에게 기술을 배운 나도 똑같은 재주를 부릴 수 있었다.

오히려 전생의 지식과 조합할 수 있는 만큼, 쓸 수 있는 카드의 수는 아버지보다 훨씬 많았다.

그러나 아버지는 내가 읽어야 할 그 낌새에조차 페이크를 넣어서 나를 속였다.

나도 속이려고 했지만 어째선지 그 페이크를 완전히 간파당했다.

……별로 이런 말을 하고 싶지 않지만 경험의 차이이리라.

전생에 세계 최고의 암살자였다는 자신감이 흔들릴 것 같았다.

그렇기에 생각한다. 아직 배울 여지가 있고 강해질 수 있다. 저 사람의 아들이라 다행이었다.

"슬슬 이겨야겠지."

눈을 감고 감각에 집중했다.

내 쪽에서 쫓아가면 농락당한다. 상대가 움직이길 기다렸다.

주위에 두 가지 살의가 있었다.

첫 번째 살의가 날아왔다.

단검이었다. 아까 내가 던졌던 티탄 합금 단검.

쳐냄과 동시에 사각지대에서 또 하나 날아왔다. 절묘한 타이밍과 각도로 날아온 단검을 무리하게 몸을 비틀어 피했다.

단검 두 자루를 어떻게 거의 동시에 전혀 다른 방향에서 던졌는지는 모르겠다. 다만 둘 다 진짜 노림수가 아니라는 것은 알 수 있었다.

진짜 공격이 위에서 가해졌다. 눈속임을 위해 일부러 살의를 흘렸던 두 자루 단검과는 달리 지금 이 순간까지 기척을 완전히 죽였다가 가한 일격.

아버지가 자신의 단검을 역수로 잡고 떨어졌다. 무리한 자세로 몸을 비튼 탓에 피할 방도가 없었다.

그래서 피하지 않았다. 간신히 급소는 피해 어깨가 뚫렸고, 통증을 무시하고서 숨겨 뒀던 세 번째 단검을 아버지의 목에 댔다.

"마침내 제 승리네요."

강렬한 토기와 어지러움을 억누르며 선언했다. ……단검에도 확실하게 독이 묻어 있었다. 이 계통의 독에 내성이 없었다면 역전의 한 수를 놓기 전에 쓰러졌을 것이다. 가차 없었다.

"그런 것 같구나. 열두 살 아이에게 질 줄이야……. 심지어 넌 적당히 봐주면서 싸웠지. 이래 봬도 역대 최강의 투아하데라고 자부했는데 말이다."

아버지는 단검을 뽑고 해독약을 먹인 다음 상처를 치료해 줬다.

"봐준 적 없어요."

"딱 승부가 될 만큼만 마력으로 강화하고 마법을 쓰지 않았으면서 안 봐줬다고?"

"그러면 이 싸움에 의미가 없어지니까요. 아버지가 그러셨잖아요. 훈련이긴 하지만 동시에 시험이기도 하다고. 즉, 이건 훈련이에요. 힘으로 압도하면 아버지의 기술을 뺏을 수 없게 돼요. 그래서는 훈련이라고 할 수 없죠."

그랬다. 아버지는 처음에 굳이 훈련이라고 말했고 승패는 관계없다고도 했다. 승리가 아니라 훈련을 통한 기술 습득이 더 중요하다고 명백하게 고한 것이다.

아버지는 기분 좋게 웃었다.

“맞다. 내가 처음에 훈련이지만 동시에 시험이기도 하다고 말한 의미를 잘 간파했구나. 승패가 중요한 것이 아니다. 그게 바로 이 시험으로 살피고자 한 자질이다. ……암살자에게 중요한 것은 목적을 결코 오인하지 않는 것이다. 나를 쓰러뜨릴 생각밖에 없었다면 그 자질이 없다고 판단했겠지. ……이제 너에게 가르칠 것은 더 없다.”

“아뇨, 아직 많아요. 기술로는 아직 아버지를 이길 수 없어요. 죽을 각오로 도박해서 이겼을 뿐이죠.”

“가르칠 것은 다 가르쳤고 실천도 했어. 남은 건 경험뿐이다. 이제부터는 자신의 발로 걸어라. 강해지기 위해 필요한 것을 찾으면 돼. ……약속한 대로 조만간 최후의 시련을 주겠다. 전투가 아닌 다른 강함을 얻기 위한 시련이지.”

최후의 시련은 단순한 의술도 암살술도 아닌, 투아하데에게 필요한 그 외의 요소를 시험받는 것이리라.

◇

훈련이 끝난 후, 따뜻한 물로 씻고 옷을 갈아입은 다음에 타르트를 데리고 밖에 나갔다.

영민들과 인사했다. 최근에는 차기 영주로서 영민과 이야기하는 시간을 만들고 있었다.

"루그 님이 말씀한 대로 비료를 만들어서 뿌렸더니 올해는 풍작이었어요."

"잘됐네. 다음에 사냥감이 남으면 교환해 주지 않을래? 럭이 키운 파는 맛있어."

"네! 우선은 비료에 대한 답례예요. 루그 님이 드셔 주셨으면 좋겠어요."

럭이 싱싱한 파를 건네서 고맙다는 말과 함께 받았다.

다른 영민이 이쪽으로 달려왔다.

"소가, 저희 집 소가 뒷다리를 다친 것 같은데 고쳐 주시면 안 될까요?"

"그래, 가자."

발걸음이 빨라졌다. 간단한 치료는 무상으로 해 주고 있었다.

이쪽 세계에서는 귀족의 권력이 강하다.

귀족이 마력을 가진 특별한 존재고 마물 등으로부터 영지를 지키기 때문이다.

강한 힘과 비호는 신앙으로 이어지고, 그렇기에 영민은 귀족의 지배에 따르며 세금을 냈다.

하지만 힘만으로는 마음을 붙잡을 수 없다. 은혜를 베풀며 얼굴을 파는 것도 영지 경영에 필요한 일이었다.

◇

저택에 돌아올 즈음에는 해가 저물어 있었다.

"루그 님, 오늘도 수고하셨어요. 변함없이 대인기네요."

"그건 바람직한 일이지만 선물을 너무 많이 받았어. 썩기 전에 다 써야 할 텐데……."

바구니 안에는 영민에게 받은 것들이 가득했다.

의술을 배웠고, 전생의 지식으로 농업에 다소 밝고, 4속성 마법을 쓸 수 있어서 영민들은 나를 꽤 의지했다.

요전번에 계속된 가뭄으로 저수지가 말라서 물 마법으로 저수지를 가득 채웠을 때는 마치 신처럼 떠받들었다. 귀족 중에는 마법을 신성시하여 농업에 쓰지 않는 자도 있지만, 나는 편리한 힘은 편리하게 쓰면 된다고 생각했다.

"이 가방도 꽉 찼나."

가방을 열자 대량의 팔석이 가득 들어 있었다.

쓰면 쓸수록 마력이 커지기에 원래는 【초회복】의 회복량과 동등한 마력을 흘리고 다녔다.

하지만 그건 너무 아까운 짓이었다.

그래서 시작한 일이 이것이었다.

디아가 헤어질 때 준 팔석을 철저히 분석하여 팔석을 생성하는 마법에 성공한 것이 반년 전. 이후로는 계속 팔석을 만들고 그 안에 마력을 보존하고 있었다.

이 가방은 보관고로 옮기고 다른 가방을 마련하자. 대량으로 준비한 무기는 언젠가 반드시 도움이 될 것이다.

Episode11

# 제11화 암살자는 최후의 시련을 받는다

The world's best assassin, to reincarnate in a different world aristocrat

시험에 합격한 뒤로 아버지는 일하러 갈 때 나를 데리고 다니게 되었다.

의사로 일할 때도, 은밀한 일을 할 때도 나를 조수로 썼다.

걸리적거리지는 않겠다고 인정했기 때문이리라.

실전에서 아버지는 훈련할 때보다 더 대단했다.

더는 가르칠 것이 없다고 하셨지만 배울 것은 많았다.

실제로 첫 번째 세계에서는 타인의 기술에 감탄한 적 따위 없었으나 아버지가 일하는 모습은 볼 때마다 감탄이 나올 정도였다.

내 목표는 첫 번째 인생에서 익힌 암살술과 이쪽 세계의 암살술을 융합하는 것이었다.

"오늘 일도 훌륭하셨어요."

"그렇군. 잘 풀렸다. ……왜 내가 안팎으로 너를 데리고 다니는지 잘 이해하고 있는 모양이구나."

"네. 현장에서 일을 배우기 위해. 그리고 암

살할 때에 대비하여 건물의 구조, 호위의 배치, 대상의 역량을 기억하기 위해. 귀족의 저택에 들어갈 기회는 흔하지 않으니까요."

귀족의 저택은 단순한 집이 아니라 적을 요격하기 위한 보루이기도 했다.

그 구조를 알고 있는 것은 저택에 숨어들려는 암살자에게 무기가 된다.

의사라는 감투는 편리했다. 합법적으로 귀족의 저택을 방문할 수 있으니까.

지금은 타깃이 아니어도 언젠가 타깃이 될 가능성이 있었다.

"정답이다. 넌 암살자의 소질이 있어. 무서우리만큼."

"아버지의 아들이니까요."

일순 아버지가 슬픈 표정을 지었다. 그 의미를 이해할 수가 없었다.

설마 아들을 암살자로 만드는 것에 망설임이 있을 리는 없다.

……그런 망설임이 있는 사람이 그 정도 기술을 보일 수 있을까?

오늘은 대외적인 일이지만, 3일 전에 은밀한 일을 할 때는 그 훌륭한 솜씨에 전율했다.

나이기에 그 기술이 얼마나 대단한지 알 수 있었다. 평범한 인간이 봤다면 담담히 숨어들어 잠든 타깃의 목을 벴을 뿐이라 별로 어려운 일이 아니라고 느꼈으리라.

아버지의 대단한 점은 어떤 난이도의 일도 간단한 일처럼 보이게 한다는 것이었다. 모든 것이 완벽하고 막힘없이 끝나기에 그리 보였다.

"루그, 최후의 시련에 관해 아직 얘기하지 않았지."

"네. 줄곧 궁금했어요."

시험을 치른 날, 아버지는 최후의 시련을 주겠다고 했었다.

"우리 투아하데의 암살은 저번처럼 저택에 숨어들어 타깃을 죽이는 단순한 종류가 많아. 단순하기에 증거가 남기 어려우니까. 하지만 조심성 많은 귀족은 무수한 결계와 엄중한 경비 체재 등을 준비해서 잠입하기 몹시 까다롭지. ……그럴 때는 타깃이 주최하는 파티 등에 신분을 속이고 참가하여 접근해. 아니면 타깃이 초대할 만한 입장이 될 때도 많다."

전생에 나도 그랬다. 요리사, 대학교수, 피아니스트, 코디네이터, 건축가, 딜러. 다양한 신분을 가지고서 나는 타깃에게 접근했다.

"투아하데는 대외적인 얼굴인 의사로서 접근하여 병사(病死)로 위장할 수도 있어. 하지만 운 좋게 환자가 타깃일 때는 많지 않아. 그래서 가짜 신분을 가지고 있지. 많이 쓰는 건 요리사와 상인이다. 예를 들어 귀족은 보통 전속 요리사를 쓰지만, 대규모 파티를 열게 되면 일손이 부족해서 요리 조합에 의뢰하여 일류 요리사를 파견해 달라고 해. ……그리고 우리는 요리 조합에 연줄이 있어서 파견 요리사로 숨어들 수가 있어."

"놀랐어요. 아버지가 요리하시는 모습은 본 적이 없는걸요."

"너는 몰라도 내가 요리하면 그 녀석이 토라져."

귀족의 파티에서 솜씨를 발휘할 수 있는 아버지의 실력은 어머니 이상이리라. 뺨을 부풀리는 어머니의 얼굴이 떠올랐다.

"그럼 저도 요리사로서 기술을 익히라는 말씀인가요?"

"그보다 우선되는 능력이 있어. 상인이 돼라. 귀족은 충족한 삶을 살고 원하는 것은 뭐든 손에 들어와. 그러면 자신의 욕망을 채울 것을 찾게 되지. ……바다 건너 나라의 보물, 누구도 못 봤을 아름다운 보석, 뛰어난 기교로 태어난 예술품, 그런 물건을 가진 상인이 찾아오면 무방비하게 집에 들여……. 물론 그런대로 유명한 상회의 간판이 있을 때의 얘기지만 말이다."

"아버지는 그 상회의 간판을 얻을 연줄이 있는 거군요."

"그래. 내게는 이름이 셋 있다. 알반 왕국의 남작 키안 투아하데. 얼스터의 요리사 트아리 바하르. 카를라드 상회의 간부 드워프 가르나. 전부 버젓하게 호적이 있고 기록상으로도 실재해. 가공인물의 호적을 위조하면 조사할 시 허점이 드러나. ……그렇기에 내가 탄생함과 동시에 트아리와 드워프도 태어났다."

"즉, 제게도 루그라는 이름 외에 몇 가지 호적이 존재한다는 건가요?"

"네가 태어남과 동시에 두 사람이 태어났다. 발로르 상회의 회장이 창부에게서 본 아들인 이르그 발로르. 대장장이의 아들, 사피르 오그마."

나중에 호적을 위조하면 오류가 생긴다.

그래서 탄생과 동시에 두 가공인물의 호적을 만든다. 그러면 위화감은 생기지 않고, 조사하더라도 아무런 문제가 없다. ……하지만 실재하지 않는 두 인간의 인두세를 계속 내야 하고, 두 사람의 가족 등에게 거액의 사례금을 주거나 빚을 지게 된다.

그럼에도 실행하기에 투아하데인 것이다.

"대장장이 오그마는 그렇다 쳐도, 발로르 상회의 회장이 호적 위조에 용케 협력해 줬네요. 발로르라고 하면 무르테우령의 상업 도시에서도 손꼽히는 상회잖아요."

무르테우령은 투아하데에서 보면 남쪽에 있는 영지로 알반 왕국 최대의 항구 도시다. 이 나라에서 가장 상업이 발달한 곳이었다.

거기서 손꼽히는 상회쯤 되면 투아하데보다 더 힘이 세다.

"예전에 베푼 은혜가 있거든. 2년. 열네 살이 될 때까지 2년간 상인 발로르의 아들로서 수행해라. 너의 또 다른 이름, 이르그 발로르는 표면상 정처의 비위를 맞추기 위해 입양 보낸 것으로 되어 있다. 이번에 돌아오는 것은 정처의 아들이 병으로 앓아누워 예비가 필요해졌기 때문에…… 그런 설정이다."

무난한 설정이었다. 하지만 2년이라는 긴 시간 동안 장사를 배운다는 것이 신경 쓰였다.

아버지는 쓸데없는 일을 지시하지 않는다. 2년이나 그곳에서 보내는 것에는 의미가 있다.

"세계를 알고, 인맥을 만들고, 정보망을 준비하겠습니다. 그리고 발로르 상회라는 간판이 아니라 이르그라는 이름으로 귀족에게 환영받을 만한 급이 되겠어요. 2년간 발로르 상회에 있을 거면 그 정도는 해야겠죠."

아버지는 만족스럽게 고개를 끄덕였다. 무르테우는 이 나라 최대의 상업 도시이자 항구 도시다.

전 세계에서 물건이 모인다는 것은 그것들을 목적으로 전국에서 사람이 모이고 온갖 정보가 모인다는 뜻이다. 왕도보다 더한 세계의 중심이라고 할 수 있었다.

거기서 2년을 뜻깊게 보낸다면 시야가 넓어진다. 세계를 보는 눈을 기를 수 있다.

상인으로서 활약한다면 다양한 인맥을 만들 수 있을 것이다.

상회는 장사를 위해 갖가지 정보망을 구축하고 있다. 그 정보망을 이용할 수 있다면 암살에 도움이 된다.

마지막으로 이르그라는 이름을 듣고 귀족들이 기꺼이 맞이해 줄 만한 상인이 된다면 암살 프리 패스를 얻을 수 있다.

당면한 목표는 이 네 가지였다.

2년에 걸쳐 이르그 발로르로서의 나를 완성시키자.

암살 귀족으로서도 필요한 일이지만 용사 살해에도 도움이 된다.

현재 용사를 찾기는커녕 태어났는지조차 알 수 없었다. 전 세계에서 정보를 모을 눈이 필요하다고 생각하고 있었다.

자금·정보·인맥. 세 가지 모두 때로는 전투력보다 훨씬 강력한 무기가 될 수 있는 것들이었다.

Episode12

# 제12화 — 암살자는 출발한다

The world's best assassin, to reincarnate in a different world aristocrat

아버지에게 이야기를 듣고 사흘 후에 출발하기로 결정됐다.

의술과 암살술, 두 가지 모두 한 사람 몫을 하게 되면 밖에서 시련을 겪는다.

최후의 시련을 위해 출발하기 전에 친족들을 모아 축하 잔치를 열었다.

분가 핏줄과는 한 달에 한 번꼴로 만날 뿐이지만 얼굴과 이름은 전부 외우고 있었다.

어쨌든 귀중한 전력이었다. 분가는 본가만큼 피를 진하게 물려받지 않았으나 마력을 가지고 있었다. 전쟁이 벌어져 국가의 소집을 받게 되면 그들을 이끌고 싸우게 된다.

암살 가업은 만에 하나 실패해서 범행이 들통나지 않도록 철저히 단련된 본가만의 일이지만 의술은 분가도 맡고 있었다.

사이좋게 지내고 싶은데 아까부터 노려보는 시선이 따가웠다.

나보다 네 살 많은 사촌 형, 로나하의 시선이었다. 요리에는 눈길도 주지 않고 술만 퍼마시고 있었다.

그러다 별안간 일어난 로나하가 술을 쭉 들이켜고 유리잔을 내던졌다.

경계하고 있었기에 유리잔이 깨지지 않도록 부드럽게 받아 식탁에 내려놓았다.

그 행동이 더욱 신경을 건드렸는지 관자놀이에 불거진 혈관이 꿈틀거렸다.

"인정 못 해! 차대 가주가 이딴 꼬맹이라니, 난 인정 못 한다고!"

예전부터 그런 생각을 하고 있다는 것은 알고 있었다.

지금까지 분가와 합동 훈련을 할 때도 툭하면 시비를 걸었었다.

이렇게 축하 자리까지 마련되자 마침내 불만이 폭발한 듯했다.

……내 뒤에 대기 중인 타르트가 희미하게 살의를 풍겼기에 손짓으로 달랬다.

로나하의 부친이 호통을 치려고 했으나 아버지는 그럴 필요 없다며 입을 열었다.

"흠. 로나하는 루그의 무엇이 불만이지?"

"루흐 다음은 내가 가주가 돼야 했어! 그런데 이런 약해 보이는 꼬맹이가 차기 가주라니 이상하잖아! 내가 더 강해! 차기 가주가 돼야 할 사람은 바로 나야."

루흐는 내 형, 혹은 누나로 고인이다. 부모님은 부자연스러우리만큼 루흐 이야기를 꺼내지 않았고 기록도 없어서 나는 루흐의 성별도 나이도 알지 못했다.

아마 로나하는 루흐가 죽었으니 자신에게 가주 자리가 굴러들

것이라고 생각했으리라. 그렇기에 내가 마음에 안 드는 것이다.
……기분이 별로 좋지는 않았다.
“그게 너의 주장인가. 미안하지만 너는 투아하데에 어울리지 않아. 근본적인 부분이 어긋나 있어. 네 말을 들어 보면 가장 강한 자가 투아하데의 가주라고 주장하는 것 같은데, 투아하데는 암살자다. 애초에 전투가 벌어지는 시점에 삼류야. 우리가 전투 기술을 연마하는 것은 만일에 대비한 보험에 불과해.”
아버지의 말은 옳았다. 전투가 벌어졌다 함은 대상에 대한 살의를 들켰다는 것이고 암살은 거의 실패했다고 봐야 한다.
물론 강함이 불필요하다는 말은 아니다.
강하다면 일이 발각되더라도 억지로 결과를 낼 수 있고, 포위망을 빠져나가 재정비할 수 있다. ……하지만 가장 중요시할 정도는 아니었다.
“시끄러워. 정정당당하게 정면에서 죽이면 되잖아!”
머리가 아파지기 시작했다. 우리는 공공연하게 처분할 수 없는 해악을 비밀리에 제거한다.
만에 하나 암살이 발각되면 왕가는 투아하데의 독단이라고 말하며 꼬리를 자를 것이다.
그것조차 모르다니.
로나하의 부친이 머리를 싸맸다. ……뭐, 마음은 이해가 갔다.
“하고 싶은 말은 많지만. 만약 루그가 너보다 강하다면 루그를 차기 가주로 인정해 주는 건가?”

"물론이야. 하지만! 내가 더 강하다면 차기 가주 자리는 넘겨받겠어!"

로나하가 눈을 번뜩이며 입꼬리를 올렸다. 열두 살 아이 상대로 어른스럽지 못했다.

"좋다. 그럼 해봐라. 지금 당장."

"엥? ……아, 억."

로나하가 얼빠진 목소리를 냈다.

왜냐하면 내가 마력을 휘감은 단검을 녀석의 목에 갖다 댔기 때문이다.

피부가 살짝 베여 피가 흘렀다. ……죽이고자 하면 죽일 수 있었다. 그렇게 전투조차 벌어지지 않고, 로나하는 무슨 일이 일어났는지 이해하지도 못한 채 죽었으리라. 이것이 암살이다.

"아무래도 루그는 너보다 강한 것 같군. 이제 만족했나?"

"으, 윽, 아, 어라."

싱거웠다. ……대화 흐름상 이렇게 되리라고 예측한 나는 로나하의 관심이 아버지에게 향해 있는 것을 이용하여 기척을 지우고 녀석의 사각지대에 숨어 있었다.

그 후에는 아버지가 전투 신호를 줌과 동시에 소리 없이 다가가기만 하면 됐다.

"비, 비겁해."

"그게 암살자다. 우리는 기사와 달라. 아까도 말했지만 너는 투아하데를 착각하고 있는 모양이구나. ……루그, 무기를 집어넣어라."

아버지의 말을 따라 단검을 칼집에 넣었다.

그러자 로나하의 근육이 팽창했다.

“나는, 졌다고는 안 했어어어어어어어!”

그리고 귀신 같은 형상으로 달려들었다.

……정말이지, 이런 녀석이 어떻게 투아하데를 계승할 수 있다고 생각한 걸까.

휘둘린 팔을 피하고 업어 치기로 메다꽂은 다음, 경직된 녀석을 관절기로 제압했다. 날뛰려고 했지만 완전히 제압당해서 빠져나오지 못했다.

쓸데없는 저항을 하기에 팔을 부러뜨렸다.

“으아아아아아아아아아아아아아.”

난리 치지 않아도 되는데. 금방 붙도록 깔끔하게 부러뜨렸다. 그는 마력 보유자이니 투아하데의 치료를 받는다면 이틀 만에 붙을 것이다.

“이제 알았겠지. 평범하게 싸워도 루그가 더 강해. ……강함이 제일 중요한 건 아니라고 아까 말했지만 필요하긴 하지. 전투가 벌어진 시점에 삼류지만, 만일에 대한 대비가 있기에 대담한 수단을 쓸 수 있어.”

전투는 벌어지지 않게 한다.

하지만 절대 전투를 벌이지 않는다는 조건으로는 쓸 수 있는 수단이 매우 적어진다.

로나하를 보니 완전히 좌절한 모습이었다. 이 이상 날뛰지 않을 것이다.

"다들 어떤가? 우리 아들 제법이지 않나? 의술과 암살술 모두 나를 웃도는 천재라고 보증하지. 조금 전의 움직임도 좋았어. 암살자로서 올바른 행동이었다."

아버지가 그렇게 말하자 가라앉았던 분위기가 밝아졌다.

로나하의 부모는 복잡한 표정이었지만, 그 외의 사람들은 믿음직한 후계자라며 나를 칭찬했다.

아마 아버지는 이 연출을 위해 로나하를 달래는 척 도발했을 것이다.

다만 나중에 로나하를 다독일 필요는 있었다.

그는 언젠가 내 부하가 될 테니까.

◇

마침내 출발 전날이 되었다. 선물을 가지고 로나하를 찾아갔다.

"뭐야. 비아냥거리러 왔냐?"

"그런 거 아니야. 그저 우울해하고 있을 것 같아서 왔어."

어조는 부모님에게 쓰는 정중한 말투가 아니라 일부러 무뚝뚝하게 했다.

이러는 게 낫다. 정중한 태도로 대하면 그는 거만하다고 느낄 것이다.

"……누가 우울해한다는 거야. 네 살이나 어린 녀석한테 진 게 한심해서 짜증이 날 뿐이야."

"그렇게 따지면 우리 아버지는 서른 살 어린 꼬맹이에게 된통 당했어."

"그 소문이 진짜였나. 역대 최강의 투아하데를 열두 살에 쓰러뜨릴 줄이야. 처음부터 나는 상대가 안 됐던 거네."

로나하는 자조적으로 웃었다.

"맞아. 로나하가 무슨 짓을 하든 날 이길 수는 없어. ……하지만 이길 필요도 없어. 내가 가주가 되면 투아하데는 더욱 번영해. 부하가 되면 지금 이상의 대우를 약속할게. 나한테는 졌지만 로나하는 그런대로 강해. 작년에 왕도에서 젊은 기사가 출전하는 대회를 관전했는데, 스무 명의 참가자 중에서 로나하보다 강하다고 확신할 수 있는 사람은 네 명뿐이었어. 난 로나하를 원해. 투아하데의 기사로서 전장에서 활약하길 기대해."

기사는 가문을 상속받을 수 없는 차남이나 삼남, 극히 드물게 태어나는 일반인 마력 보유자들로 결성되는 상비군으로, 거기에 이름을 올리려면 엄격한 시험을 통과해야 했다.

싸움이 전업이기에, 유사시에만 소집되는 귀족들보다 숙련도가 높다.

그런 정예 스무 명에 뒤지지 않을뿐더러 상위에 위치하는 실력. 다혈질이라 암살자로는 적합하지 않지만, 강함만을 따지자면 로나하는 투아하데의 수족 중에서 독보적이었다.

"야, 그거 칭찬이라고 한 거냐?"

"그래. 겸사겸사 기사가 되어 달라고 권유하고 있어."

"바보 아니야? 자기보다 강한 동년배가 네 명이나 있다는 말을 듣고 누가 기뻐해? 하지만, 뭐, 나쁘지는 않네. 괜히 비위 맞춘다고 추켜세우는 것보다는 나아."

"이건 선물이야."

"……검인가. 믿을 수 없을 만큼 가볍네. 그리고 날도 예리해. 마검 같은 건가?"

"그래. 로나하에게는 단검보다 장검이 잘 어울려. 성격적으로도 체격적으로도 암살자보다 기사에 가까워. 투아하데에는 기사가 할 일도 있어. 언젠가 내 부하가 되면 검을 휘둘러 줬으면 해."

로나하는 검을 허리에 차고서 크게 숨을 토했다.

"흥, 집에나 가라."

권유는 실패인가. 로나하의 성격상 이런 방식이 잘 먹히리라고 봤는데.

문을 잡았다.

"네가 2년 후에 돌아오면 난 더 괜찮아져 있을 거다. 네 말을 듣고 알았어. 암살 같은 좀스러운 일은 나랑 안 맞아. 네가 원하는 기사가 될 테니 너는 너대로 잘해라."

"그래, 서로 힘내자."

그렇군. 이런 타입은 이렇게 솔직해지지 못하는 부분도 있는 건가. 기억해 두자.

아무튼 우수한 기사를 손에 넣었다.

내가 가주가 됐을 때 효과적으로 활용하자.

◇

이튿날, 부모님과 영민들의 배웅을 받으며 마차를 타고 출발했다.

"무리해서 따라오지 않아도 돼. 내가 집에 없어도 분가 사람들에게 네 훈련을 부탁할 수 있고, 무르테우는 상업 도시야. 이곳과는 너무 달라."

"그런 건 관계없어요! 저는 루그 님의 전속 하녀니까요. 어디든 따라가서 루그 님의 시중을 들 거예요."

나와 동행하는 타르트가 커다란 짐을 들고서 씩씩거렸다.

……그러고 보니 어제 어머니가 타르트를 방에 불러 오랫동안 이야기했었지. 어머니라면 분명 타르트에게 이런저런 말들을 불어넣었을 것이다.

마차에 올라타기 전에 염료를 사용하여 어머니에게 물려받은 자랑스러운 은발을 감췄다.

2년간 이르그로 지내는 이상, 루그와의 관계성은 보일 수 없기 때문이다.

"루그 님, 무르테우가 기대돼요."

"그러게."

무르테우의 상업 도시는 어떤 곳일까?

2년 동안 세계를 알고, 인맥을 만들고, 정보망을 얻고, 상인으로 성공하겠다고 아버지와 약속했다.

동업자가 암살자를 보낼 정도로는 성공하고 싶었다. 암살 대상이 되는 것은 재미있을 듯하고, 상대에 따라서는 공부가 된다.

평범한 수단으로는 고작 2년 동안 그 정도로 성공할 수 없다.

그렇기에 불타올랐다. 이미 나는 머릿속으로 성공을 위한 계획을 짜기 시작한 상태였다.

이르그 발로르르로서 해야 할 일을 완수하자.

Episode13

# 제13화 암살자는 상인이 된다

The world's best assassin, to reincarnate in a different world aristocrat

세월은 빠르게 흘러서 타르트와 함께 무르테우에 온 지 반년이 지났다.

나는 투아하데 남작가의 루그가 아니라 발로르 상회의 이르그로 지냈다.

루그라는 사실을 들키지 않도록 눈에 띄는 은발을 검은색으로 물들이고 안경을 썼다.

그리고 복장도 인상을 확 바꿨고, 말투와 음성, 행동, 표정까지 바꿔서 이르그와 루그가 동일 인물이라고 생각하는 자는 없었다.

……처음에는 당황스러운 일도 많았다. 투아하데가 의술로 번영하고 있기는 하지만 그건 어디까지나 영주와 그 분가만의 이야기라 영지 자체는 농업이 주체인 시골이었다.

모든 면에서 스케일이 달랐다. 물자가 모이는 곳에는 온갖 인재가 모인다.

상인, 목수, 연금술사, 대장장이, 약사도 있었다. 다양한 인재가 모이면 자연스럽게 다양한 것이 생겨나고 가속도적으로 경기가 좋아진다. 그러면 더욱 사람이 모이는 선순환이 일어나서 점점 발전해 나간다.

반년을 지내면서 이 도시가 마음에 들었다.

가능하다면 루그 투아하데로서도 이 도시를 이용하고 싶었다.

이 도시에 가게를 차리고 세계를 상대로 장사하면 투아하데령을 더욱 풍족하게 만들 수 있다.

암살 일을 하다 보면 언젠가는 버려진다. 역할이 끝났을 때에 대비해 새로운 수입원 확보가 필요했다.

목적지에 도착했다. 발로르 상회 본부의 회장실이었다.

"아버지, 조금 늦었습니다."

"아닙니다. 갑자기 불러서 미안합니다."

"오늘은 어떤 용건으로 부르셨나요?"

이르그는 첩의 아들로, 본처의 기분을 맞춰 주기 위해 밖에 내보냈었다고 되어 있다. 그리고 본처의 아들이 병으로 쓰러졌기에 무슨 일이 생겼을 때를 대비하여 급히 상인 교육을 하고 있다는 설정이었다.

그 설정대로 발로르는 철저히 내게 상인의 기본을 주입했다.

첫 석 달은 상회에서 가장 장사가 잘되는 가게에서 점원으로 일하며 전쟁터처럼 바쁘게 보냈다.

처음에는 무슨 일을 해도 혼났지만, 일을 배우고 전생의 지식을 구사하여 개선해서 능숙하게 처리하게 되자 주위의 인정을 받게 되었다.

그렇게 현장에서 일을 소화할 수 있게 된 후에는 본부로 이동했다.

발로르 상회는 무르테우에 여러 소매점을 가지고 있었고 가게에 진열되는 상품은 거의 같았다.

본부가 수요를 예측하여 각 가게에 무엇을 얼마만큼 출고할지를 정하는 것이다.

굳이 따지자면 본부의 일이 내 성미에 맞았다.

전 세계에 구축된 유통망과 정보망을 구사하며 온갖 수단을 강구해 정보를 모으고 그것들을 분석해서 수요를 예측한다. 그것은 몹시 어려운 일이지만, 전지전능한 느낌이 들어 짜릿했다.

앞으로 잘 팔릴 매력적인 신상품을 찾아 거래처와 교섭하는 것은 흥분됐다.

좋아하니 숙달도 빨라서 지금은 본부장을 보좌하고 있었다.

이 포지션은 좋았다. 과장 없이 전 세계의 정보가 손에 들어왔다.

물자와 사람의 흐름을 보면 세계는 벌거숭이가 된다.

"이르그 군은 잘하고 있습니다. ……발로르 상회를 맡기고 싶다는 생각이 들 만큼."

"말도 안 돼요. 베르이드 님은 쾌차하고 있어요. 제 차례는 오지 않을 거예요."

"그것도 이르그 군 덕분이죠. 당신을 키우는 건 키안에게 빚을 갚기 위해서였지만…… 이르그 군이 이렇게 상인으로서 유능하고 아들의 불치병까지 고쳐 주니 오히려 제가 덕을 보고 있어요. 반대로 빚을 늘리고 말았습니다."

이곳에 온 뒤로 장사를 배우는 것 외에 또 하나 일을 맡고 있었다.

발로르의 아들, 베르이드의 치료였다. 그가 병에 걸렸다는 것은 진실이었다.

진찰해 보니 암을 앓고 있었다. 초기 단계라 암세포를 절제하자 회복세를 보였다. 이 세계는 의료 수준이 낮아서 외과 수술을 하는 의사는 투아하데뿐이었다. 암은 물론이고 맹장염조차 불치병으로 여겨졌다.

의료 수준뿐만 아니라, 치료를 위해 살에 칼을 대는 것은 끔찍한 일이라며 이 나라의 주교가 투아하데를 콕 집어 비판하는 것도 외과 수술이 행해지지 않는 이유 중 하나였다. 그래도 병을 고치고 싶은 자는 많아서 우리는 수술을 했다. 베르이드도 그중 한 명이었다.

"아버지, 보상은 충분히 받고 있어요. 이 땅에서 얻은 것은 매우 커요."

촌구석 귀족으로 지낸다면 평생 보지 못할 것을 보았다.

그리고 상회의 유통망과 정보망을 이용해 개인적으로 필요한 정보를 모으고 물건을 사들이고 있었다. 세계적으로 손꼽히는 상회의 유통망이 있으면 입수할 수 없었던 것도 손에 들어온다.

"그렇다면 다행이군요. 저는 장사꾼입니다. 아들을 살려 주고 일로도 도움을 받는데 보답할 것이 없다면 수치예요. 이르그 군이 뭔가를 얻고 있다니 마음이 좀 편해지네요. ……물론 늘어난 빚은 다른 형태로 갚을 거지만요. 서론이 길어졌네요. 오늘 이곳으로 부른 건 새로운 일을 맡기기 위해섭니다. 자, 받으세요."

지도와 건물 도면을 건넸다. 주요 가도에서 조금 떨어진 입지에 넓이는 큰 편의점 정도. 무르테우에서 이만한 점포를 가지려면 막대한 돈이 필요하다.

“좋은 가게네요. 이 입지와 넓이. 뭐든 할 수 있겠어요.”

“예, 거기 있던 가게를 철거시켜 버렸거든요. 발로르는 이르그 군이 관여하던 생활 잡화와 식품을 주로 취급하는 점포 외에 음식점, 무기와 방어구를 취급하는 가게, 약을 취급하는 가게 등등 다양한 가게를 전개하고 있습니다. 이곳에는 술을 전문으로 취급하는 가게를 열었지만 실패했죠.”

발로르 상회에는 술 전문점이 따로 없다. 그렇다는 건…….

“이 가게는 모델케이스. 기존 점포와는 다른 노선을 시도하기 위한 거였나요?”

기존 점포를 늘리는 것 외에 새로운 분야도 개척하고 있었다. 이것도 그 일환이리라.

기존 점포를 늘리기만 해서는 언젠가 성장이 멈춘다.

그래서 전혀 다른 분야에 손을 대 보고 실패하면 피해가 커지기 전에 철수.

성공하면 그것을 모델로 점포를 늘려 나가는 것이다.

“예, 맞습니다. 식품과 생활 잡화를 파는 가게는 경쟁이 치열해서 답보 상태고, 큰 전쟁이 없으니 무기류는 매상이 적습니다. 약도 마찬가지고요. ……뭐, 최근 마물의 출현도 늘었고, 이렇게 마물이 늘어나는 걸 보면 곧 마족이 부활할 테죠. 그러면 단숨에 무기와 약의 매상이 오를 테지만, 그걸 기대하고 아무것도 안 할 수는 없습니다. 우리 발로르 상회는 성장성이 높은 분야에 빨리 진출

해야 해요. 하지만 이미 3연패입니다. 이것 참, 어렵군요."

그러고 보니 간부 한 명이 좌천됐다는 이야기를 들었다.

아마 모델케이스가 실패했기 때문이리라.

"즉, 이 점포를 제게 맡기시겠다는 건가요?"

"네, 이르그 군이라면 새로운 바람을 불러올 것 같다는 생각이 듭니다."

"아직 여기 온 지 반년밖에 안 됐는데요."

"보통은 부탁하지 않아요. 하지만 이르그 군이 반년간 해 온 일은 보통이 아닙니다. 좋은 것을 알려드리죠. 수요와 시세를 읽는 능력, 교섭술, 접객술 등은 상인에게 중요합니다. ……하지만 무엇보다 필요한 것은 사람을 보는 눈입니다. 우리는 신이 아니에요. 할 수 있는 일의 한계는 명확합니다. 그래도 사람을 꿰뚫어 보는 눈이 있으면 하고 싶은 일을 할 수 있어요. 잘하는 사람을 찾아서 일을 맡기기만 하면 되죠. 그게 바로 초일류 상인입니다."

무거운 말이었다. 실제로 발로르라는 남자는 그렇게 해 왔다. 그가 자기 손으로 움직이는 것만을 고집했다면 점포 하나를 번창시키는 데 그쳤을 것이다.

하지만 이 남자는 가게를 남에게 맡기고, 더 많은 가게를 맡길 사람을 고르며 점포 수십 개를 경영해서 엄청난 부를 얻었다.

"아버지, 공부가 됩니다. 준비 기간, 예산, 그리고 써도 되는 인원은 얼마나 되나요?"

"계획에 한 달, 개장 공사에 한 달. 예산은 원하는 만큼. 필요한 인원은 이쪽에서 준비하겠습니다. 가게에 대한 제한은 하나. 발로르 상회의 품위를 떨어뜨리지 않을 것. 할 수 있겠죠?"

가슴이 뛰었다. 이곳에 온 것은 암살의 밑밥을 깔기 위해, 그리고 상인으로서 급을 올리기 위해서다. ……이 안건이 성공하면 그 두 가지가 모두 이루어진다.

"해 보겠습니다."

"애써 주세요. 참고로 이 프로젝트가 성공하면 모델이 된 점포를 늘려 나갈 겁니다. 그리고 각 점포에서 본부가 징수하는 상납금의 5%를 늘 이르그 군에게 줄 겁니다. 이건 특별 취급이 아닙니다. 새로운 시장을 개척한 자에게는 그에 상응하는 보수를 주는 것이 발로르 상회의 방침이거든요."

"더더욱 의욕이 생기네요."

돈은 아무리 많아도 부족하다. 물자, 인재, 정보를 얻는 데도 돈은 필요하다.

"그럼 성공을 기도하겠습니다. 저의 또 다른 아들."

"맡겨 주세요. 성공시켜 보이겠습니다."

"호오, 이미 무엇을 시작할지 생각이 있는 모양이군요."

"당연하죠. 반년이나 이 도시에 있으면서 자신이라면 어떤 장사를 할지 생각하지 않는 상인은 없을 거예요. 이번 일이 없었더라도 기획을 제출할 생각이었습니다."

"……이르그 군을 후계자로 삼을 수 없는 게 정말 아쉽군요. 진짜로 상인의 적성이 있어요."

그리하여 자료와 대량의 예산을 받고 그 자리를 떠났다.

새로운 점포를 반드시 성공시키자. 발로르 상회라는 간판의 덕을 보는 것이 아니라 이르그 발로르라는 이름을 알리자.

Episode14

# 제14화 — 암살자의 여동생

The world's best assassin, to reincarnate in a different world aristocrat

새로운 가게와 그 주력 상품에 관해 생각하며 자택으로 돌아갔다.

중류층 가족이 이용하는 셋집에 살고 있었다. 교외에 있어서 가격에 비해 넓고 정원도 있었다.

세 사람이 살고 훈련도 하기에 넓고 정원이 딸려 있어야 했다.

문을 열자 두 사람의 발소리가 들렸다.

"다녀오셨어요, 이르그 님."

"돌아왔구나, 이르그 오빠."

한 명은 투아하데령에서 함께 온 하녀 타르트. 다른 한 명은 나와 동갑인 이지적인 소녀, 마하였다. 늘씬한 체형과 윤기 흐르는 파란 머리가 특징적이었다.

무르테우에서는 이렇게 세 명이 같이 생활하고 있었다.

자택에 돌아왔다고 해서 루그라는 이름으로 불리지는 않았고, 이르그의 변장을 풀거나 말투를 되돌리지도 않았다.

일 때문에 손님이 많이 오기에 방심했다가

는 어디서 허점이 드러날지 알 수 없었다.

"늦어져서 미안해. 아버지가 새로운 일을 주셨어. ……가게를 하나 맡게 됐어. 기존의 가게와는 전혀 다른 장사를 할 거야. 쉽지 않은 일이고, 그렇기에 가슴이 뛰어."

"이곳에 온 지 반년밖에 안 됐는데 큰일을 맡으시다니 역시 이르그 님이세요."

"오빠의 활약은 나도 자랑스러워. 내일 가게에서 자랑해야겠어."

"아니, 본격적으로 시동할 때까지는 조용히 있어 줄래?"

내 말에 두 사람이 고개를 끄덕였다.

마하는 나를 오빠라고 부르고 있지만 아버지에게 사생아가 있었던 것은 아니다.

이 땅에서 내가 구한 아이였다.

……예전부터 암살할 때 팀이 필요하다고 생각했고 그녀는 그 후보였다.

암살팀의 최저 조건으로는 마력 보유를 들 수 있다.

보통 마력을 가진 아이는 마력 보유자 부모에게서만 태어나지만, 만 명 중 한 명꼴로 일반 가정에서도 돌연변이가 태어난다.

무르테우는 투아하데보다 몇 배나 인구가 많기에 마력 보유자를 발견할 공산이 컸다.

그 계획이 들어맞아서 마하를 찾을 수 있었다.

그녀가 있던 고아원은 도시에서 주는 보조금을 받아먹기 위해 운영되던 곳으로, 딱 죽지만 않을 정도로 열악한 환경에서 아이들을 키우며 때로는 학대까지 하고 있었다.

마하를 인계받는 것은 간단했다. 고아원 주인은 원래부터 돈을 받고 아이를 넘기기도 하던 인물이라, 마하가 성인이 될 때까지 지급되는 보조금의 두 배를 주자 간단히 이야기가 정리되었다.

나는 열두 살이라 고아를 인계받기에는 너무 어렸지만, 발로르 상회에서 일하고 있으며 발로르가 내 신원을 보증하면서 자격이 충족되어 이렇게 셋이 함께 지내기 시작했다.

"외투 받아드릴게요. 이르그 님."

"여기."

타르트가 충실하게 시중을 들었다.

타르트가 있어서 나는 해야 할 일에 전념할 수 있었다. ……그리고 입 밖에 내지는 않지만 정신적으로도 도움을 받고 있었다.

루그가 되고 마음이 자라면서 전생에는 없었던 감정이 싹텄다.

그것은 연약함도 낳았다. 외로움, 심란함, 불안. 그런 마음이 들 때가 있었다. 하지만 타르트가 곁에 있으면 그런 감정이 날아갔다.

가족이 있는 것은 좋았다.

"이르그 오빠, 오늘은 타르트랑 같이 저녁을 만들었어."

"그거 기대되네. 마하의 요리는 맛있으니까."

"응, 기대해도 돼. 야심작이니까."

마하를 거둔 것이 넉 달 전.

그녀는 계속 학대를 받은 탓에 쇠약해져 있었고 인간 불신에 빠져 있었다. ……그렇기에 구워삶기 쉬웠다. 그런 인간일수록 믿을 수 있는 누군가를 찾고 있으니까.

세뇌 기술을 구사하여 그녀의 마음에 파고들어서 나에 대한 애정과 충성심을 심었다.

덕분에 이렇게 오빠라며 따르게 되었다.

"가게에서는 잘하고 있어?"

"물론이지. 이르그 오빠의 얼굴에 먹칠은 안 해."

마하에게 교육을 실시한 후, 낮에는 발로르 상회에서 일하게 했다.

그녀는 상인의 딸로, 부모가 밤도둑에게 살해당하기 전까지는 고도의 교육을 받았고 머리가 좋았다.

아쉽게도 전투 센스가 없어서 실행 부대로서의 적성은 낮았다.

하지만 정보 수집, 물자 조달, 후방 지원은 맡길 수 있을 테고, 자기 몸을 스스로 지킬 수 있을 정도로는 단련시킬 수 있다.

"마하라면 상인 이르그의 오른팔도 될 수 있을 것 같아."

"이르그 오빠가 원한다면 그렇게 되어 보이겠어."

그리고 발로르 상회에서 일하게 한 것은 포석이기도 했다.

내가 이 도시를 떠난 후, 마하는 무르테우에 남길 작정이었다.

이 땅에서 이룩한 정보망을 이르그 발로르의 업무와 함께 인계한다. 그리고 그녀는 필요한 정보나 물자를 모아서 내게 보낸다.

그러려면 발로르 상회에서 일하는 것이 제일 좋았다.

기초를 배우면 내 비서로 뽑을 것이다. 지금부터 창립할 브랜드도 장래에는 그녀에게 맡기게 되리라.

마하가 콧노래를 흥얼거리며 수프와 고기 요리와 빵을 가져왔다.

셋이 식사를 개시하자 마하가 내 얼굴을 빤히 바라보았다.

어서 감상을 듣고 싶은 듯했다. 수프를 입으로 가져갔다.

"마하, 베이컨 스테이크도 맛있고 수프도 맛있어. 베이컨을 구우면서 나온 기름을 수프에 썼지?"

"용케 알았네. 아주 좋은 베이컨이니까 기름까지 맛있게 먹고 싶었거든."

"이르그 님은 제게 마하를 돌봐 주라고 하셨는데 오히려 제가 배우는 것도 많아서 자신감이 사라질 것 같아요. 하지만 지지 않을 거예요. 특히 요리는! 자, 제가 구운 호박 파이도 드셔 보세요!"

대항 의식을 불태우는 타르트를 보고 나와 마하는 웃었다.

타르트에게 또래 친구가 생겨서 다행이었다.

타르트는 반사 신경과 동체 시력이 뛰어나고 몸을 잘 써서 실행 부대에 적합했다. 반대로 어려운 것을 생각하는 데는 서툴고 시야가 좁아 후방 지원에는 적합하지 않았다.

후방 부대에 적합한 마하와 깔끔하게 역할이 나뉘어서 재미있었다.

암살할 때는 나와 타르트가 실행하고 마하가 지원하는 형태가 될 것이다.

잡담하며 즐겁게 식사했다.

"그래서 이르그 오빠는 어떤 가게를 만들 거야?"

답은 나와 있지만 다시금 머릿속을 정리했다.

필요한 조건이 두 개 있었다.

첫째, 돈벌이가 될 것. 이건 절대 조건이다. 이 사업은 실패해선 안 된다.

둘째, 귀족 상대로 수요가 있는 장사일 것. 본업인 암살에 이용하려면 그편이 활용하기 쉽다.

"여성층을 노린 가게를 만들 거야. 화장품을 메인으로 하면서 오래 보존되는 달콤한 과자도 두고 싶어. 하지만 처음부터 광범위하게 시작하면 매상이 잘 나오지 않을 테니까 우선은 화장품에 특화시킬 거야."

구매욕이 강한 것은 남성보다 여성이다.

특히 귀족 영애나 부인은 아름다움과 달콤한 것에 욕심이 많아서 화장품과 과자라면 사족을 못 쓴다.

……그뿐만 아니라 그녀들은 특별 취급을 아주 좋아한다. 나라에서 손꼽히는 화장품 브랜드의 대표가 당신만을 위해 만든 특별한 화장품과 과자를 준비했다면서 방문한다고 하면 위험성 따위 생각하지 않고 기꺼이 저택에 들일 것이다.

"화장품도 달콤한 과자도 멋지네요!"

"괜찮을 것 같아. 최근 경기가 좋으니 화장품 수요는 많을 거야. 하지만 무르테우에는 화장품 가게도 많아. 압도적인 강점을 가진 상품이 필요하고, 매우 어려울 거야……. 예뻐지기 위한 것이고 피부에 바르는 거니까 모험은 할 수 없는걸. 웬만큼 특별한 이유가 없는 한, 유명 브랜드의 상품을 사게 돼."

두 여자의 반응은 좋았다. 시작품이 완성되면 써 달라고 하자.

그건 그렇고 마하는 예리했다. 화장품 브랜드만큼 시장에 새로 뛰어들기 어려운 것은 없다. 품질보다 브랜드가 중요한 상품이었다.

"그쪽도 생각해 뒀어. 신규 참여의 불리함 따위 날려 버릴 만큼 매력 있는 상품을 만들 거야."

"아직 비밀인 거구나. 기대할게."

"알려 줘도 괜찮은 단계가 되면 저도 쓰게 해 주세요!"

떠들썩한 저녁 식사는 나쁘지 않았다. 투아하데에 있을 때가 생각났다. 암살 일을 하고 있으면서 투아하데의 가족은 따뜻했다. 그리고 이 식탁도 비슷하게 따뜻했다.

……지금이야 이렇게 떠들썩하고 즐겁게 식사하고 있지만, 처음 왔을 때 마하는 우울해하고 겁을 먹어서 큰일이었다.

그 나날을 극복했기에 지금이 있었다.

식사가 끝날 무렵, 노크 소리가 울려서 들어오라고 했다.

"밤늦게 죄송합니다. 오늘도 와 버렸어요."

그렇게 말하며 나타난 사람은 발로르의 아들 베르이드. 이르그의 이복형으로 세 살 연상이었다.

그는 이 세계에서 불치병인 암을 앓고 있었지만 그 치료는 끝난 상태였다.

그런데도 거의 매일 타르트나 마하가 좋아하는 과자를 사 들고서 나타났다.

"베르이드 님, 마침 잘 오셨어요. 이제 수업하려던 참이에요."

이 형의 목적은 타르트와 마하를 위해 하고 있는 수업에 동석하는 것이었다.

암살은 폭넓은 지식과 기술이 필요하다.

약학, 과학, 물리학, 심리학. 경제학과 법률. 이것들을 조금씩 두 사람에게 가르치고 있었다.

그리고 이 집에 다니며 치료받을 적에 이 모습을 본 베르이드는 그 수업에 크게 관심을 가지게 된 것이다.

"오늘은 뭘 가르쳐 주실 건가요?"

"어제 했던 물리학을 계속할 거예요."

"그거 기대되네요. 저는 물리학이 특히 좋아요. 당연하다고 생각했던 일상적인 현상의 이유를 이해할 수 있고, 의도적으로 원하는 현상을 일으킬 수 있게 되니까요."

"그게 물리학의 묘미죠."

"아아, 그렇지 참, 축하드려요. 새 점포를 맡게 됐다고 들었어요. 그건 발로르 상회에서 가장 실력 있는 젊은이에게 맡겨지는 일이에요. 성공하면 장래 간부가 되는 건 확실하죠. 도움이 필요하면 말해 주세요."

투아하데의 비밀을 알고 있는 사람은 발로르뿐이라서 베르이드는 나를 첩의 자식이라고 생각하고 있었다. 능력 있는 동생이 나타나 아버지가 아끼면 시기하거나, 계승자 자리를 뺏긴다고 생각하여 반발하는 것이 보통일 텐데, 그는 묘하게 나를 따르며 가르침까지 청했다.

이상한 사람이었다. 타르트와 마하를 가르치는 김에 겸사겸사 같이 가르치는 것이라서 따로 수고가 들지도 않았다. 역시 수업 후의 훈련마저 보여 줄 수는 없지만, 수업을 듣는 것 정도는 상관없었다.

나는 그가 싫지 않고…… 이용 가치도 있었다.

그는 우수한 상인이고 발로르 상회의 주인이 될 사람이다. 친하게 지내 둬서 손해는 없었다.

"그럼 오늘 수업을 시작하죠."

세 사람에게 직접 만든 교재를 나눠 줬다.

이렇게 누군가를 키우는 것은 꽤 즐거웠다.

학생들이 다들 열심이라 가르치는 측으로서도 기합이 들어갔다.

수업하면서, 새로운 점포에서 취급할 주력 화장품에 관해 계속 고찰했다.

이 세계에는 없고 내가 살던 세계에서는 당연하게 쓰던 것.

이제 이 세계에서도 모든 여성이 화장할 때 그것을 쓰는 것이 당연해지리라.

천문학적인 수익이 생기고 이르그 발로르의 이름을 모르는 자는 없게 될 것이다. 그 정도 물건을 만들려 하고 있었다.

Episode15

# 제15화 — 암살자는 신상품을 개발한다

The world's best assassin, to reincarnate in a different world aristocrat

평소라면 본부에 얼굴을 내밀 시간이지만 새로운 점포 준비에 집중하고 있었다.

집에서 기억을 더듬어 이 세계에는 없는 화장품을 만드는 중이었다.

레시피는 어렴풋이 기억해도 화학 지식이 있으면 효능에서 역산할 수 있고, 이미 만든 적도 있었다.

예전에 고생하는 어머니를 보고 어떻게든 해 드리고 싶어서 만들었던 것이다.

투아하데 영지에서 만들었을 때보다 많은 재료가 손에 들어오기에 레시피를 개량했다.

아침 중으로 시작품에 필요한 재료 일람은 만들 수 있었다.

발로르 상회의 조달 부문에 부탁하면 내일 저녁쯤에는 재료가 도착할 것이다.

◇

"내일 저녁쯤에나 도착할 줄 알았는데……."

좀 늦은 점심때, 시작품에 필요한 재료가

도착했다. 희소한 재료도 있는데 말이다.

"서두르라는 발로르의 메시지라고 생각해야겠지."

발로르라면 내가 시작품을 위한 재료를 요구했음을 알고 이미 어떤 점포로 하려는지 청사진이 만들어졌다고 판단하여 내일 호출해서 이야기를 들으려고 할 것이다.

그 사람은 행동과 결단이 빠르다. 완벽하게 마무리하고 꼼꼼히 준비하여 발표하기보다는, 형태만이라도 좋으니 물건을 만들고, 구두 발표라도 좋으니 1초라도 빨리 이야기를 들려달라고 한다.

그러면 가망 없는 아이디어를 즉각 기각하여 다음으로 넘어갈 수 있고, 유망하다고 판단될 시에는 내가 상품을 개발하는 동안 발로르가 백업 체제를 갖출 수 있다.

"……능력 있는 상인은 무섭네."

즉시 착수했다. 재료는 방금 막 도착한 최상급 올리브 오일, 연수 수질의 지하수, 각종 허브에서 추출한 향기로운 정유와 다종다양한 약초다.

이것들을 가공하고 혼합하여 완성되는 화장품이 바로 내가 만들 주력 상품이었다.

당연하지만 올리브 오일과 물은 보통은 섞이지 않는다.

그것을 혼합하기 위해 소소한 화학 지식과 별도로 준비한 재료를 쓴다.

자, 만들자. 허브와 약초의 조합으로 무수한 배리에이션이 만들어진다. 향기와 약효의 밸런스 조정이 어려웠다. 하루 만에 최선의 상품을 만들 수는 없지만, 그럭저럭 뛰어난 정도의 물건이라면 내일까지 만들 수 있을 것이다.

◇

이튿날, 발로르가 지정한 시각에 본부의 회장실로 향했다.

새로운 점포의 주력 상품으로 삼을 시작품이 만들어졌으니 이야기하고 싶다고 어제 발로르에게 연락했고, 반드시 사모님을 데려와 달라고 부탁해 뒀다.

내가 방에 들어가자 발로르는 빙그레 인사했고 부인은 언짢아하며 눈을 찌푸렸다.

그녀는 나를 발로르가 창부에게서 본 아들이라고 생각하여 싫어했다.

"절 위해 시간을 내주셔서 감사합니다. 아버지, 어머니."

"일을 빨리 한다고 생각은 했지만. 고작 이틀 만에 주력 상품을 준비할 줄은 몰랐습니다."

"굳이 날 불러 놓고 시시한 물건을 가져왔다면 가만두지 않겠어요. 그렇지 않아도 당신이 싫거든요."

부인이 알기 쉽게 적의를 보냈지만 오히려 호감이 갔다. 겉으로는 살갑게 굴면서 속으로는 적의를 가진 상대보다 훨씬 나았다.

그녀는 얼굴을 스카프로 가리고 있었다.

내 부탁으로 화장하지 않은 채 왔기 때문이다. 허영기가 있는 그녀는 화장하지 않은 민낯을 드러내지 못한다.

"기대에 부응할 만한 물건을 준비했습니다. 새로운 점포의 주력 제품은 화장품입니다."

"그것 말인데, 저는 그다지 내키지 않습니다. 화장품은 질이 아니라 브랜드가 무엇보다 중시되는 상품이에요. 후발 주자로 뛰어들기는 어렵습니다. 가령 히트 상품을 만들더라도 화장품의 유행은 너무 빨리 바뀌기에 장기적인 수익은 기대할 수 없어요."

전부 옳은 말이었다. 역시 발로르다.

"그렇겠죠. ……기존의 화장품이라면 말입니다. 부인께 묻겠습니다. 화장은 여성을 아름답게 꾸밉니다. 하지만 대가로 피부를 상하게 합니다. 취침 전에 화장을 비누로 힘겹게 지우고 나면 이튿날 아침에는 화장과 비누의 대미지로 피부가 몹시 상해 있지 않습니까?"

"……윽, 그건 부정하지 않겠어요. 그래도 아름다워지기 위해서 쓰는 거예요."

이 세계에도 이미 루주나 파운데이션, 치크 같은 것은 나돌고 있지만 화장수나 유액 등을 쓰는 문화는 없었다.

즉, 꾸민다는 발상은 있어도 피부를 보호하고 보습하는 발상은 없는 것이다.

화장수나 유액으로 피부를 보호하지 않고 화장하면 피부가 상하고, 화장을 지울 때 비누를 많이 쓰게 돼서 노폐물과 함께 필요 이상의 유분을 빼앗긴다.

유분이 없으면 수분이 쉽게 날아가서 피부는 메마르고 대미지를 입는다.

이 지방은 공기가 건조하여 화장을 많이 하는 여성일수록 피부 트러블로 고민하고 있었다.

"아름다움을 향한 여성의 열의에는 경의를 표합니다. 하지만 악순환을 낳고 있는 것도 사실이죠. 화장으로 상한 피부를 감추기 위해 더 두꺼운 화장을 하게 되고, 피부가 더 상하게 됩니다. 그런 고민에서 여성을 해방하는 화장품이 바로 이것입니다. ……유액이라고 명명했습니다."

그렇게 잘라 말하자 부인은 상체를 살짝 앞으로 내밀었다.

허영기가 있는 이 사람은 화장의 폐해로 가장 고민하고 있기도 해서 흥미진진한 모습이었다.

깔끔한 병에 담은 유액을 꺼냈다.

부인이 그것을 들고 병을 열어 손으로 가볍게 유액을 떴다.

화장수도 세트로 만드는 편이 좋겠지만 유액만 팔기로 했다.

일본에서는 화장수로 수분을 주고 유액으로 보습하는 것이 일반적이었다. 하지만 미국이나 유럽에서는 화장수를 쓰지 않고 유액만 쓰는 것이 일반적이었다.

이쪽 문화는 일본보다 미국이나 유럽에 가깝다. 무엇보다 화장수와 유액을 둘 다 써야 한다고 하면 귀찮다며 경원시할 위험이 크기에 유액만으로 완결되게 수분의 비율을 높이고 약효 성분을 조정했다.

"탁하고 끈적한 흰색 액체네요. 이건 뭐죠?"

“건조한 피부를 촉촉하게 하고, 그 촉촉한 상태를 유지하는 화장품입니다. 화장은 거짓된 아름다움을 만들어 꾸미는 것이지만 이건 다릅니다. 꾸미는 것이 아니라 피부를 치유하고 보호하여 본디부터 아름답게 하는 물건이죠. 써 보면 아실 겁니다. 얼굴에 발라 보세요.”

의심스러워하면서도 아름다워진다는 유혹은 이기지 못하고 부인이 스카프를 벗었다.

부인의 얼굴은 연일 이어진 화장과 그것을 무리하게 지우기 위한 비누칠, 건조한 공기 때문에 피부가 상하고 갈라져 있었다.

부인은 재차 유액을 들고 얼굴에 묻혔다. 그리고 얇게 펴 바르고…… 눈을 크게 떴다.

“거짓말 같아. 이 유액이란 것이 스며들어서 피부가 촉촉해져. 살결이 매끈매끈해. 이런 피부가 대체 몇십 년 만인지.”

아내의 얼굴을 보고서 실제로 유액을 손에 덜어 낸 발로르가 입을 열었다.

“기름인가……. 하지만 기름치고는 너무 싱그러워.”

“역시 안목이 뛰어나시군요. 싱그러운 기름이 바로 이 화장품입니다. 평범한 기름을 바르면 꼴사나운 모습이 될 뿐이지만, 대량의 물과 피부에 좋은 약효 성분을 담음으로써 피부를 촉촉하게 치유하고, 그 수분을 기름의 힘으로 잡아 두는 것이죠.”

“이건 정말 멋져요. 피부가 기뻐하고 있어요. 그리고 향도 좋네요.”

그야 그럴 것이다. 그토록 피부가 건조하여 유분과 수분이 빠져 있었으니 기뻐할 테고, 이 향기는 부인이 좋아하는 향을 조합한 것이었다.

"유액은 갑옷이 되기도 합니다. 유액 위에 화장해 보세요. 유막이 피부를 보호하므로 종래의 화장품을 써도 피부가 쉽게 상하지 않게 되고……."

내가 말을 끝내기도 전에 부인은 가방에서 화장 세트를 꺼내더니 파운데이션으로 피부를 하얗게 칠하고 치크로 뺨에 붉은 기를 더했다.

"어머, 화장이 굉장히 잘 먹어요."

"피부가 매끈하게 코팅되어 화장이 잘 먹는 거죠. 마음에 드셨나요?"

"당신은 싫지만 이게 좋은 물건이란 건 인정할게요. 이 병은 제가 받아 가겠어요. 그리고 세 병 더, 아니, 다섯 병쯤 서둘러 준비해 주세요."

부인은 시작품을 가방에 넣었다. 뭐라고 하든 돌려주지 않겠다는 의지가 느껴졌다.

"아내가 기뻐하는 걸 보면 진짜겠죠. 이르그가 직접 승산을 말해 보세요."

"네. 이것은 화장의 혁명이 될 겁니다. 화장하는 모든 귀부인에게 이 유액이 필요해지겠죠. 피부를 치유하고 보호하기 위해서요."

거기서 잠시 말을 쉬었다. 그리하여 이어질 말의 인상을 강화했다.

"기존 화장품에서 바꾸는 것이 아닙니다. 앞으로는 이 유액을 바르는 것이 당연해질 겁니다. ……발로르 님이라면 그 가치를 아시겠죠."

이것이 유액을 고른 이유였다. 화장 방식 자체에 혁명을 일으킨다. 기존 화장 업계의 고객을 뺏는 것이 아니라 새로운 습관을 추가한다. 고객은 화장하는 모든 귀부인.

돈이 안 벌릴 리가 없다.

"저는 화장에 관해 잘 모릅니다. 미라, 친구들이 이 유액이란 것을 가지고 싶어 할 것 같나요?"

"이걸 원하지 않을 여성이라니 상상도 안 가네요. 저는 이르그가 뭘 만들어 오든 비웃고 헐뜯을 생각이었어요. 하지만 이걸 써 보니 그런 생각은 날아가 버렸어요. 유액을 손에 넣기 위해서라면 이 창부의 자식도 아들이라고 하겠어요."

"그 정도인가……."

발로르는 눈을 감고 숙고했다. 그리고 천천히 숨을 토하고서 이야기하기 시작했다.

"그렇다면 발로르 상회는 모든 리소스를 쏟아부어 승부를 걸겠습니다. 미라, 친구들에게 유액을 나눠 주고 소문을 퍼뜨려 주세요."

"저는 친구가 많은데요?"

"미라, 되는 대로 상품을 써서 소문을 퍼뜨려 주세요. 주는 건 한 사람에게 한 병씩. 더 가지고 싶어 하면 상회에서 발매 예정이라며 거절할 것. 이르그, 일주일에 얼마나 준비할 수 있죠?"

"생산 체제가 갖춰지기 전에는 저 혼자 작업해야 하므로 일주일에 200개 정도가 한계입니다."

"사람을 고용해도 좋습니다."

"제작법이 유출돼도 괜찮다면 따르겠습니다. 유액을 팔기 시작하면 아마 다른 상회도 바로 유액을 팔려고 할 겁니다."

"……제가 너무 조급하게 굴었군요. 적어도 브랜드가 확립될 때까지는 독점해야 합니다. 절대로 정보를 유출하지 않을 믿을 만한 사람을 두 명쯤 조수로 붙여 주겠습니다. 그들과 되도록 많이 만들어서 제게 보내세요. 그걸 미라가 귀족과 자산가의 부인들을 중심으로 나눠 주고 상류 계급에 소문을 퍼뜨릴 겁니다. 이러려고 이르그는 아내를 불렀겠죠."

"맞습니다. 아무리 훌륭한 물건을 만들어도 그것만으로는 의미가 없어요. 유액처럼 알기 쉬운 효과가 있는 물건이라면 사모님의 네트워크를 이용한 입소문보다 유효한 선전 방법은 없으니까요."

상품의 가치를 인정받기 위해서도, 그것을 퍼뜨리기 위해서도 부인의 힘이 필요했다.

신상품은 사람들이 쉽게 사용하려 들지 않고, 피부에 직접 사용하는 것이라면 더더욱 저항감이 든다.

하지만 신뢰할 수 있는 지인이 쓰고 있다면 자신도 쓰고 싶어진다. 그리고 극적인 효과가 있다면 누군가에게 알려 주고 싶고 소문이 퍼진다.

그래야 비로소 이길 수 있다. 훌륭한 물건을 만들었다고 해서 저절로 팔리지는 않는다.

특히 귀부인을 상대할 것이라면 입소문을 퍼뜨리는 것이 절대 조건이다.

"생산 체제를 갖추는 데 얼마나 걸리죠?"

"한 달쯤. ……그리고 또 하나 문제가 있습니다. 싱그러운 기름을 만들려면 물과 기름을 섞는 모순을 해결할 특별한 약이 필요합니다. 그건 투아하데의 비약이라 그 땅에서 매입해야 합니다. 그러네요, 유액 하나를 만드는 데 이 정도 가격이 듭니다."

유액의 재료와 각각의 매입가를 적은 서류를 제시했다.

"……유액의 상정 판매 가격을 생각하면 가격은 저렴하지만, 투아하데는 멀군요."

내 속내를 살피듯 발로르는 내 눈을 보았다.

"그렇기에 비밀이 들통나기 어렵습니다. 그 약이 없으면 유액은 만들 수 없어요. 투아하데의 약사를 불러 여기서 작업시킬 수 있을지도 모르지만 정보가 누설될 위험성이 커지겠죠. 투아하데에서 비약을 계속 만드는 한, 비밀을 끝까지 지킬 것과 다른 상회에 약을 팔지 않을 것을 투아하데에 약속시킬 수 있습니다."

"허가하겠습니다. 투아하데와의 매입 교섭은 이르그에게 맡기겠어요."

"알겠습니다."

이것은 유액 제작법을 도둑맞지 않기 위한 방책이었다.

기름과 물을 섞기 위해 쓰는 것은 레시틴. 원료는 대두다. 대두에서 기름을 짜낸다.

그것을 여과하여 불순물을 제거한 후 물을 더해 휘젓는다. 기름이 분리되면 페이스트 상태의 레시틴이 만들어진다.

이것이 바로 식물 유래 천연 유화제가 되어 물과 기름을 결합시켜 준다.

유화제를 만들지 못하면 물과 기름이 섞이지 않아 유액은 완성되지 않는다.

투아하데라면 정보가 절대 유출되지 않을 환경에서 레시틴을 생산할 수 있고, 레시틴의 존재가 다른 상회의 유액 카피를 막아 준다.

……투아하데의 이익도 생각한 조치였고, 단물 다 빨리고서 버려지지 않기 위한 보험이기도 했다. 발로르 상회에도 레시틴 제작법은 가르쳐 주지 않는다.

"이르그, 다시 한번 말하겠는데 이 유액에 발로르 상회의 모든 리소스를 쏟아부을 겁니다. 성공하면 이르그는 발로르 상회의 새 브랜드 대표가 되고 그 명성은 전 세계에 퍼지겠죠. 하지만 실패하면 어떻게 될지는 말 안 해도 알겠죠?"

"물론입니다. 반드시 성공시켜 보이겠습니다. 그럼 바로 작업에 착수하겠습니다."

주력 상품이 정해졌다. 발로르 상회의 전력 백업도 받을 수 있다.

성공은 약속된 것이나 마찬가지였다. 이대로 가면 발로르 상회의 화장품 브랜드를 창립한 남자로서 이르그 발로르라는 이름에 가치가 생길 것이다.

그 정도 급이 되면 암살 대상의 품에 파고들기도 쉽다. 아름다움을 추구하는 부인에게 초신성 화장품 브랜드의 대표로서 상품을 팔러 갈 수 있으니까.

그뿐만이 아니라 발로르 상회의 새 브랜드 대표가 되면 정보망과 유통망도 마음껏 쓸 수 있고 막대한 금액이 벌린다.

성공은 목전이다. 이대로 정신 바짝 차리고 가자.

……암살 대상이 될지도 모른다고 농담 삼아 말했었지만, 농담이 아니게 되었다. 다른 상회가 나를 없애려고 할 것이다. 상회 내에서도 질투심으로, 혹은 유액 제작법을 캐내기 위해 납치하려는 이가 있을 수 있다.

그것도 좋겠지. 타르트와 마하, 두 사람에게 딱 좋은 실전 경험을 시켜 줄 수 있을 테니까.

Episode16

# 제16화 — 암살자는 성공을 거둔다

The world's best assassin, to reincarnate in a different world aristocrat

유액 시작품을 만들고 한 달 반 후, 예정을 앞당겨 화장품을 취급하는 새로운 점포가 개점했다.

화장품 브랜드에는 「오르나」라는 이름을 붙였고, 개점하고 반년이 지난 지금, 그 이름을 모르는 자가 없을 만큼 성장했다.

유액을 중심으로 한 화장품 가게는 상상한 것보다 몇 배는 더 크게 히트했다.

부인이 퍼뜨린 유액의 소문이 무시무시한 파급력을 끼친 덕분이리라.

귀족과 자산가 부인들의 입소문 네트워크를 과소평가했다고 통감했다.

덕분에 가게는 연일 장사진을 이루었고 유액은 입고되자마자 매진되기 일쑤였다. 생산 체제는 순차적으로 증강되고 있으나 여전히 수요를 따라잡지 못했다.

생산 수를 아무리 늘려도 그 이상으로 입소문이 퍼져서 수요가 늘어났다.

다른 도시는 물론이고 이웃 나라에서도 손님이 올 정도였다. 요전번에는 타국의 왕족이 유액을 제공해 달라며 무르테우 백작에게 친서까지 보내왔었다.

……그런 화려한 활약 뒤편에서는 치열한 정보전이 펼쳐지고 있었다.

유액 제작법을 훔치려고 매일같이 다른 상회의 스파이가 생산 공장에 들어왔고 종업원 매수도 일상다반사였다.

그건 아무리 애써도 막을 수 없는 일이었다.

올리브 오일과 물과 조합된 약초와 허브…… 거기에 수수께끼의 약을 섞는다는 것까지는 들통난 상태였다.

하지만 약초와 허브의 배합 방식, 생산 거점에서 비약이라고 불리는 레시틴의 입수 방법과 제작법은 특정되지 않아서 현재 발로르 상회 말고는 유액을 만들지 못하고 있었다.

레시틴 제작법을 들키지 않은 것은 무르테우가 아닌 투아하데에서 만들고 있고, 투아하데에서 매입하고 있음을 발로르가 위장 공작하여 숨기고 있기 때문이었다.

설령 투아하데에서 만들고 있음이 알려지더라도, 비밀이 유출되지 않게 아버지가 세심한 주의를 기울여 생산 체제를 갖춰 뒀고 영민의 입은 무거웠다.

애초에 암살자의 소유지에 숨어들면 어떻게 될지, 생각해 보면 바로 알 수 있는 일이었다.

그와는 별개로 투아하데 측도 고생하고 있었다.

요구되는 레시틴의 양이 터무니없이 많아 영지에서 만들던 대두는 순식간에 사라졌다.

그렇다고 「이 이상 만들 수 없습니다」라고 해 봤자 납득해 주지 않을 테니 대두를 비밀리에 다른 도시에서 사 모으고 있었다.

“다른 상회도 유액을 팔고 싶은데 제작법은 전혀 훔칠 수 없고. 인내심이 한계에 달하여 확실하게 아는 인간을 노리는 건 당연하지만. 이렇게나 알기 쉽게 나오다니.”

내 예상이 맞아떨어졌다.

심야, 그런대로 능숙하게 기척을 지운 밤손님이 숨어들어 천장 위에서 침실로 다가오고 있었다.

내 기준으로 그런대로 능숙한 것이니 일류이기는 했다.

하지만 나를 잡기에는 한참 부족했다.

대처하는 것은 간단하지만 두 사람에게 좋은 교재였다. 죽기 직전까지는 방관하자.

누군가가 내 바로 위에 도달하여 소리 없이 천장에 작은 구멍을 뚫었다.

아마 바람총 같은 것으로 독침을 날릴 것이다. 목적은 살해가 아니라 납치해서 유액의 비밀을 캐내는 것.

……자, 타르트와 마하는 어떻게 움직일까.

답은 금방 나왔다.

타르트가 방에 들어오더니 치마를 걷어붙였다.

오른쪽 허벅지에는 단검이, 왼쪽 허벅지에는 삼단으로 접힌 금속 막대기가 있었고 그것을 뽑았다.

연결된 막대기에 단검을 접속시켜 창으로 변형하고 천장을 찔렀다.

창은 근접전 최강의 무기다. 검과 창으로 싸우면 검을 쓰는 자에게는 세 배의 기량이 요구된다고 한다. 게다가 타르트는 창에 재능이 있었다. 아마【창술】스킬을 가지고 있을 것이다.

숨겨서 들고 다닐 수 있는 이 창은 내가 준 생일 선물이었다. 타르트는 매우 마음에 들어 했고, 보물이라면서 매일 빼먹지 않고 관리했다.

상황과 거리에 따라 창과 단검으로 나눠서 사용할 수 있는 타르트는 웬만한 기사와 정면으로 싸워도 타도할 만한 역량을 가지고 있었다.

"확실히 느낌이 왔어요."

비명을 지를 만큼 멍청한 밤손님은 아닌 모양이나 천장에 빨간 얼룩이 퍼졌다.

치명상은 아닐 테지만 타르트가 단검을 넣는 칼집에는 신경독이 발려 있었다.

투아하데 비전의 독을 내 지식으로 개량한 특제품이었다. 어지간히 특수한 체질이 아닌 한, 스치기만 해도 손가락 하나 까딱할 수 없게 된다.

의뢰인의 정보를 실토하지 않기 위해 자살하는 것조차 허락하지 않는다.

천장의 판자가 하나 빠지더니 마하가 얼굴을 내밀었다.

"무사히 포획했어. ……자살 못 하게 재갈을 물리고 묶었어."

침입자를 눈치챈 타르트와 마하는 즉각 호위와 요격, 도주로 차

단과 백업으로 나뉘어 움직였다. 합격점을 줘도 될 것이다.

"잘했어. 이 수준의 암살자를 알아차리고 격퇴하다니. 대견해."

암살자의 침입을 눈치채는 속도, 그 후의 계획 수립, 막힘없는 실행. 완벽하지는 않지만 일정 수준을 넘어서 있었다.

"에헤헤, 기뻐요."

"그러네. 이다음 일에도 기합이 들어가."

"고문은 이론으로만 배웠지? 마침 잘됐어. 드디어 실천할 수 있겠네. 의뢰인의 정보를 알아내면 좋은 카드가 돼. 어떻게 하면 자살을 허락하지 않고 정보를 실토하게 만들 수 있을지 궁리하며 고문해 봐. 그걸 위해 필요한 기술은 이미 가르쳤어."

"힘낼게요! 이르그 님을 해치려고 한 사람이니까 용서하지 않을 거예요."

"맞아, 나도 화났어. ……그리고 잘 해내면 칭찬해 줘, 이르그 오빠."

무엇보다 나를 위해서라면 살상을 망설이지 않는 점이 좋았다.

나와 달리 사형수를 이용하여 살인에 익숙해지는 훈련은 할 수 없었기에 죽일 수 있을지 불안한 부분이 있었다. 하지만 살인에 대한 거리낌보다도 나를 기쁘게 하고 싶다는 마음, 나를 위해 뭔가 하고 싶다는 마음이 웃도는 것 같았다.

……그런 그녀들이 사랑스러웠다. 이러면 실전에서도 쓸 수 있다.

자, 그녀들이 고문에 힘쓰는 동안 피로 더러워진 천장을 청소하고 겸사겸사 요깃거리라도 만들어 주자.

오늘 밤은 길어질 듯했다.

◇

오늘은 일주일에 한 번 있는 휴일이다.

화장품 브랜드 오르나를 창립하고 반년이 지났지만 하루하루가 전쟁터처럼 바빠서 아직 안정됐다고는 할 수 없었다.

그러나 적절히 쉬지 않으면 사람은 쓰러져 버린다. 오늘은 상인으로서의 일도, 타르트와 마하의 훈련도 쉰다.

두 사람에게 거리에서 놀라고 한 뒤, 나는 한 달에 한 번 있는 즐거움을 위해 도시 밖으로 나갔다.

이르그 발로르로 행동할 때도 변장하고 있지만 그것과는 또 다른 변장을 했다. 목적지는 이웃 나라 스오이겔의 비코네령. 무르테우에서는 400km 이상 떨어진 곳이다.

마차를 이용해도 3주는 걸릴 거리지만 나라면 하루 만에 왕복할 수 있었다.

육지를 쓰지 않는 이동 방법과 지름길 등을 구사하여 매번 소요 시간은 줄고 있었다. 한 달에 한 번씩 가고 있다. 다양하게 궁리하는 것은 당연했다.

"과연 신기록이 나올까."

……그리고 최근에는 여유가 생겨서 타임 어택을 하게 되었다. 이건 이것대로 좋은 훈련이 된다.

◇

한나절도 걸리지 않아 비코네령에 도착하여 저택의 정원에 숨어들었다.

그리고 디아가 있는 방의 창문에 돌을 세 번 던졌다. 이것이 우리의 신호였다. 이웃 나라의 귀족이 국경을 뚫고 백작가의 저택에 숨어든 사실이 발각되면 난리가 난다.

하지만 정공법으로 허가를 받는 것은 귀찮으므로 이렇게 하고 있었다.

창문이 열렸기에 마법을 영창해서 바람을 일으켜 수직으로 뛰었다. 5m 이상 올라가는 점프였다.

그 정점 부근에서 디아와 눈이 마주쳤다.

"오랜만이야. 디아."

"응, 오랜만. 들어와. 맛있는 차가 들어왔어."

"그거 좋네. 내가 선물로 가져온 건 바다를 건너온 과자야."

"즐거운 다과회가 될 것 같네!"

자유 낙하가 시작되기 전에 손을 뻗어 창틀을 잡고 디아의 방에 들어갔다.

◇

디아의 방은 여자아이답지 않았다.

전 세계에서 가져온 마법서가 비좁게 늘어서 있고, 최고급 지팡이와 마력을 부스트하는 기구가 즐비했다.

"언제 봐도 굉장한 방이야."

"윽, 귀엽지 않다는 건 나도 알지만 귀여운 걸 놓을 공간이 없어서. 일단 귀여운 걸 놓아둔 방도 있어."

그쪽을 다른 방에 밀어 넣고 마법서와 지팡이를 자기 방에 놓는 점이 디아다웠다.

"이건 이것대로 좋아. 디아답거든."

"그 말, 좀 찜찜한데. 하지만 루그에게 그런 걸 기대해도 별수 없겠지. 자! 한 달간 만든 새로운 마법이야. 재미있어 보이지?"

디아가 눈을 반짝이며 종이 뭉치를 떠넘겼다.

마법 문자가 빼곡히 적혀 있었다. 이 세계에서 마법을 새로 만들어 낼 수 있는 사람은【식을 짜는 자】라는 스킬을 가진 사람뿐이다.

이렇게 술식을 쓰는 것은 누구든 할 수 있지만 내가 베껴 쓰지 않으면 영창조차 할 수 없었다. 월 1회 회합에서는 디아가 고안한 마법을 내가 쓸 수 있게 만드는 것이 통례였다.

디아의 마법을 베껴 적으며 그 의미를 해독했다. 이번 마법은 복잡하고 어려웠다.

……혹시 이건.

"그걸 만든 건가."

"흐흥, 깜짝 놀랐지? 아! 다 썼나 보네. 그럼 영창할게."

디아가 영창을 시작했다. 변함없이 디아의 속성 변환과 영창은 아름다웠다.
마법이 완성되자 찻잔이 두둥실 떠올랐다.
중력 마법의 응용이었다. 본래는 대상의 중력을 두 배로 만들 뿐인 마법이지만, 중력을 역전시켜서 부유 마법으로 바꾼 것이다. 나도 비슷한 마법을 만들려고 했으나 좀처럼 잘 안 되었다.
……그리고 이 중력 반전 마법은 현재 내가 생각할 수 있는 최강의 필살 마법에 필요한 것으로 어떻게 해서든 손에 넣고 싶었던 마법이었다.
또 디아에게 도움을 받았구나. 그녀에게 정말로 많은 것을 얻고 있었다.
"이런, 선수를 뺏길 줄이야."
"루그는 융통성이 부족해. 이걸 완성시키려면……."
디아가 자신의 발상을 이야기했다. 즐겁게, 자랑스럽게. ……이럴 때의 디아는 혼이 쏙 빠질 만큼 귀엽다. 그리고 가까웠다. 좋은 냄새가 났다.
"루그, 제대로 듣고 있어?"
"그래, 제대로 듣고 있어. 굉장한 발상이야. 검토조차 안 했어."
"흐흥, 조금은 누나를 존경하게 됐어?"
선생님으로 와 줬을 때부터 디아는 누나 행세하기를 좋아했다. 연인으로 삼고 싶다고 생각 중인 내게는 재미없는 일이지만, 귀여워서 용서하고 말았다.
"존경은 한참 전부터 하고 있어. 역시 디아야. 답례로 이 과자를 줄게."

"이게 해외의 과자구나. ……까만 과자라니, 생김새는 영 아니네."

"먹으면 깜짝 놀랄걸."

"어디 그럼, 아! 달콤하고 씁쓰름하면서 찐득하니 맛있어. 이거 좋다. 차와 잘 어울리고, 케이크로 만들면 멋질 것 같아."

"남국의 카카오라는 식물로 만들 수 있는 과자야. 화장품 사업이 안정되면 과자도 시작할 생각이거든. 이 녀석을 주력 상품으로 밀 거야."

초콜릿. 전생 전에는 과자의 왕이라고 불렸던 녀석이다. 이쪽에서도 귀족을 중심으로 틀림없이 크게 히트하리라.

겨울 한정품으로 팔면 보존 기간도 오래가고, 증정용으로 날개 돋친 듯이 팔릴 것이다.

"우와~ 좋다. 가까웠으면 사러 갈 텐데."

"역시 여기는 너무 멀지. 다음 달에 또 가져올게."

"응, 기대할게!"

디아가 기뻐하니 다음 달에는 많이 가져오기로 할까.

그다음에는 한 달 동안의 연구 성과를 서로 발표했다.

야릇한 분위기 따위 전혀 없지만 이 시간이 무엇보다 좋았다.

마법의 이해가 깊어지고, 디아는 마법에 관해 이야기할 때 가장 사랑스럽다.

순식간에 해가 저물어 돌아갈 시간이 되고 말았다.

헤어지기 아쉽지만 내일도 일이 있다. 돌아가지 않을 수는 없었다.

"……벌써 헤어질 시간이구나. 늘 이 시간이 되면 루그가 이 성에 계속 있으면 좋겠다는 생각이 들어."

"그거 좋네. 디아의 집사라도 될까?"

"그렇게 말하면 진심으로 받아들인다?"

"진심으로 받아들이면 곤란한데. 하지만 뭔가 착오가 생겨서 그렇게 될지도 몰라. ……그럼 난 갈게. 다음 달에 보자."

"응, 다음 달에 봐."

창문에서 뛰어내리고 바람을 불러 충격을 흡수하며 착지했다.

디아가 창문으로 상체를 내밀고서 손을 흔들고 있었다. 이번 달도 한 달에 한 번 있는 즐거움이 끝났다.

좋은 휴일이었다. 이걸로 내일부터도 힘낼 수 있다.

◇

시간이 순식간에 흘러 무르테우에 온 지 2년이 지났다.

지금까지 있었던 일을 되돌아본다.

새 점포를 열고 농담처럼 바쁜 나날이었지만 그 덕분에 세계를 알 수 있었다.

발로르 상회의 화장품 브랜드【오르나】를 성공시킨 젊은 상인으로서 다양한 곳의 부름을 받게 되며 상당한 인맥이 생겼다.

자금도 어마어마해졌다.

약속대로 화장품을 취급하는 발로르의 모든 체인점의 상납금

5%를 계속 받고 있었고, 애초에 모든 점포 중에서 가장 매상이 큰 1호점의 점장이 나였다.

본부에 내는 상납금과 종업원의 급료를 제하고 남은 돈은 내 돈이기에 이미 평생 놀고먹을 수 있을 만한 돈을 벌었고, 그 자금으로 재미난 일도 하고 있었다.

오늘은 마침내 투아하데로 돌아가는 날.

이미 인계를 끝내고 업무 관련 인사도 끝낸 상태였다.

저택 정원에 서 있는 마차에 나와 타르트가 올라타 있었다.

"마하, 화장품 브랜드 오르나와 정보망 관리는 네게 맡길게."

"맡겨 줘, 루그 오빠. 무르테우의 거점은 내가 지킬게."

우리는 열네 살이 되었고, 성장하면서 인상은 크게 바뀌었다. 타르트는 귀엽게, 마하는 미인으로 성장했다. 열네 살이면 이 나라에서 성인으로 간주되는 나이였다.

마하를 2년간 단련해 봤지만 역시 실행 부대로는 적합하지 않았다. 그러나 후방 지원 담당을 맡길 수 있을 만큼 성장했다.

새 점포 개점에 맞춰 비서로 임명하고 이르그 발로르의 오른팔로 일하게 하면서 상인으로서의 스킬도 익혔다.

내가 무르테우를 떠나 있는 동안에는 모든 업무를 대행한다.

……그리고 마하에게는 내 본명과 본업을 알려 줬다. 그렇기에 이르그 오빠가 아니라 루그 오빠라고 이 자리에서 부른 것이다.

그녀는 발로르 상회의 화장품 브랜드, 오르나의 대표 대리로 활동하면서 암살에 필요한 정보 수집, 자금 제공, 필요 물자 확보를 담당한다.

"마하, 저만 루그 님을 따라가서 미안해요."

"부럽지 않다고 하면 거짓말이지만, 나만이 할 수 있는 일로 루그 오빠의 힘이 될 수 있다는 건 자랑스러워. ……타르트, 곁에서 내 몫까지 루그 오빠를 도와줘."

"네!"

내 전속 하녀이자 암살 조수인 타르트가 대답했다.

타르트와 마하가 서로를 격려했다.

그것이 끝나자 마하가 나를 바라보았다. 그 눈에는 눈물이 맺혀 있었다. 역시 그녀도 이별은 괴로운 것이다.

"가끔, 아주 잠시라도 좋으니까 만나러 와 줘. 루그 오빠."

"약속할게. 일이 없어도 마하를 만나기 위해 올 거야."

"응, 약속이야. 그렇게 멀리 떨어진 디아 님은 매달 반드시 보러 가면서 나한테는 안 오면…… 난 분해서 아마 울어 버릴 거야."

"마하는 내게 소중한 제자이자 조수야. 만나러 안 올 리가 없잖아."

"응, 기다릴게. ……그리고 루그 오빠가 부탁했던 거 찾았어. 상선의 항로에서 벗어난 무인도. 이게 그 지도야. 누구도 접근하지 않는 무인도라니, 어디에 쓰려고?"

"이틀 전에 디아와 만나고 왔을 때 새로운 마법이 완성됐거든. 위력이 좀 과해서 무인도가 아니면 큰일이 벌어져."

이것은 용사 살해 마법으로 최강의 위력을 가지고 있었다. 기초 이론은 완성했으나 아직 실험을 못 했다. 위력이 너무 세고 효과

범위가 너무 넓어서 무인도가 아니면 실험조차 불가능했다.

마차가 출발하고 마하가 보이지 않게 되었다.

……최후의 시련, 2년 만에 상인으로서도 일류가 되었고, 수준 높은 상인이라는 간판을 손에 넣는 데 성공했다.

초신성 화장품 브랜드【오르나】대표, 이르그 발로르. 그 이름을 듣고 맞아들이지 않을 귀족 영애와 부인은 없다.

투아하데에 돌아가면 실전을 치르게 된다. 나는 그 지하실 말고 다른 곳에서 아직 사람을 죽이지 않았다. 지금의 나는 사람을 죽일 때 어떤 감정을 품을까?

◇

마차는 가도를 나아갔다.

타르트가 살짝 향수병에 걸려 있었다.

"타르트, 마하와 헤어져서 쓸쓸해?"

"……솔직히 말씀드리면 쓸쓸해요. 또래 친구는 처음이었으니까요."

가능하다면 마하도 데려오고 싶었지만 발로르 상회의 정보망을 놓칠 수는 없었다.

그리고 투아하데의 존망이 걸린 사태가 벌어졌을 때, 믿음직한 거점이 있으면 든든하다. 최악에는 루그의 죽음을 위장하고 이르그로서 살아갈 수도 있다.

"그런가. 앞으로 레시틴 수송은 되도록 타르트에게 맡길게. 만날 기회는 많아."

타르트도 2년 동안 성장했다.

마력 운용은 일류라고 할 수 있을 만큼 정교했고, 자신의 속성인 바람을 능숙하게 쓸 수 있게 되었다.

……그 마법의 레퍼토리에는 내가 만든 오리지널 마법도 있어서 암살 조수로서 십분, 그 이상의 힘을 보였다. 수송 시의 호위로는 안성맞춤인 인재였다.

"기뻐요. 하지만 마하는 분명 루그 님이 오시는 걸 더 기뻐할 거예요."

"그런가?"

"그래요. 마하는 루그 님을 아주 좋아하니까요. 가족애나 우정 같은 게 아니라. 그, 그런 의미로요."

"무슨 말을 하고 싶은지는 알겠지만 그건 아니야. 마하의 감정은 동경이야. 비슷하지만 달라."

"루그 님의 말씀은 가끔 어려워져요."

"언젠가 알게 될 거야."

그런 대화를 나누고 있으려니 마차가 급정지했다. 늑대가 에워싸고 있었다.

마부가 마차에서 뛰어내려 손님인 우리를 두고 도망쳤고…… 늑대의 먹이가 되었다.

평범한 늑대보다 한층 크고, 발톱이 비정상적으로 비대했으며, 희미한 마력이 느껴졌다.

마물이었다. 마물의 정의는 마력을 가진 동물. 인간이 마력을 휘감고 강해지듯 동물도 마력을 휘감아 강해지며 대부분은 몸이 변질한다.

마물은 인간의 생활권과 떨어진 곳에서 서식하며 마을에 거의 나타나지 않을 텐데.

"마침 잘됐네요. 훈련의 성과를 시험해 봐도 될까요?"

"그래. 나는 여기서 보고 있을게."

내가 그렇게 말하자마자 마력으로 전신을 감싸 신체 능력을 강화한 타르트가 밖으로 뛰쳐나갔다.

늑대 마물은 세 마리, 무리의 이점을 살려 타르트를 포위하듯 움직였다.

그리고 이빨을 드러내 달려들었다.

하지만 타르트의 살을 물었어야 할 입은 날붙이에 꿰뚫렸다. 타르트의 손에는 창이 쥐어져 있었다. 치마가 올라가 있었다. 암기를 꺼내 순식간에 조립한 것이다.

시차를 두고 두 번째 늑대가 뒤에서 달려들었고 곧 턱을 강타당해 허공을 날았다.

타르트의 바람 마법, 【풍탄(風彈)】에 당한 것이었다.

대부분의 마법사는 마법을 손바닥에서만 발동할 수 있다.

신이 준 술식은 그렇게 되어 있기 때문이다.

하지만 술식을 바꿔서 자신을 중심으로 수십 센티미터의 마법 영역 어디서든 마법을 발동할 수 있게 했다.

타르트의 마법 영역은 약 40cm. 그녀는 영역 내에 상대가 발을 들인 순간에 바람 탄환으로 턱을 강타하여 기절시킬 수 있었다. 일류 검사도 마법은 손에서만 발동한다고 생각하여 손 외에는 경계하지 않는다.

화려하지는 않지만 지극히 유효한 기습을 먹일 수 있는 공격이었다.

마지막 한 마리가 도망쳤다. 늑대라 빨랐다. 타르트의 달리기 속도로는 쫓아갈 수 없을 것이다.

하지만 그 늑대의 등에 창이 박혔다.

바람의 힘으로 창을 튕겨 탄환으로 만든 것이다.

"훌륭해."

"루그 님께서 단련해 주셨으니까요. 전장에서 저 대활약이었어요."

마하가 상회에서 내 비서가 되어 후방 지원에 필요한 기술을 갈고닦는 동안 타르트는 전장에서 실전 경험을 쌓았다.

득의양양한 얼굴로 마차에 돌아왔기에 머리를 쓰다듬어 주자 기분 좋은 듯 눈을 가늘게 떴다.

"……슬슬 용사가 나타날 때인가."

나는 용사를 죽이기 위해 전생했다.

용사는 마왕을 죽인 후 미쳐서 세계의 해악이 된다.

마물이 늘어나기 시작하면 머지않아 마족이 출현하고 용사와 마왕이 강림한다고 한다.

이렇게 인간이 사는 곳까지 내려온 마물이 가도에 나타났다.

이후의 일도 차례차례 일어날 것이다.

서둘러야 했다. 나도 2년간 장사만 하지는 않았다.

함께 싸울 조수인 타르트를 단련하고, 거점을 만들어 후방 지원을 맡길 수 있게 마하를 키웠다.

그리고 용사를 죽일 비장의 카드를 만들기 시작한 상태였다.

무인도에서 할 실험이 기대되었다. 아무리 용사여도 꿰뚫을 만한 위력이 있을 것이다.

Interlude

# 막간 — 여신의 인도와 운명의 만남

The world's best assassin, to reincarnate in a different world aristocrat

하얀 방에서 하얀 여신이 무표정으로 앉아 있었다.

인형처럼 무감정하고 기계적인 모습이었다. 예전에 세계 최고의 암살자와 대면했을 때의 떠들썩하고 스스럼없으며 감정이 풍부했던 모습과는 딴판이었다.

그 모습은 암살자가 가장 경계하지 않을 인격을 모방한 것에 불과했다.

여신은 세계를 유지하는 장치에 지나지 않는다.

냉철, 냉혹, 현실주의, 그런 말조차 안온한 표현이었다. 여신은 그저 기계로, 감정 따위 가지고 있지 않았다. 감정이 있는 것처럼 보이는 건, 필요에 따른 연출이었다.

"운명에 개입. 루그 투아하데를 지원하는 데 성공."

여신은 담담히 중얼거렸다.

암살자…… 루그 투아하데의 사명은 몹시 어렵다.

현재 성공률은 기껏해야 8%에 불과했다. 그

렇기에 지원했다.

하지만 여신의 권능으로는 강하게 개입할 수 없었다. 그런 일이 가능했다면 직접 용사를 제거했을 것이다.

할 수 있는 일은 고작 운명의 실을 조종하여 편의주의적인 일을 일으키는 것뿐.

장기말은 늘릴 수 없다. 변화시킬 수도 없다. 기존의 말이 나아가는 방향을 바꾸는 것만으로도 벅찼다.

로맨틱하게 말하자면 운명적인 만남을 연출하는 것이었다.

운명적 만남을 눈치채는가, 눈치채고 활용하는가는 루그에게 달렸다.

"루그 투아하데의 지원에 할당된 리소스 고갈을 확인. 추가 리소스 요구…… 상위 존재의 신청 기각을 확인. 추가 리소스를 얻으려면 루그 투아하데의 공적이 필요. 본건은 방치. 제2플랜 시동."

여신은 루그 투아하데에게 기대는 하고 있지만 신용하지는 않았다.

현재 세계를 구할 가능성이 가장 큰 장기말에 불과했다.

그렇기에 다음 장기말을. 세계를 구할 수 있다면 어떤 장기말이 결과를 내든 상관없다.

기계적이고 무표정한 여신은 오늘도 그저 세계를 유지한다.

◇

오늘은 이르그 오빠에게 응석 부려서 같이 자는 날이다.

……이르그 오빠의 본명은 루그 투아하데라는 것 같다.

사정이 있어서 이르그라는 인물을 연기하고 있었다.

나는 이르그 오빠의 자는 얼굴을 보는 것을 좋아한다.

깨어 있을 때는 멋있고 빈틈이 없고 다정한, 소위 완벽한 사람인데 자는 얼굴만큼은 앳되고 귀여웠다.

외로우니까 같이 자자는 것은 구실이다.

그저 이르그 오빠와 함께 있고 싶어서, 귀여운 얼굴을 보고 싶어서 이러는 것일 뿐.

"이르그 오빠, 키스하면 깰까?"

굉장히 해 보고 싶지만 그럴 용기는 없었다.

이르그 오빠는 아빠로서, 오빠로서, 선생님으로서 나를 대했다. 많은 애정을 쏟아 주고 있다. 아무리 감사해도 부족할 정도였다.

……하지만 나와 타르트를 이성으로 보지 않는 것은 불만스러웠다.

이르그 오빠에게 소중한 사람이 있는 탓이다.

분했다.

더 빨리 만났다면 그 사람의 자리는 내 차지였을지도 모른다.

하지만 나는 포기할 생각이 없다. 이제부터 시작이다. 사람의 마음은 변한다.

지금 이르그 오빠의 마음은 디아라는 사람이 독차지하고 있지만 어디까지나 지금 그러할 뿐, 앞으로 어떻게 될지는 모른다.

"좀 더 잘까."

이르그 오빠의 귀여운 얼굴을 보고 있으니 졸려졌다.

오늘은 춥다.

그러고 보니 이르그 오빠와 내가 만난 날도 이렇게 추웠었다.

◇

~루그와 마하의 만남~

나는 모든 것을 잃었다.

「남을 믿으려면 먼저 의심해야 한다」.

힘들 때면 아빠가 버릇처럼 하던 말이 머릿속에 떠오른다.

아빠는 능력 있는 상인이었다.

작은 마을에서 돈을 벌러 나와 자수성가하여 상회를 설립하고 키웠다.

그런 아빠의 신념이 「남을 믿으려면 먼저 의심해야 한다」였다.

맹목적으로 상대를 믿지 않는다. 먼저 의심해 보고 나서 믿을 만하다고 판단되면 믿는다.

남을 의심하지 않는 것은 미덕이 아니라 그저 사고하기를 포기한 것이다.

그 말이 아슬아슬하게 나를 구했다.

……아빠의 오른팔이었던 남자의 주도로 부모님은 살해당했다.

큰 상담(商談)이 있어서 가는 중에 부모님이 탄 마차를 대규모 도적이 습격했다.

도적은 아빠의 마차가 오는 타이밍을 알고 완전 무장한 채 기다리고 있었다.

아빠가 고용했던 호위도 전부 변장한 도적이었다.

이건 우연이 아니었다. 아빠의 상회를 꿀꺽하기 위해 아빠의 오른팔이 주도한 일이었다.

장례식을 치른 후, 그 남자는 부모님을 잃은 내 앞에 나타나 아빠의 죽음에 눈물을 흘렸고 상회와 나를 지키겠다며 끌어안았다.

아빠의 친구였고 면식도 있는 사이였기에 나는 그 남자의 품에서 울었다.

……하지만 나는 의심했다. 그 남자의 말을 믿었다면 죽었을 것이다.

슬픔 속에서 아빠의 말을 떠올렸다. 「남을 믿으려면 먼저 의심해야 한다」.

내게는 친척이 없었다. 의지할 사람은 아빠의 친구이자 오른팔이었던 이 남자뿐.

아빠 대신 나를 지키겠다는 남자에게 모든 것을 맡기고 싶다는 유혹을 떨치고 그를 조사했다.

그리고 그 남자가 바로 아빠를 죽였다는 것, 아빠의 상회를 빼앗기 위해 다음은 나를 죽이려 한다는 것을 알았다.

그래서 도망쳤다.

아슬아슬했다. 내게 붙어 있던 감시자가 도망친 나를 망설임 없이 죽이려고 했다. 내가 마력 보유자가 아니었다면 달아날 수 없었을 것이다.

아빠는 마력 보유자라는 사실을 숨기라고 했었다.

마력 보유자는 다양한 특전을 받을 수 있지만 그 대신 의무를 진다. 상회를 물려받으려면 마력 보유자라는 사실은 숨겨야 했고 그 비밀이 나를 지켰다.

감시를 따돌리고, 최대한 돈을 챙기고, 평범한 마을 처녀처럼 보이게 변장하고서, 사람이 한 명 늘어도 눈에 띄지 않을 대도시인 무르테우로 향했다.

행상인에게 시세보다 비싼 돈을 주고 마차를 얻어 탈 수 있었던 것은 행운이었다.

"반드시 돌아올게."

얼굴이 보이지 않도록 짐칸에 숨어 거리를 떠나면서 그렇게 말했다.

……아빠의 상회를 지키고 싶었다.

하지만 아빠에게 교육받았기에 알았다.

저곳에서 나는 목숨을 부지할 수 없다. 어떻게 처신해도 죽는다.

아빠의 상회를 지키고 싶다면 도망쳐서 힘을 길러 되찾을 수밖에 없다.

그렇기에 지금은 버린다.

무르테우에서 힘을 길러 언젠가 아빠의 상회를 되찾겠다고 결의했다.

◇

무르테우에서의 생활은 고단했다.

상인이 되기 위해 배운 지식이 있어도, 아무 연고도 없는 아이는 누구도 고용해 주지 않았다.

가지고 나온 돈도 계속 줄어들었다.

끝내는 싸구려 여관에 도둑이 들어 늘 몸에 지니고 있던 지갑 외에는 전부 털려 버렸다.

오히려 그 일을 계기로 결심이 서서 슬럼가 아이들을 이용해 장사를 시작했다.

고아들을 모아 머리가 좋고 글자를 읽고 쓸 줄 아는 아이들에게는 수중의 돈으로 깨끗한 옷을 입히고 관광 안내를 시켰다.

체력이 있는 아이들은 근처 산에 보내 여름에는 동굴에서 덜 녹은 눈과 얼음을, 겨울에는 장작을 모으게 했다.

대도시 무르테우에는 관광객이 많았고, 도시를 훤히 꿰고 있는 길거리 아이들의 관광 안내는 수요가 있었다.

이야기해 보고 놀랐는데, 길거리 아이들은 온 도시의 음식점에서 나오는 쓰레기를 뒤지기에 맛있는 가게를 많이 알고 있었다.

여름에 파는 눈과 얼음은 인기 상품이었고 겨울에 파는 장작도 수요가 많았다. 시세보다 싼 값을 매기니 빈민가를 중심으로 잘 팔렸다.

나는 아이들을 아울러 그런대로 잘해 나갔다.

수요를 읽고 인재를 적재적소에 배치하면 장사가 된다. 아빠의 가르침이 나를 구한 것이다. 아이들이 커서 어른이 되면 작은 상회를 열어야지…… 그런 달콤한 꿈을 꾸게 되었다.

하지만 그 꿈도 곧바로 깨지게 되었다.

고아 구제를 목적으로 한 자선 활동 때문에.

영주 부인이 무슨 말을 들었는지 느닷없이 복지에 힘을 쏟기 시작하면서 무르테우의 남아도는 세수입을 투입했다.

고액의 보조금을 받아먹으려고 여기저기에 고아원이 생겼고, 고아를 확보하기 위해 고아 사냥이 시작됐다. 길거리 아이들은 제일 먼저 노려졌고, 나와 동료들도 붙잡혀서 고아원에 보내졌다. 내 장사는 그걸로 끝.

나의 달콤한 꿈은 불합리하게 끝을 맞이하게 되었다.

◇

고아원은 좋게 말해 주려고 해도 최악이었다.

길거리에서 지낼 때가 천국으로 여겨질 정도였다.

고아원은 보조금을 받기 위해 열었을 뿐이라 유지비를 줄일 생각밖에 없었다.

아이가 살아 있기만 하면 도시에서 보조금이 나온다.

식사는 최소한으로, 맛도 최악.

시끄럽게 굴면 때려서 조용히 시키는 것은 기본이요, 손발을 묶고 입에 천을 처넣어 방치하는 것도 일상다반사였다.

인건비도 들이고 싶지 않은지 어른은 한 명밖에 없었다.

그 어른의 역할은 감시로, 아이들을 교육하거나 돌보지는 않았다. 아이들끼리 집안일을 하고 작은 아이를 돌봐야 했다. 심지어 아이들에게 부업까지 시키고 손이 느린 아이는 가차 없이 때렸다. 그 수입은 원장의 주머니로 들어갔다.

……게다가 예쁘장한 아이가 성장하면 손님을 받게 했다.

나보다 한 살 많은 노윈은 손님에게 어지간히 무서운 일을 당했는지 날붙이로 자신의 얼굴을 난도질해 손님이 다가오지 않도록 했다.

예쁜 아이였는데 예전의 모습을 찾아 볼 수 없게 되었다.

그런 환경에 처하자 아이들도 도망치려고 했다. 하지만 그것은 허락되지 않았다.

아이의 수가 줄어들면 보조금이 줄어든다. ……원장의 역린을 건드리는 행위였다.

탈주에 실패하면 재발 방지와 본보기를 위해 다시는 도망칠 수 없는 몸으로 만들었다.

이토록 자신의 무력함이 싫었던 적은 없었다.

고아원은 폭력과 공포가 지배하는 곳이었다. 아빠에게 배운 상인으로서의 지식도, 자신의 재능도 전혀 도움이 되지 않았다.

마당에서 빨래를 걷고 있을 때, 원장과 감시인의 목소리가 들렸다.

"마하는 슬슬 손님을 받을 수 있지 않을까? 최근 저걸 깔고 싶단 말이지."

"괜찮지 않을까요? 좋은 값을 받을 수 있을 겁니다. 저 정도 상등품에 처녀이니. 안 그래도 어린애를 좋아하는 변태 귀족들에게 말을 꺼내 보고 있던 차입니다."

"음, 싸게 넘기지는 마. 새것은 비싸게 팔려. 너무 깡마르면 값이 내려가니 마하한테는 영양가 있는 음식을 먹이도록 해."

"이미 그러고 있습니다. 살이 붙기 시작했어요."

"팔고 난 다음에는 내가 즐기기로 할까. 저것은 맛이 좋을 것 같아."

비명을 지를 뻔했다. 입을 가리고 그 자리에 주저앉았다.

내가 손님을 받는다.

……손님을 받기 싫어서 스스로 자기 얼굴을 난도질한 노원이 뇌리에 떠올랐다.

싫어. 그렇게 되기 싫어.

하지만 손님을 받기도 싫어.

도망쳐야 했다. 붙잡혀서 험한 꼴 당하는 게 무섭다고 할 때가 아니었다.

……마력 보유자라는 사실은 들키지 않았다.

상대가 무서운 어른이어도 허를 찌르면 도망칠 수 있을 터.

계획을 세우자. 오늘은 준비하고 내일 도망치자.

◇

진실을 안 나는 그 사실을 숨기고 모르는 척 행동했다.

눈치챘다는 것을 들키면 무슨 일을 당할지 몰랐다.

오늘 밤, 나는 도망친다.

고아원이 소란스러워졌다.

무르테우의 대형 상회, 발로르 상회의 간부인 회장 아들이 고아를 거두러 온다는 것 같았다.

그의 마음에 들면 거둬져서 발로르 상회에서 일할 수 있다며 아이들은 흥분한 모습으로 이야기했다. 이곳에서 나갈 수 있는 데다가 이 도시에서 제일가는 상회에서 일할 수 있다.

지옥에 내려온 한 가닥 거미줄이었다. 아이들은 그의 마음에 들 방법에 대해 이야기했다.

……선택받는다면 위험을 무릅쓰지 않고 이곳에서 나갈 수 있다. 대형 상회에서 일할 수 있는 것도 매력적이었다. 언젠가 아빠의 상회를 되찾기 위해 자금을 모으고 싶고, 발로르 상회의 노하우도 배우고 싶었다.

하지만 내가 선택받아도 되는 걸까?

나는 마력 보유자고 그 힘을 사용하면 도망칠 수 있다. 애초에 오늘은 도망치기로 한 날이었다.

하지만 다른 아이들은 아니다. 자기 힘으로는 도망칠 수 없다.

긴 한숨을 내쉬고 천장을 올려다보며 어필하지 않기로 했다. 다른 아이에게 기회를 주자.

아아, 정말 물러 터졌다. 나는 이 지옥을 함께 보낸 아이들을 동정하고 있었다.

◇

그리고 그 사람이 왔다.

아이들은 깜짝 놀랐다. 고아원에 찾아온 발로르 상회의 간부라는 사람은 나와 동갑인 소년이었다.

예쁜 아이였다. 외모가 반듯할 뿐만 아니라 서 있는 자세가 아름다웠고 기품 있으며 자신감이 넘쳤다.

"왕자님."

자연스럽게 그런 중얼거림이 흘러나왔다.

우리와는 다른 인종이고 특별하다는 것을 알 수 있었다.

그래서 아이들도 상대가 어린아이라는 것을 잊고 자신을 택해 달라며 몰려들었다.

"나는 이르그 발로르. 장래 내 오른팔이 되어 줄 아이를 찾으러 왔어. 너희에 관해 가르쳐 줘."

대형 상회 간부의 오른팔, 아이들은 한층 더 달아올랐다.

나는 그 모습을 한 발짝 물러난 곳에서 바라보았다.

욕심쟁이 원장이 아부하는 눈으로 소년을 보고 있었다.

……엄청난 금액을 기부한 거겠지. 욕심쟁이 원장은 돈이 되는 상대에게만 알랑거린다.

소년은 한 명씩 음미하며 이야기를 들었다. 태도는 부드러웠고 웃는 얼굴이 근사해서 여자아이들은 전부 왕자님을 보듯 소년을 보고 있었다.

왕자님이라고 느낀 사람은 나뿐만이 아닌 모양이었다.

저곳에 가고 싶다는 유혹이 들었지만 그저 바라보기만 했다.

잠시 후, 왕자님은 아이들을 제치고 내 곁으로 왔다.

신비한 눈동자로 나를 바라보았다.

그가 미소 짓자 심장이 두근거렸다.

그리고 왕자님이 입을 열었다.

"찾았다. 널 원해. 나와 함께 와 줬으면 좋겠어."

그렇게 말하며 손을 내밀어서…… 나는 그 손을 잡고 말았다.

다른 아이의 기회를 뺏지 않기로 했으면서. 거의 무의식적인 행동이었다.

"응, 기꺼이."

아마 머리로는 포기할 생각이었지만 왕자님이 너무나도 멋있고 아름다워서 마음을 빼앗긴 게 아닐까.

……미안해.

마음속으로 다른 아이들에게 사과했다.

그리고 사과로 끝내는 것이 아니라 언젠가 다른 아이들을 구하겠다고 나는 결심했다.

발로르 상회 간부의 비호가 있다면 그것도 불가능하지는 않다.

"트란 원장. 난 이 아이를 데려가고 싶습니다."

"안목이 높으시군요. 다만 이 아이는 조금 특수해서 아까 말씀드린 가격의 두 배…… 아니, 그 이상은 주셔야 합니다."

"얼마죠?"

원장은 터무니없는 가격을 말했다.

교섭을 전제로 일단은 비싸게 값을 불렀을 것이다.

노예를 여럿 살 수 있는 가격이었다.

"좋습니다. 그렇게 하죠."

그러나 왕자님은 태연한 얼굴로 지시를 내렸고 수행원이 가죽 주머니에 금화를 묵직하게 담았다.

원장은 믿을 수 없다는 듯 눈이 휘둥그레져서 굽실거리며 돈을 받았다.

"화, 확실히 받았습니다. 하지만 난데없이 오늘 바로 인도할 수는 없습니다. 마하도 준비를 해야 하니 사흘 후에 다시 오시지요."

"그럼 사흘 후에 오겠습니다."

사흘, 그건 분명 준비 기간 따위가 아니다.

귀족에게 나를 팔아 돈을 번 다음, 직접 농락하기 위한 시간이다.

도와줘. 그 말이 목구멍까지 올라왔지만 결국 삼켜 버렸다.

원장이 핏발 선 눈으로 나를 노려보고 있었다. 허튼소리 하지 말라고.

여기서 생활하며 몸에 밴 공포가 나를 움직이지 못하게 했다.

왕자님이 나를 보고 미소 지었다.

괜찮아. 그렇게 말하고 있는 것 같았다.

"트란 원장, 인도받는 것은 사흘 후지만 이렇게 계약을 맺은 이상, 이미 나는 그녀의 보호자입니다. 그 사실을 잊지 마시길."

"물론입니다. 정중히 대하겠습니다."

그 정중함의 의미가 절대 고자질하지 못하도록 깍듯이 손봐 두겠다는 뜻임을 나는 이해해 버렸다. ……그리고 협박받지 않아도 나는 말할 수 없을 것이다. 더러워졌다는 것을 왕자님에게 알리고 싶지 않으니까.

◇

내 예상이 맞았다.

그날 밤, 나를 살 사람이 정해졌다. 왕자님에게 인도되기로 결정된 탓에 급히 구매자를 정했을 것이다.

귀족에게 팔리게 되면서 도망칠 틈은 조금도 없게 되었다.

몸을 씻고, 저택에서 도망친 이래 가장 예쁘게 꾸며져 마차에 태워졌다.

옆에는 감시인 남자와 원장이 앉아 있었다.

이대로 가면 나는 더럽혀진다.

……나를 산 사람은 노원을 샀던 자로, 노원은 그에게 갔다 온 뒤 자기 얼굴에 상처를 냈다.

손님을 받은 아이들이 가장 몹쓸 짓을 당했다고 입을 모아 말하는 귀족이었다.

무서워, 무서워, 무서워.

아무 짓도 안 하면, 딱 사흘만 버티면 그 사람 곁으로 갈 수 있다.

왕자님의 얼굴이 떠올랐다.

그 사람 곁으로 가기 전에 더럽혀지는 것은 싫었다.

이런 상황에서 자신답지 않게 마치 순진한 소녀 같은 생각을 하고 말았다.

필사적으로 사느라 이런 감정은 줄곧 잊고 있었는데. 어째서?

스스로 묻고 답이 나왔다.

……그렇구나. 그때 한눈에 반한 건가.

내가 이런 감정을 가지다니 놀라웠다.

그렇기에 이상한 생각을 하고 말았다.

지금 당장 마차 창문으로 뛰어내려 어디든 좋으니 발로르 상회의 가게에 들어가서 그 사람의 이름을 꺼내면 도움을 받을 수 있지 않을까.

선택지는 둘, 얌전히 더럽혀지고 안전하게 그 사람 곁으로 가느냐, 아니면 위험을 무릅쓰고 꿈꾸는 소녀인 채 그 사람 곁으로 가느냐.

나는 각오를 다졌다.

"아아, 아깝군. 그 남자가 한 달만 더 늦게 왔으면 이 아이를 충분히 맛볼 수 있었을 텐데."

"……윽."

원장이 느끼하게 내 허벅지를 쓰다듬었다.

평소처럼 겁먹은 태도를 연기하며 도망칠 타이밍을 쟀다.

마차가 모퉁이를 돌며 흔들렸다. 원장과 감시인이 균형을 잃었다.

지금이 기회다.

나는 창문을 열고 뛰어내렸다.

낙법을 위해 굴러서 드레스가 엉망이 됐지만 신경 쓰지 않았다.

오히려 치마를 찢어 달리기 쉽게 만들었다.

길거리에서 지내며 몸은 단련되었고 뒷길은 빠삭하게 꿰고 있었다.

그리고 마력 보유자임을 숨기고 있을 때도 아니었다. 진짜 전력으로 달렸다.

하지만…….

"어떻게……."

골목에 들어가 모퉁이를 두 번 돌았을 때, 감시인에게 따라잡혔다.

평범한 사람은 절대 따라잡을 수 없을 텐데.

"너만 마력 보유자임을 숨기고 있던 게 아니란 거지. 아아~ 드레스를 이 꼴로 만들다니, 벌을 받아야겠네. 히히히! 여기라면 원장의 눈도 닿지 않아. 처녀막만 멀쩡하면 무슨 짓을 하든 괜찮겠지. 항상 원장이 즐기고 넘긴 것들만 받았으니, 가끔은 신품도 좋잖아?"

최악이다.

눈에 띄지 않는 뒷골목으로 도망치려 한 것이 화가 되었다.

감시인이 팔을 휙 치켜들어서 나는 눈을 감아 버렸다. 하지만 아무리 기다려도 충격은 오지 않았다.

천천히 눈을 떴다.

내리쳐진 감시인의 팔이 누군가의 손에 붙잡혀 있었다.

"너, 너는."

"나는 이렇게 말했을 텐데. 『이렇게 계약을 맺은 이상, 이미 나는 그녀의 보호자입니다. 그 사실을 잊지 마시길』. 마하는 내 동생이야. 내 동생에게 무슨 짓을 하려고 했지?"

눈앞에 왕자님이 있었다.

그가 노려봤을 뿐인데 감시인은 겁먹고 주저앉았다.

"어째서."

"떠날 때 너는 눈으로 도와달라고 말했으니까. 트란 원장을 좀 조사했어. 그랬더니 그 남자가 뭘 하려는 것인지 알게 돼서 감시하고 있었어."

가슴에 뜨거운 무언가가 북받쳤다. 심장이 두근두근 시끄럽게 뛰어댔다.

"하지만, 위험해."

"상관없어. 너는 내 가족이 됐어. 가족은 지켜야지."

그렇게 말하고 왕자님은 감시인의 손을 놓고서 나를 감싸는 위치에 섰다.

"자, 돌아갈까."

왕자님은 내게 코트를 걸쳐 주고 미소 지었다.

드레스가 엉망이 된 것을 떠올리고 부끄러워져서 눈을 피하고 말았다.

감시인은 발로르 상회의 간부인 그를 건드려도 되는지 곤혹스러워하며 움직이지 못했다.

그때 숨을 몰아쉬며 원장이 나타났다.

"곤란하네요. 마하를 데려가는 건 사흘 후일 텐데요."

"똑같은 말을 몇 번이고 하는 건 좋아하지 않아. 이 아이는 가족이야. 가족의 위기는 간과할 수 없어."

"……그럼 어쩔 수 없군요. 이미 돈은 받았으니 당신에게 알랑거릴 필요도 없습니다. 어이, 이 재수 없는 애새끼를 밟아 버려!"

"저, 그래도 되는 겁니까? 이르그 발로르는 발로르 회장의 아들이라고요. 발로르 상회를 적으로 돌리게 됩니다."

"알 게 뭐야. 행방불명으로 처리해 버리면 돼. 이웃 나라에 남창으로 팔아넘겨 버려!"

그 말을 들은 감시인이 히죽 웃었다.

사실은 왕자님을 패고 싶어서 참을 수가 없었던 모양이다.

"도망쳐. 그 녀석은 마력 보유자야."

"그래, 알고 있어."

내 충고에도 왕자님의 태도는 차분했다.

감시인의 주먹을 가볍게 피하고 어깨를 툭 밀었다.

그랬을 뿐인데 둔탁한 소리가 나며 감시인의 어깨 관절이 빠졌다. 자세가 무너진 그에게 추격타. 무릎을 콱 밟자 감시인의 무릎이 꺾이면 안 되는 방향으로 꺾였다.

"으아아아아아아아아아아아아아."

감시인이 아파서 소리치며 뒹굴었다.

왕자님은 원장을 향해 미소 짓더니 순식간에 거리를 좁혀 목에 단검을 갖다 댔다. 원장의 살갗이 베여 피가 흘렀다.

원장은 반응조차 하지 못했다.

"힉, 히이."

"딱히 나는 법을 따른 거래가 아니라 폭력으로 해결을 봐도 상관

없어요. ……실은 이쪽이 특기지.”

왕자님은 여전히 웃으며 말했다.

그러나 어둡고 차가운 무언가가 그를 중심으로 뿜어져 나와 등골이 얼어붙을 것 같았다.

코앞에서 그 기운을 받은 원장은 다리에서 힘이 풀려 실금하고 있었다.

“자, 돌아갈까, 마하. 우리의 집으로. 네 방도 준비해 뒀어.”

고아원에서 그랬던 것처럼 그는 내게 손을 내밀었다.

방금 그 모습을 보고 확신했다. 그는 평범하지 않다.

그리고 만약 이 손을 잡는다면 나도 평범하지 않게 된다.

“데려가 줘, 왕자님.”

하지만 나는 그 손을 잡았다.

평범하지 않아도 그가 데려가 주는 곳은 분명 행복할 것 같았다.

……그러나 일단은 그를 의심하자. 그가 누구인지 조사하자. 그러고 나서 다시금 믿을지를 정하겠다.

꿈꾸던 왕자님이고 내 은인이지만 그리할 것이다.

그것이 아빠의 가르침이고 내 삶의 방식이니까.

◇

~루그가 출발하기 전날 밤~

이르그 오빠, 곧 루그 투아하데가 내일이면 영지로 돌아가 버린다.

그래서 화장품 브랜드 오르나의 인계를 이르그 오빠와 최종적으로 확인하고 있었다.

"이걸로 끝이네."

"그래, 뒷일은 부탁해."

"맡겨 줘. 지금의 나라면 이르그 오빠가 없어도 오르나를 지킬 수 있어. ……아니, 더 키워 보일게."

"마하라면 그 정도는 해 줄 것 같아."

이르그 오빠가 부드럽게 미소 지었다.

"그리고 이 도시 외에도 거점을 넓힐 생각이야. 이웃 도시에 아주 좋은 조건의 점포가 있어. 원래 잘 나가던 상회의 소유물인데 회장이 바뀐 뒤로 쇠락해서 자산을 조금씩 팔기 시작했거든."

아빠의 상회가 가진 점포 중 하나였다.

아빠의 오른팔이었던 남자가 회장이 된 뒤로 실패가 이어져서 자금 조달이 어려워지기 시작했다.

……팔려고 내놓은 점포는 아빠의 상회 가게 중에서 비교적 작고 중요시되지 않는 곳이었다.

하지만 이곳은 아빠가 최초로 세운 가게로 추억의 가게였다.

나는 언젠가 아빠의 상회를 되찾는다. 그 발판으로는 최고였다.

"마음대로 해. 나는 마하의 수완을 믿어. 사사로운 감정에 얽매이지 말라고는 안 해. 하지만 사사로운 욕심을 채울 거면 결과를 내."

"물론이지. 난 이르그 오빠의 오른팔인걸."

이르그 오빠는 전부 알고 있는 거겠지.

내가 그 상회의 딸이라는 것도, 빼앗긴 상회를 되찾으려 한다는 것도.

과거는 이야기하지 않았다. 하지만 이 사람이라면 반드시 조사했다.

그리고서 나를 믿고 있었다.

그렇기에 결과를 계속 내서 사사로운 감정과 이익을 양립하리라.

나는 사사로운 욕심을 채울 거면 결과를 내라고 말해 준 이르그 오빠를 사랑한다.

그때 택했던 평범하지 않은 길은 확실하게 내 꿈으로 이어지고 있었다.

"이르그 님, 마하 님, 차를 가져왔습니다."

"고마워."

차를 가져온 사람은 같은 고아원에 있던 아이로 길거리에서 같이 장사했던 동료였다. 발로르 상회에서 고아를 고용하는 형태로 구했다.

상회를 되찾는다는 꿈과 동시에 예전 동료를 구한다는 목표도 이루어지고 있었다.

"이르그 오빠가 부탁한 그거. 손에 넣으면 데이트해 줄래?"

"건전한 데이트라면."

"아쉽네."

나와 이르그 오빠는 웃었다.

……나의 두 번째 꿈은 곧 이루어진다.

이르그 오빠 덕분이다.

그래서 나는 정했다.

이 앞에 무엇이 있든, 내 남은 삶 동안 이르그 오빠를 도울 것이다.

그걸 위해서라면 이 목숨조차 아깝지 않다.

그리고 만약 이룰 수 있다면 오른팔이 아니라 다른 의미에서 가족이 되고 싶다.

그걸 위해서도 나는 이르그 오빠의 기대에 계속 부응할 것이다.

Episode17

# 제17화 암살자는 귀환한다

The world's best assassin, to reincarnate in a different world aristocrat

마침내 루그로서 투아하데령에 돌아왔다.

"2년 사이에 많이 바뀌었네."

2년 전과 크게 다른 점을 꼽자면 영지 일대에 펼쳐진 대두 밭이리라.

대두는 메마른 토지에서도 자라며, 손도 많이 가지 않고 수확량도 많다. 토지를 치유하는 효능까지 있었다. 하지만 가축의 먹이로 여겨져서 수요가 적었다.

그래서 이제까지는 부차적으로만 키우던 작물이었다.

하지만 유액의 원료로 투아하데가 사들이며 밀과 비슷한 가격이 되었다. 지금은 편하게 키울 수 있으면서 돈이 된다며 널찍한 대두 밭이 펼쳐지게 되었다.

타르트가 마차에서 상체를 빼고 밖을 둘러보았다.

"겨우 돌아오게 됐네요. 옛날 생각이 나요. 하지만 인제 보니 무르테우 같은 도회지가 루그 님께 더 어울리는 것 같아요."

"그래 보여? 난 이쪽이 더 성격에 맞는 것

같아. 마음이 편안해져.”

무르테우에서는 이르그가 되기 위해 염색했던 머리카락도 타고난 은색으로 돌아와 있었다.

마차를 타고 저택으로 향하고 있으니 영민들이 손을 흔들며 달려왔다.

“어서 오세요! 역시 도련님은 대단해요. 괜히 신동이 아니라니까요. 대두가 엄청 비싸게 팔리고, 대두를 이상한 거로 만드는 일터의 급료는 높아서 생활이 크게 나아졌어요.”

“도련님 덕분에 소를 두 마리나 살 수 있었어요.”

“밖에 나가서도 저희를 위해 애써 주신 거군요!”

“감사하지만 역시 도련님이 없으니 곤란한 일도 많았어요.”

이야기를 듣자 하니 대두를 비싸게 파는 루트를 만든 사람은 나라고 아버지가 설명해 둔 모양이었다. 생활이 편해졌다며 영민들은 입을 모아 말했다.

……투아하데에서 레시틴을 사들이게 하길 잘했다고 새삼 생각했다.

실제로 발로르 상회는 대두가 원료인 것까지는 눈치챘으리라.

그 이상을 파헤치지 않는 것은 대두를 어떻게 레시틴으로 만드는지 모르는데 내게 미운털이 박히고 싶지 않기 때문이다. ……혹은 공로자에 대한 배려거나.

발로르는 상인이면서 정이 많았다.

이르그로 있을 때, 그 사람은 줄곧 나를 진짜 아들로 대했다.

뭐, 그는 다정한 것조차도 장사를 위해 계산해서 그러는 것이지만. 착각하기 쉬운데, 타인의 감정을 무시하고 효율만을 추구하는 냉철한 상인은 이류다.

머지않아 주위 사람들의 마음이 점차 떠나 장기적으로는 반드시 손해를 본다. 일류는 마음조차 손익을 따져서 필요하다면 수고도 돈도 투입한다. 발로르를 보고 그것을 배웠다.

"루그 님, 이걸 가져가 주세요."

"답례니까 사양하지 마시고요."

농작물, 치즈, 사냥해서 잡은 고기, 훈제 생선 등을 영민들이 차례차례 건넸다.

차마 거절하지 못하고 받다 보니 나도 타르트도 금세 양손이 가득 찼다.

"루그 님은 무척 사랑받고 계시네요."

마치 자기 일처럼 자랑스러워하며 타르트가 말했다.

"그러네. 그렇기에 이 영지를 번영시키고 싶어."

아버지와 할아버지가 그랬듯이.

나는 전생한 암살자지만, 그 이상으로 투아하데의 차기 가주 루그다.

◇

저택에 돌아가자 느닷없이 어머니가 안겨 들었다.

"어서 와, 어서 와, 어서 와! 루그가 없어서 쓸쓸했어요. 아아, 루그의 냄새. 요전번에 집에 왔으면서 키안과 일 얘기만 하고 돌아가다니 너무해요."

"……이런 건 남들이 안 보는 곳에서 해 주세요. 타르트 앞에서 이러시면 제 입장이 뭐가 돼요."

"무리예요. 오랜만에 만난 루그인걸요! 킁킁킁킁, 쓸쓸했어요~ 루그. 이제 나가면 안 돼요. 휴우, 만끽했어요. 타르트도 어서 와요. 루그 옆에 있어 줘서 고마워요. 이래 봬도 외로움을 많이 타는 아이니까요."

"아, 아뇨. 오히려 제가 루그 님께 응석을 부리는걸요."

"그래요? 앞으로도 루그를 잘 부탁해요! 이 아이는 뭐든 혼자서 하려고 드니까 타르트 같은 아이가 있어 주면 안심이 돼요."

"여, 열심히 하겠습니다!"

얼굴이 새빨개져서 차렷 자세가 되었다.

……뭔가 어머니의 말을 다른 의미로 받아들이고 있는 것 같았다.

"어머니, 아버지는요?"

"아! 그랬죠. 서재로 오라고 했어요. 루그가 키안과 이야기하는 동안 저는 무르테우에서 루그가 어떻게 지냈는지 타르트한테 듣고 있을게요. 루그는 편지로도 자기 얘기를 전혀 안 하니 말이에요."

"앗, 네. 남김없이 전부 말씀드리겠습니다!"

……가장 가까이 있었던 타르트에게 이야기를 듣는다고 하니 좀 창피했다.

하지만 어머니에게 무슨 말을 해 봤자 소용없고, 타르트는 세게 밀어붙이는 상대에게 약하기에 입막음해도 의미가 없다.

이미 모든 것을 포기했다. 적어도 타르트가 그 이야기만은 하지 않기를 기도하자.

그때의 나는 정상이 아니었다. ……전생했다고는 하지만 자신이 10대고 그런 충동에 휘둘리는 생물임을 통감한 일이었다.

◇

타르트를 두고 서재로 향했다.

방에 들어가자 아버지가 나를 보았다. ……그냥 보는 것이 아니라 확인하고 있다고 해야 할까.

2년간 성장했는지 보고 있었다.

"루그, 어른이 됐구나."

"예, 한 달쯤 전에 성인이 되었습니다."

알반 왕국에서는 열네 살에 성인이 되어 어엿한 남자로 간주된다.

혼인이 가능한 나이였다.

귀족쯤 되면 진즉에 약혼하여 결혼식 날짜를 조정하고 있는 것이 보통이라고 할 수 있었다.

……5년 전쯤부터 이 나라에서는 어떤 사정으로 약혼만 하고 열여섯이 된 다음에 결혼하는 것이 주류가 되었지만.

"그런 의미가 아니다. 유감스럽게도 이 나라에는 애어른이 넘쳐

나. 루그는 진정한 의미에서 어른이 됐다. ……무르테우에서 상인으로 입신양명하라고 명했지만 이렇게까지 대성할 줄은 몰랐다. 이르그 발로르의 화장품 브랜드, 오르나를 모르는 귀족은 없어."

"저는 유액이라는 간판 상품을 만들고 확산시키기 위한 계획을 짰습니다. ……하지만 그 이후부터는 발로르의 힘입니다. 유액으로 얻은 명성을 무기로, 흔한 화장품도 브랜드 가치를 지니게 하여 화장 업계의 세력도를 덧칠하다니, 그 수완을 가까이서 보고 전율했습니다."

나는 유액을 무기로 화장에 혁명을 일으킨다는 그림을 그렸다.

하지만 일은 상정했던 것보다 다섯 배는 더 빠른 기세로 진행되었다.

나는 화장 사업의 책임자로서 모든 것을 보고 실행했지만, 그것을 뒷받침하는 무시무시한 힘에는 깜짝 놀랐다.

이제 오르나는 유액 브랜드가 아니라 톱 브랜드로서 명성을 얻고 있었다.

"그 남자는 상인의 정점에 가까워. 그와 자신을 비교할 수 있는 것만으로 대단한 일이다. 네게 상인 일을 시킨 것은 세계를 알기 위해, 암살업에 쓸 가면을 만들기 위해, 인맥을 만들기 위해서라고 설명했지. 그건 거짓말이 아니다. 거기에 의미가 하나 더 있다. 뭔지 알겠느냐?"

고개를 저었다. 이번만큼은 상상이 가지 않았다.

"나는 네가 투아하데 말고도 살길을 찾기를 바랐다. 루그, 너라면 암살 귀족으로서가 아니라 상인으로서도 성공할 수 있다. 그걸 바라는 사람도 많아. 발로르가 말하길, 루그는 암살 귀족 따위 그만두고 장사에 전념하는 편이 좋다고 하더구나. 그게 널 위한 일이라고……. 그 녀석은 말만 그런 게 아니라 이 영지의 세수입 20년어치에 해당하는 돈을 주겠다고 했어. 지금부터 발로르 상회의 넘버2로서 자신을 보좌하다가 나중에는 아들을 지지해 줬으면 좋겠다고 하더군. 네가 그 길을 택하더라도 나는 막지 않으마."

"무슨 말씀을 하시는 거예요? 제가 상인으로서 경험을 쌓은 건 암살을 위해서예요."

"루그, 나는 이제 와서 다른 삶을 살 수 없어. 하지만 아직 암살에 손대지 않은 너라면 다른 삶을 고를 수 있어. ……우리 투아하데는 병터를 절제하여 이 나라를 지켜 왔다. 그러나 국가는 우리를 지켜 주지 않아. 우리를 이용해 온 왕족은 만에 하나 투아하데의 암살 가업이 밝혀지면 귀족들에게 약점을 보이지 않기 위해 우리를 죄인으로 처분할 거다. 국가에 대한 충성 따위 허무한 것이야."

아버지는 억양 없이 담담하게 말을 자아냈다.

그런데도 등골이 얼어붙는 싸늘함과 위장을 묵직하게 누르는 무게가 있었다.

"확실히 말하겠다. 암살이 발각됐을 때 버려지는 것조차도 투아하데의 역할이다. 우리가 아무런 실수를 하지 않더라도 의뢰인 쪽에서 비밀이 새어 나갈 수도 있어……. 태어날 때부터 다른 호적을 준비해 두는 건 보험이기도 하다. 국가에 버려졌을 때 도망쳐 다른 사람으로 살기 위한 보험. 하지만 이렇게도 생각한다. 보답받지 못할 암살 따위 그만두고 처음부터 편한 삶을 살면 돼. 루그, 다시 한번 묻겠다. 너는 그래도 루그 투아하데로서 살 테냐?"

어릴 때부터 투아하데의 일은 고귀하다고 배웠다.

투아하데야말로 알반 왕국을 지키고 있다고.

그런데 지금 와서 처음으로 냉혹한 현실을 고했다.

아니, 「지금 와서」가 아니라 지금이기 때문이다.

2년에 걸쳐 바깥에서 넓은 세계를 배운 후, 암살하여 발을 뺄 수 없게 되기 전에.

……전생 전에는 그저 암살하기 위한 도구로 자라 아무 생각 없이 이용당했다.

아무런 망설임도 없이. 단순한 칼로서.

하지만 아버지는 달랐다. 어릴 때부터 암살 기술을 가르치면서도 사랑을 알려 주었다.

나는 결심했다. 도구가 되지 않겠다고, 자신의 의지로 택하겠다고.

"아버지, 저는…… 아니, 「나」는 투아하데에 있기를 택하겠어요. 투아하데가 아니면 할 수 없는 일이 있어."

일부러 「저」가 아니라 「나」라고 했다.

내 나름대로 어엿한 남자로서 고른 선택임을 전하기 위해.

"정의감으로 말하는 건가? 이 나라를 지키기 위해 자기 목숨을 버릴 각오가 있다는 뜻이냐."

"……그건 아니에요. 난 그렇게까지 선량하지 않아. 그저 투아하데 사람들도, 무르테우에서 알게 된 사람들도 소중하니까 이 나라가 평화로웠으면 좋겠어요. 내가 잡은 행복이 부서지는 걸 원치 않아. 무엇보다 설령 국가가 나를 버리더라도 아무런 문제도 없어요. 아버지에게 단련받은 내가 얌전히 붙잡힐 리 없잖아요. 무사히 도망쳐서 이르그로 사는 건 그때 해도 늦지 않아. 버려졌을 때의 일은 그때 가서 생각하면 돼."

내가 칼을 휘두르는 것은, 그리고 용사를 암살하는 것은 누군가에게 명령받았기 때문이 아니다. 내 행복을 위해 자신의 의지로 하는 것이다.

그리고 첫 번째 인생처럼 방심은 하지 않는다.

의뢰인 왕족이든 여신이든 계속 의심하겠다. 두 번이나 살해당할까 보냐.

아버지는 말없이 나를 바라보고 있었다. 나는 말을 이었다.

"또 하나 이유가 있어요. 투아하데가 아니면 손에 들어오지 않는 게 있어."

"그게 뭐지? 나는 짚이는 게 없는데."

"디아 비코네에게 반했어요. 지금도 편지는 주고받고 있고, 실은 한 달에 한 번 정도 국경을 넘어 누구에게도 들키지 않게 저택에 숨어들어 만나고 있어요. 국경과 백작가의 경비를 둘 다 빠져나가는 건 좋은 훈련이 돼요. 언젠가 결혼할 생각도 하고 있어요. ……백작영애인 디아와 맺어지려면 그런대로 지위가 필요해요."

나는 무르테우에 있을 때조차 시간을 내서 디아와 만났다.

【초회복】과 막대한 마력과 오리지널 마법을 구사한 초속 이동으로 하루 만에 거기까지 왕복하면서.

디아와 함께 새로운 마법에 관해 이야기하는 것도, 디아의 득의양양한 얼굴을 보며 그녀가 만든 마법을 적는 것도 정말 좋았다.

"큭, 아하하하하하하. 정말이지, 과하게 잘난 아들이라고 생각했는데 이런 바보 같은 부분이 있을 줄이야. 그런가, 디아인가. 알겠다. 그럼 암살 귀족을 계승해라. 바로 일을 하나 맡기마. ……중요한 일이다. 처리해야만 하는 귀족이 있어. 이웃 나라에 군사 기밀을 팔아넘기고 대가로 마약을 받아 그것을 뿌려서 백성을 고통에 빠뜨리는 쓰레기다. 한시라도 빨리 이 나라에서 잘라 내야 해."

……기밀을 팔아 자국을 마약에 중독시키다니 기가 찼다.

"해내 보이겠습니다. 2주면 충분해요."

"음, 맡기마. 나는 참견하지 않겠다. 자신의 방식으로 죽여라."

이쪽 세계에서 하는 첫 암살.

그것도 몹시 유해한 귀족이다.

좀이 쑤셨다. 확실하게 처리하자. 그것도 흔적 하나 남기지 않도록.

본게임(용사 살해)과 비교하면 너무나도 쉽지만 첫 암살로서는 나쁘지 않다.

Episode18

# 제18화 암살자는 정보를 모은다

The world's best assassin, to reincarnate in a different world aristocrat

본가로 돌아온 날, 성인이 된 것을 성대하게 축하받았다.

이튿날 아침, 기척을 느끼고 눈을 뜨자 어머니가 방에 들어오는 참이었다. 암살자인 나는 사람이 다가오면 아무리 지쳐 있어도 깨고 말았다.

자는 척하고 있으니 어머니가 빤히 바라보았다. ……주로 하반신을.

다시금 생각하는데 어머니는 변함이 없었다. 2년 동안 나는 많이 자랐지만 어머니는 전혀 늙지 않았다. 마흔을 넘었는데 어떻게 봐도 20대 중반으로만 보이는 것은 이상했다.

……투아하데에는 젊음을 유지하는 비술이라도 있는 걸까?

그런 것이 있다면 유액 이상의 히트 상품이 될 것 같다.

나는 상체를 일으켰다.

"안녕히 주무셨어요. 엄마, 아침부터 무슨 일이야?"

"아쉬워요. 오늘은 괜찮네요."

그 한마디에 타르트가 루그 투아하데 최대의 흑역사를 이야기했음을 알았다.

"……나도 그런 경험을 했으면 대책을 세우고, 매일 그렇게 되면 병이야."

"재미없어요."

"그보다 아들의 그런 모습을 보고 싶어?"

"매우 보고 싶어요! 루그가 어른이 됐다는 증거니까요."

무심코 어색한 미소를 지었다.

……타르트가 이야기했을 터인 흑역사.

열세 살의 가을이었다. 타르트도 마하도 평소에는 티 내지 않고 숨기고 있지만, 애정에 굶주려 외로움을 타며 가족을 동경하고 있었다.

그럴 만도 했다. 두 사람 다 어릴 때 가족을 잃었으니까.

가끔은 외로움을 참지 못할 때가 있어서 함께 잤다.

외설스러운 의미가 아니라 그냥 같이 잘 뿐이었다. 누군가의 체온을 느끼고 있으면 안심이 된다.

이 습관도 우리의 유대를 키우는 데 일조하고 있었다.

다만 나는 10대 중반의 새파란 충동을 이해하지 못하고 있었다.

물론 타르트와 마하에게 손댈 만큼 이성이 날아가 있지는 않았다.

그날은 마침 타르트와 마하가 동시에 졸라서 셋이 같이 잤다. 아침에 일어나 서로 잘 잤냐며 미소 지었다.

그 후, 이변은 일어났다. 타르트가 코를 킁킁거리더니 이상한 냄새가 난다는 말을 꺼냈다. 마하도 동의하며 고개를 갸웃했고, 나는 자신의 하반신이 축축하다는 사실에 당황했다.

……하필이면 두 사람과 함께 잘 때 몽정한 것이다.

몽정 경험 따위 전생에서조차 없었고, 애초에 이것이 루그로서 첫 사정이라 무슨 일이 일어났는지 파악하는 데 시간이 걸려서 초동이 늦어졌다.

그 탓에 두 사람이 알아차렸다.

……그때 봤던 두 사람의 얼굴은 잊을 수 없다.

얼굴이 새빨개진 두 사람은 고개를 돌렸지만 그러면서도 곁눈질로 빤히 바라보았다. 이 무슨 수치 플레이란 말인가.

평소 늘 가족이라고 말하며 두 사람의 아빠이자 오빠로서 행동했는데 이런 추태라니.

전부 와장창 깨져 버려서 죽고 싶어졌다.

이제껏 쌓아 올린 것이 순식간에 무너지는 소리가 들린 기분이었다.

두 사람 다 나를 싫어하지 않고 오히려 배려해 준 것이 도리어 괴로웠다.

『이르그 님, 그게, 다음부터는 제게 말씀해 주세요! 이르그 님의 하녀니까 그런 시중도 들겠어요! 쌓이면 큰일이잖아요! 이건 필요한 시중이에요!』

『……이르그 오빠, 입으로는 동생이라고 하지만 몸은 솔직하구나. 가끔 생각하는데, 동생과 연인 중에 딱히 하나를 고를 필요가 있을까? 양립할 수 있지 않을까?』

두 사람이 나를 배려하여 농담을 할 줄이야.

덕분에 우스운 해프닝으로 끝나면서 두 사람의 아빠·오빠로서의 위엄은 유지할 수 있었다.

어째선지 같이 자자고 말하는 빈도가 급증했지만 지금도 그 이유는 잘 모르겠다.

그 이후로 다시는 그런 추태를 보이지 않게 조심하고 있었다.

특히 마하와 타르트에게는 절대로 꼴사나운 모습을 보이고 싶지 않았다.

폭발하지 않게 대책도 세우고 있었다.

……내 몸이지만 참 귀찮았다. 이 나이 때의 성욕은 비정상적이다.

아무리 암살자라도 육체의 굴레에서는 벗어날 수 없다.

◇

『루그의 성장한 몸을 보고 싶다』라면서, 옷을 갈아입으려고 해도 방에 눌러앉은 어머니를 억지로 쫓아내고 채비한 뒤 거실로 갔다.

타르트가 만든 아침밥이 차려져 있었고, 상차림을 끝낸 타르트는 내 뒤에 섰다.

여전히 타르트가 만든 요리는 맛있었다.

그리고 투아하데의 식자재로 만든 탓인지 반가운 느낌이 들어서 입맛이 돌았다.

식사가 끝나자 어머니가 히죽히죽 웃으며 맞선 건을 네 건 가져왔다.

이 시대에 사진 같은 것은 없기에 선을 볼 때는 그림을 보낸다.

다들 미인이고 집안도 좋았으며 나이도 나와 비슷했다. 객관적으로 보면 다 좋은 조건이었다.

투아하데의 영지 세수입은 그리 크지 않지만, 의사로서 많은 수입이 있고 대귀족과도 연줄이 있음을 다들 아는지라 맞선 상대가 부족해 곤란하지는 않았다.

하녀로서 뒤에 대기 중인 타르트의 기분이 왠지 좋지 않은 듯했다.

"엄마. 이런 건 됐어. 선을 볼 생각은 없어."

디아에게 반한 내게는 불필요했다.

타르트가 뒤에서 안도한 표정을 지었다.

평범한 귀족이라면 장남의 혼인은 연줄 만들기나 출세를 위해 쓰는 도구라서 철저히 음미하고 분주하게 사전 교섭을 할 테지만, 부모님도 나도 그쪽 방면에는 관심이 없었다.

이 이상 작위가 높아지면 귀찮은 사교 행사와 일이 늘어난다. 지금의 영지로 충분했다.

어머니가 이렇게 맞선 안건을 가져온 것은 어서 손주 얼굴을 보고 싶기 때문이리라.

"우우우, 참해 보이는 아이를 열심히 골랐는데. 엄마는 얼른 손주를 보고 싶어요!"

……생각한 대로였다.

타르트가 뭔가 말하고 싶어 했기에 대화를 허락했다.

"루그 님께는 아직 이른 것 같아요."

"이르지 않아요! 이미 성인이니까요. 늦장 부리다가는 손주가 태어나기 전에 할머니가 되어 버릴 거예요! 아니면 타르트가 낳아 줄 건가요?! ……아! 괜찮을지도. 타르트는 마력 보유자고, 귀족 자녀와 달리 귀찮은 만남이 늘어나지도 않으니 이득일지도 모르겠네요. 지금 당장 아이를 만들 수 있다는 점도 좋아요."

"예? 아, 그게…… 루그 님이 바라신다면."

불쌍하게도 어머니에게 놀림당한 타르트가 귀까지 새빨개져서 자기 발치를 보았다.

이런 농담에 어울려 줄 필요는 없는데.

"엄마, 타르트를 놀리지 마."

"놀리는 거 아닌데요. 근데 루그. 아까부터 그 말투! 심지어 반말이라니 건방져요!"

"성인이 됐으니까, 이전 말투를 쓰는 건 좀 아닌 것 같아서. 살짝 고쳐 봤어."

어머니 앞에서는 착한 루그로 계속 있을까 생각했지만…… 과도한 정을 좀 뗄 필요가 있었다.

"아아아, 안 돼요! 우리 귀여운 루그가 삐뚤어져 버렸어요. 떼끼예요!"

……이런 어린애 취급에 오히려 더 철저히 말투를 수정하자고 생각했음을 어머니는 모른다.

◇

그날 밤, 전서구 두 마리를 날려 보냈다.

무르테우에 있는 마하에게 편지를 전해 줄 것이다.

마하는 내가 없는 동안 화장품 브랜드, 오르나를 책임지고 있었다.

혼자 감당하기에는 짐이 무겁지만, 가짜 형인 베르이드가 보좌해 주고 있었다.

그는 어릴 때부터 영재 교육을 받았고 각처에 연줄이 있다. 실전 경험도 풍부했다.

결국 2년 동안 어지간한 사정이 없는 한은 내 수업을 매일 받으러 와서 그 지식을 흡수했다. 그러면서 한층 더 성장하였기에 그는 매우 우수했다.

화장품 브랜드 오르나가 발로르 상회의 주력이 되고 있다고는 해도 그의 입장을 생각하면 내 밑에서 일하는 것은 이상하지만, 그가 말하길 아직 내게서 배우고 싶다는 듯했다.

마하에게는「대외적」인 일은 그의 힘을 적극적으로 빌리며 베르이드에게 배우라고 했다. 그가 내게서 배울 것이 많듯 베르이드에게서 배울 것도 많았다.

"이걸로 준비는 다 됐어."

마하에게 보낸 편지에는 두 가지 지시가 적혀 있었다.

첫째, 이번 암살 대상인 아즈바 벤카울 백작의 정보를 모을 것. 벤카울 백작 부인도 오르나의 고객이었다. 데이터는 있을 터.

그것을 발판으로 벤카울 백작을 철저히 조사한다.

……이번 일, 의뢰인의 정보를 곧이곧대로 믿어도 될지 알 수 없다.

그렇기에 내 눈과 귀도 쓰겠다.

또 다른 지시는 오르나 대표 이르그 발로르가 신상품 안내를 위해 방문하겠다는 편지를 벤카울 백작 부인에게 보낼 것.

구린 일을 하고 있는 자일수록 경계심이 강하여 접근하기 어렵지만, 화장품 브랜드 오르나의 대표 이르그라면 벤카울 백작 부인은 기꺼이 집에 들여 줄 것이다.

◇

그로부터 나흘 후, 투아하데에 자료가 도착했다.

정보량이 많은 만큼 자료의 부피도 커서 화장품으로 위장하여 마차로 수송했다.

오르나에서는 회원을 위한 정기 택배 판매도 하고 있었고, 어머니가 회원이라 이렇게 무르테우에서 마차가 와도 부자연스럽지는 않았다.

회원용 정기 택배 판매는 내가 제안하여 도입되었다.

가게에 진열된 것보다 한 단계 높은 화장품 세트 몇 개를 매달 송부한다.

부자들을 위한 서비스라 그런대로 값을 받았다.

거액의 돈을 받는 대신 확실하게 최고 품질의 상품을 보냄으로

써 화장품 브랜드 오르나는 씀씀이가 좋은 고객들로부터 안정적으로 많은 이익을 얻을 수 있었고 되팔기도 방지되었다.

돈만 내면 가게 앞에서 쟁탈전에 참가하지 않아도 되고 특별한 화장품이 손에 들어온다는 우월감은 부자에게 잘 먹혀들어서 금세 정원 오버가 되었다. 부호와 귀족들 사이에서는 오르나의 회원인 것이 하나의 스테이터스가 됐을 정도였다.

“마하는 일 처리가 빠르군. 마약을 뿌리고 있는 건 틀림없나. 요란하게 굴고 있군.”

발로르 상회의 정보망은 어마어마하게 넓다.

게다가 무르테우에서도 못된 짓을 하고 있어서 발로르 상회는 아즈바 벤카울 백작을 눈여겨보며 정보를 모으고 있었다.

마약은 그것을 파는 인간 외에 모두를 불행하게 만든다.

벤카울 백작은 귀족 동료들과의 비밀 파티에서 젊은 귀족들에게 불장난을 권하며 중독시키고 거리에서는 마피아 무리를 이용해 약을 뿌리고 있는 듯했다.

쓰고 있는 마약은 비제라는 다년초를 원료로 만든 것으로 마약이라기보다 각성제였다.

뇌가 각성하여 시야가 트이고 동시에 강한 흥분 작용이 있다. 간단히 말하자면 뿅 간다.

엄청난 쾌락을 주지만 그 대가로 강한 의존증이 생긴다.

무르테우는 마약이 침입하기 직전에 막고 있지만 이웃 도시는 비참한 상황에 빠진 듯했다.

“죽일 수밖에 없나.”

이렇게 발로르 상회의 정보망에 간단히 걸릴 만큼 엉성하게 장사하면 세상에도 알려진다.

그러나 아즈바 벤카울 백작은 어디까지나 자신의 영지를 경유해 마피아가 마약을 운반한 것이라며 시치미를 떼고 있었고, 도마뱀의 꼬리를 자르듯 잔챙이를 자신의 영지에서 잡아 공적을 세웠다는 식의 말까지 하고 있었다.

그렇게 밀어붙일 수 있는 것은 고위 귀족에게 거액의 뇌물을 주고 있기 때문인 듯했다.

……일단 명분이 있고 대귀족이 지키고 있다면 왕가는 그를 벌할 수 없을 것이다.

마약 거래량이 점차 늘고 있는 것도 신경 쓰였다. 이대로 내버려두면 온 알반이 마약에 오염되리라.

법으로 심판할 수 없다면 암살로 병터를 절제할 수밖에 없다.

이것은 투아하데의 일이다.

Episode19

# 제19화 — 암살자는 암살한다

The world's best assassin, to reincarnate in a different world aristocrat

흔들리는 마차 속에 있었다.

벤카울 백작 부인은 마하가 준비한 신작 안내라는 미끼를 덥석 물어 꼭 와 달라며 연락해 왔다.

이르그로서 가는 것이기에 은발을 검게 물들이고 안경을 썼다.

이 모습을 하고 있는 한, 설령 보는 사람이 없어도 루그 투아하데가 아니라 이르그 발로르로서 행동한다.

옆에는 마하가 앉아 있었다. 늘 쿨한 그녀지만 오늘은 기분 좋게 콧노래를 흥얼거리고 있었다.

"오랜만에 이르그 오빠와 함께 있네."

"헤어진 지 한 달도 안 지났어."

"이르그 오빠가 없는 열흘은 나한테 너무 길었어."

응석 부리듯 마하가 몸을 기댔다.

무르테우에 있을 적에는 보이지 않았던 방식의 응석이었다.

"오르나 대표 대리인 마하가 여기 올 필요는

없을 텐데."

"꼭 같이 올 필요는 없지만 내가 만나고 싶었어. 오늘 하루 자리를 비워도 괜찮도록 준비는 제대로 해 뒀어. 베르이드도 있고."

"그렇다면 문제없나."

"……그리고 이르그 오빠. 부탁했던 그거, 손에 들어올 것 같아."

그것이란 신기(神器)를 말했다.

이 세계에는 인간의 손으로는 결코 만들 수 없는 말도 안 되는 성능의 무구가 존재한다.

재질, 가공 기술, 모든 것이 상식을 벗어난 물건을 신기라고 불렀다.

대표적인 신기로는 현재 가장 용사일 가능성이 큰, 쿨란의 사냥개라는 이명을 가진 남자가 소유하고 있다는 마창 게 볼그.

옛 대전(大戰)의 영웅이 휘둘렀던 마검 프라가라흐 등이 있다.

용사를 죽이는 데 그런 무기를 쓰면 편해질지도 모른다.

그래서 남아도는 자금을 사용해 하나라도 많은 신기를 손에 넣으려 하고 있었다.

실물을 보면 그것을 참고하여 강력한 마법이나 무기를 만들 수 있을지도 모른다는 기대도 있었다.

"마하한테는 늘 도움을 받네. 고마워."

"천만에. ……있지, 이르그 오빠. 그쪽에 간 뒤로 타르트와 진전은 있었어? 그, 남녀 관계적인 의미에서."

"있을 리가 없잖아."

내가 그렇게 말하자 마하가 어이없어하며 한숨을 쉬었다.

“그래? 힘들 거 아니야. 여태까지는 가끔 창관에 가서 발산했지만 고향에서는 그럴 수 없어서 곤란하지 않아? 디아 님에게 가거나 창관에 갈 때마다 타르트는 울 것 같은 얼굴이었어. 차라리 타르트를 써 주면 기뻐할걸.”

……일순 사레들릴 뻔했다.

창관에 갔던 것을 들켰고, 타르트를 쓰라는 말을 했기 때문이다.

“왜 그런 관계로 만들고 싶어 하는 거야.”

“전부터 생각했는데, 이르그 오빠는 무리하게 우리를 연애 감정에서 떨어뜨려 놓고 싶어 해.”

“우리는 가족이야. 대체 몇 년을 함께 지냈는데.”

몇 년에 걸쳐 가족으로서 유대를 키웠다.

지금도 그녀들과 만난 이후의 나날을 떠올릴 수 있었다.

그렇기에 생각한다. 그런 감정과는 다를 거라고.

“어릴 때 이르그 오빠를 믿음직한 오빠라고 생각했던 건 틀림없어. 하지만 우리는 성장해. 성장하면 그런 감정을 가지게 되는 거야. 다른 어떤 남성보다 멋진 사람이 가까이 있는데 반하지 않을 리가 없잖아. ……가장 괴로운 건 상대조차 해 주지 않고 계속 무시하는 거야. 특히 타르트는 속에 쌓아 두며 불평 한마디 안 하니까. 계속 그런 태도를 취하면 언젠가 폭발할 거야.”

한없이 진지하고 심각한 목소리였다.

아아, 그런가. 마하는 타르트를 위해 말하고 있는 거구나.

“한번 선입관을 버리고 타르트를 봐 볼게. 하지만 받아 줄 수는 없어."

"디아 님이 있으니 말이지. 그쪽도 문제없다고 생각하지만. 그 아이는 둘째 부인이든 간편하게 즐기는 애인이든 이르그 오빠에게 사랑받을 수 있다면 뭐든 괜찮을 테니까. 그렇게 끼고 있기 좋은 여자애는 또 없을걸? 예쁘고 가슴이 큰 것도 포인트가 높아. 애초에 이르그 오빠는 귀족이잖아. 첩 한두 명은 있어야지."

"그런 건가."

"그런 거야. 이르그 오빠를 사랑하는 여자가 둘이나 있다는 거, 이해했어?"

"한 명 늘지 않았어?"

"나도 사랑하고 있으니까. 다만 적극적인 대시는 나중에. 오르나를 더 성장시키고 정보망을 치밀하게 구축해서 날 절대 놓을 수 없게 되면 그걸 방패 삼아 교섭할 거야. 교섭은 대등한 입장이어야 성립한다고 이르그 오빠가 가르쳐 줬는걸."

똑 부러졌다. 지금도 마하는 절대 빼놓을 수 없는 인재인데.

이 이상 중요해지면 무슨 일이 있어도 손에서 놓을 수 없게 된다.

"정말로 우수한 제자야."

"응, 그러니까 각오해 둬."

마하가 시선을 들며 미소 지었다.

그 동작이 요염해서 가슴이 철렁했다.

……어린아이였던 그녀들은 여성이 되고 있는 건가. 이런 당연한 사실을 깨닫지 못하다니 나도 아직 멀었다.

◇

벤카울령에 도착했다.

농지가 펼쳐진, 녹음이 풍부한 토지였다. 어딘가 투아하데와 비슷했다.

하지만 검을 든 흉흉한 무리가 이곳저곳을 순찰하고 있었다.

그들이 이쪽으로 왔다.

구린 일을 하고 있기에 이렇게 사병을 쓰고 있을 것이다.

그들이 마차 창문을 열고 빙그레 미소 지으며 입을 열었다.

"벤카울에 왜 왔지?"

위압적으로 물었다. 이에 살갑게 미소 지었다.

"저희는 오르나의 직원으로 사모님께 신작 화장품을 안내해 드리러 왔습니다. 여기, 사모님께 받은 초대장입니다."

사전에 이야기를 들었는지 초대장을 보여 주자 남자들은 따라오라고 했다.

그리고 안내받은 저택을 보고 깜짝 놀랐다.

영지는 투아하데와 어딘가 비슷하다고 느꼈는데 저택은 전혀 비슷하지 않았다.

호화찬란. 사용한 소재부터 달랐다.

이런 영지에서는 도저히 벌 수 없는 금액이 필요할 터였다.

"어머나, 어서 오세요. 오르나의 신작, 기대하고 있었어요."

저택 문이 화려하게 열리고, 조금 살찌고 키가 작은 부인이 금붕어처럼 하늘거리는 드레스를 나풀대며 나왔다.

양손에는 반지를 주렁주렁 끼우고 목에는 커다란 사파이어가 달린 목걸이를 걸고 있었다.

……그리고 떡칠했다는 말로도 다 표현할 수 없는 짙은 화장.

"벤카울 백작 부인. 이렇게 초대해 주셔서 감사합니다. 이번 신작은 야심작이라 맨 먼저 벤카울 백작 부인처럼 아름다운 진짜 귀부인께서 사용해 주셨으면 하여 찾아왔습니다."

"어머, 빈말이라도 듣기 좋군요. 들어오세요! 오르나의 유액을 바른 뒤로 피부 상태가 좋아요. 분명 다음 신상품도 굉장하겠죠."

그리하여 우리는 방 안에 들어갔다.

◇

신작 화장품으로 준비한 것은 신형 유액이었다.

지금까지 사용하던 올리브 오일에 아몬드 오일을 아주 약간 더하여 향을 좋게 하고, 발랐을 때의 피부 발색을 좋게 했다. 약효 성분도 개량했다.

마이너 체인지이기는 하지만 이런 상대라면 질보다도 세상에서 자신만이 신작을 써 본다는 특별 취급이 중요했다.

나와 마하는 벤카울 백작 부인을 계속 추켜세웠다.

"진짜배기를 아는 부인이시기에 써 보셨으면 좋겠습니다."

"벤카울 백작 부인께서 인정해 주신다면 다른 여성들이 모두 갖고 싶어 할 거예요."

그런 말을 몇 번씩 반복했다.

간단히 넘어온 벤카울 백작 부인은 점점 기분이 좋아졌다.

……참 쉬웠다.

그렇게 기분을 띄워 주면 잡담에 자연스레 섞은 질문으로 필요한 정보를 빼낼 수 있다.

최근 벤카울령의 경기가 좋은 이유를 묻자 이웃 나라와의 장사가 잘되기 때문이라고 대답했다.

무슨 장사를 하는지는 모른다고 했다. 숨기고 있는 것이 아니라 정말 모르는 듯했다.

다행이다. 만약 장사 내용을 알고 있었다면 그녀도 죽여야 했다.

그리고 한층 더 정보를 모았다.

"남편은 자기 전에 달을 보며 느긋하게 와인을 맛보는 것이 무엇보다 큰 낙이랍니다."

거봐, 터무니없이 유용한 정보가 나왔다. ……이건 쓸모 있다.

"남편의 장사가 잘돼서 정말 다행이에요. 불과 2~3년 전까지는 가난한 귀족이라 사치도 제대로 부릴 수 없었거든요. 이렇게 아름답게 꾸밀 수 있는 게 참을 수 없이 기뻐요."

"예, 저희도 감사드려야겠죠. 덕분에 이렇게 아름다운 벤카울 백작 부인을 볼 수 있으니까요."

"어머, 선수시네. 오호호호."

벤카울 백작 부인이 기꺼워하며 웃었다.

그녀는 모른다. 그 행복의 배후에서 이웃 나라에 넘어간 정보 때문에 얼마나 많은 병사가 목숨을 잃었는지. 몇백 명의 사람이 거리에서 마약 때문에 인생을 망치고 폐인이 되었는지.

……루그가 된 나는 첫 번째 인생과 마찬가지로 암살자다. 하지만 이번에는 단순한 도구가 아니다. 죽일지 말지는 스스로 정한다. 그리고 이번에는 정하고 말았다.

죽여야 한다고.

◇

사흘 후, 나는 타르트와 함께 둘이서 다시 벤카울령에 왔다.

저번에는 데려오지 않았지만 살해할 거면 조수인 타르트가 필요해진다.

저택은 전망 좋은 위치에 있으나 역시 300미터 정도 거리를 둔 곳에는 그런대로 숨기 쉬운 장소가 있었다.

저택의 경비가 사흘 전보다 엄중했다. 주인인 벤카울 백작이 귀가했기 때문이리라.

나는 저택이 보이는 높직한 언덕에 우거진 풀 속에 모습을 감추었다. 땅 마법으로 가볍게 대지를 파서 그 위에 엎드리고 풀과 함께 흙을 뒤집어썼다.

이미 해가 졌으니 멀리서는 나를 알아차릴 수 없다.

사흘 전에 얻은 정보가 없었다면 녀석이 돌아올 때까지 며칠이고 잠복해야 했을 테고, 저택에 숨어들어 죽인다는 귀찮은 절차를 밟아야 했다.

하지만 벤카울 백작 부인은 남편이 돌아오는 날짜도, 굳이 저택에 숨어들 필요가 없다는 것도 즐겁게 가르쳐 주었다.

내 손에는 마법으로 만든 통이 있었고 텅스텐 탄환이 들어 있었다.

마력 보유자는 의식이 없을 때도 어느 정도의 마력을 몸에 둘러서 평범한 인간에 비해 튼튼하다. 웬만한 일로는 죽지 않는다.

그것은 타깃인 벤카울 백작도 마찬가지였다.

그래도 총격이라면 확실히 죽일 수 있다.

투아하데의 눈으로 응시하는 것은 2층 베란다. 이 눈이라면 이 거리에서도 보인다.

집중력을 극도로 끌어올려 목표가 아닌 것을 시야에서 배제했다.

그렇게 된 나를 대신해 조수인 타르트가 주위를 경계했다.

그렇기에 이렇게 저격에만 의식을 집중할 수 있었다.

10분쯤 지나자 목욕 가운을 걸치고 와인 잔을 든 뚱뚱한 중년이 베란다에 나왔다.

달을 올려다보고 만족스럽게 웃었다. 이 세상에서 자신이 가장 행복하다고 말하는 것 같았다.

『남편은 자기 전에 달을 보며 느긋하게 와인을 맛보는 것이 무엇보다 큰 낙이랍니다.』

그 말은 옳았다. ……덕분에 이렇게나 간단히 죽일 수 있다.

베란다에서 달을 바라보는 무방비한 상황은 저격하기 딱 좋았다.

거의 무풍, 거리 320m. ……이 상태라면 빗나가지 않는다.

불 마법을 기동하여 통 안에서 폭발을 일으켰다.

통 자체를 덮은 특수한 쿠션이 소음기 역할을 해서 소리는 거의 나지 않았다.

초중량, 초경도의 텅스텐 탄환이 음속에 가까운 속도로 토해졌고 1초도 지나지 않아 목표에 도달.

간단히 두개골을 관통하며 그 압도적인 운동 에너지에 의해 목이 날아갔다.

"철수한다."

"네, 루그 님."

타르트에게 그렇게 고하고 우리는 그대로 산속으로 도망쳤다.

이대로 산길을 빠져나가 반대쪽 가도로 나가면 추적자는 우리를 쉽게 찾지 못한다.

저격이라는 개념은 이 세계에 없다. 한동안 저택 내에서 있을 리 없는 암살자를 찾을 것이다. 문제없이 도망칠 수 있다.

탄환도 두개골을 관통해 벽을 뚫고 나가 그 방에서 흉기는 사라졌다.

이 세계에서 첫 암살에 성공했다.

이것이 필요하다고 스스로 인정하고 자신의 의지로 죽였다.

이전의 나는 살인이라는 행위에 전혀 마음이 움직이지 않았다.

하지만 지금의 나는 어떨까?

약간이지만 고동이 빨라져 있었다.

이유도 없이 멈춰 서서 움직일 수 없었다. 이 감정은 뭐지. 영문을 모르겠다.

타르트가 걱정스럽다는 얼굴로 돌아보더니 천천히 이쪽으로 다가와 안아 주었다.

"타르트, 뭐 하는 거야."

"그냥요. 루그 님이 불안해 보여서요."

"……그렇게 보였나."

충동을 따라 타르트를 껴안았다.

타르트는 싱긋 미소 짓고서 마주 안아 주었다. 달콤하고 좋은 냄새가 났다.

신기하게 진정이 됐다. 타르트의 부드러움과 온기가 평소의 나를 일깨웠다.

……타르트가 성장했다는 의미를 이해할 수 있었다.

깊게 심호흡. 괜찮다, 평소의 나다.

"미안했어. 가자."

"네!"

그렇게 산길을 달려 나갔다.

분명 백작 부인은 남편을 죽인 자를 원망하리라.

진실을 모르는 그녀에게는 이상적인 남편이었을 테니까.

이 암살을 후회하지는 않는다. 하지만 잊지 말자.

그것이 루그 투아하데에게 필요한 일이니까.

Episode20

# 제20화 암살자는 결단한다

The world's best assassin, to reincarnate in a different world aristocrat

루그로서 실행한 첫 암살은 완벽했다.

왕족(클라이언트)이 요청한 대로 「누가 어떻게 봐도 살해당했음」을 알 수 있게 죽였다. 본보기였다. 멋대로 굴면 이렇게 된다고 왕족은 보이고 싶은 듯했다.

왕족이 죽였다는 증거가 있으면 큰 문제가 되지만, 증거가 없으면 떳떳하지 못한 귀족들도 왕족을 비난할 수 없다.

왕족은 자신들이 일으킨 일이라고 은근히 암시하여 다른 귀족을 견제할 수 있다. 그러면 다음은 자신 차례라고 지레 겁먹은 귀족들도 다소나마 자중한다.

"용사도 이렇게 간단히 죽일 수 있으면 좋겠는데."

산길을 달리며 혼잣말을 중얼거렸다.

사흘 후, 마하가 찾아 준 무인도에서 실험할 새로운 술식에 기대가 컸다.

반경 수백 미터가 날아가는 마법이라 무인도가 아니면 실험할 수 없을 정도였다.

이거라면 용사조차 죽일 수 있을지도 모른다.

◇

첫 암살을 하고 벌써 석 달이 지났다.

전망 좋은 언덕에 누웠다. 이곳은 내가 즐겨 찾는 장소였다.

석 달간, 단련, 마법 개발, 이르그 발로르로서의 자금 조달, 정보망 강화 등등 바쁘게 지냈고 암살도 두 건 실행했다.

비정상적인 빈도였다. 그만큼 이 나라는 안쪽부터 썩어 있었다.

귀족은 일정한 세금을 내기만 하면 마음대로 굴어도 된다. 영지 내의 법 같은 것을 정해도 된다.

세금 외의 의무로는 전쟁 등이 일어났을 시 싸우고 자금과 식량을 바치는 것 정도였다.

그렇기에 돈과 시간이 남아돌아 야심을 가지게 된다.

귀족 대부분은 알반 왕국을 섬긴다는 감각이 없었다. 각각이 영지를 소국으로 보고 자신을 왕이라고 여길 정도였다.

……뿌리부터 해결하지 않는 한, 똑같은 일이 반복될 것이다.

"루그 님, 오늘은 로나하 씨를 이겼어요! 이로써 2승 1패가 됐어요."

언덕에 누워 있는 내게 타르트가 즐겁게 말을 걸어와서 사고가 전환되었다.

숨이 거칠었다. 칭찬받고 싶어서 로나하와 헤어지고 여기까지 달려왔을 것이다.

"로나하를 이길 수 있다면 기사단 녀석들에게도 지지 않겠지. 로나하가 삐치진 않았어?"

"……살짝. 그리고 루그 님께 말을 전해 달라고 했어요. 훈련을 봐줬으면 좋겠다고요. 그, 저 같은 여자애도 이렇게 강해질 수 있는 루그 님의 훈련에 흥미가 있대요."

"자존심 센 로나하가 가르침을 청하다니 어지간히 충격적이었나 보네. 하지만 잘했어."

사촌 형인 로나하는 분가지만 투아하데의 이름을 가진 마력 보유자로 고도의 훈련을 받고 있었다. 2년 전에도 젊은 기사와 비교해도 손색없는 실력을 가지고 있었지만 더욱 실력을 키웠다.

그런 그와 타르트의 실력이 비슷하다고 생각하여 모의전을 치르게 했다.

1회전은 패배, 2회전은 힘들게 이겼고, 3회전은 꽤 여유 있게 이겼다.

타르트는 착실하게 성장하고 있었다.

"저는 루그 님의 전속 하녀 겸 조수예요. 이 정도는 당연히 해야죠! ……어라, 마이어 씨예요. 저희를 부르러 왔나 봐요."

마이어는 우리 집에서 오래 일한 하인이었다. 저 허둥거리는 모습을 보니 긴급 사태인 듯했다.

◇

서둘러 저택으로 돌아갔다. 피비린내가 났다. 닦아 낸 것 같지만 흔적은 남아 있었다.

다툰 흔적은 없었다. 중상을 입은 손님이 나타났던 모양이다.

……일이 귀찮아지겠는데.

서재에 들어갔다. 업무 모드일 때는 무표정한 아버지지만 오늘은 한층 더 표정이 딱딱했다.

"루그, 조금 전에 일을 의뢰받았다. 그걸 네게 부탁하고 싶다."

"은밀한 일인가요?"

"물론이다. 이 의뢰는 거절해도 좋다. 오히려 안 받는 편이 좋은 의뢰야. 하지만 구태여 나는 이렇게 말하겠다. 받을지 안 받을지는 네가 정해라. ……의뢰 내용은 이웃 나라 스오이겔의 백작 영애, 디아 비코네 암살이다."

둔기로 머리를 얻어맞은 듯한 충격이 일었다.

디아, 나의 마법 스승이자 친구. 그리고 내가 호감을 가지고 있는 상대.

그런 그녀를 나보고 죽이라고?

"의문점이 둘 있습니다. 첫째, 이웃 나라에 간섭하는 건 위험하지 않나요? 둘째, 투아하데는 국익을 위해서만 암살합니다. 디아를 죽이는 것이 국익으로 이어질 것 같지는 않습니다."

"이번 암살은 투아하데로서 바른길은 아니다. 사사로운 감정에 의한 일이지. 그렇기에 받을지 말지 네가 정해도 된다고 한 것이다. 이건 알반 왕국의 국익이 되지 않을뿐더러 만에 하나 우리의 관여가 발각되면 국제 문제가 된다."

그 말대로였다. 타국의 귀족을 살해했다는 것이 알려지면 전쟁으로도 발전할 수 있다.

"……왜 디아를 죽여야만 하는지 사정을 얘기해 주세요. 아마 스오이겔의 내란 때문이겠죠. 디아의 아버지, 비코네 백작은 왕족 측에 붙었고 졌어요. 하지만 비코네 일가는 배상금 지급을 포함해 전후 처리를 문제없이 끝냈을 텐데요."

나는 발로르 상회의 정보망을 가지고 있다. 이런 큰 사건을 모를 리가 없었다.

스오이겔도 알반 왕국과 똑같은 문제를 안고 있어서 귀족이 야심과 힘을 가지고 있었다.

그리고 스오이겔에는 투아하데가 없었다.

그 결과 귀족은 계속 오만해졌고, 왕가를 무능하고 나태하다고 주장하고 자신들이야말로 스오이겔의 지배자에 걸맞다며 몇몇 귀족이 한패가 되어 반란을 일으켜서…… 승리해 버렸다.

내란이 일어나고 비코네 백작가가 왕족 측에 붙어 패배했음을 듣자마자 디아 곁으로 달려가 무사함을 확인한 뒤, 이르그 발로르의 힘을 써서 일가족을 망명시킬 준비가 되어 있다고 전했다.

그때 디아는 괜찮다고, 소동이 진정될 때까지 찾아오지 말라고 했다.

"호오, 거기까지 알고 있는가. 그럼 그다음을 이야기하지. 비코네 백작은 패배했고, 요구를 따라 재산과 영지 대부분을 내놓았다. ……하지만 그걸로는 끝나지 않았어. 귀족파는 디아를 눈독 들였다. 아름다운 아가씨야. 게다가 강력한 마력을 가졌으니 우수한 마력을 가진 후계자를 기대할 수 있어. ……욕심 많은 귀족이라면 당연히 손에 넣고 싶어지겠지?"

배상금 지급을 끝냈다고 해서 안전한 것은 아니었다. 인간의 욕심을 너무 얕봤다.

그때 디아는 어딘가 이상했었다.

설마 그때 이렇게 될 줄 알고 각오했던 건가?

"비코네 백작은 그저 얌전히 따를 생각이었다. 디아도 괜한 피를 흘리지 않게 그러고자 했어. 하지만 가신들은 그걸 허락할 수 없었던 거다. 하필이면 디아를 데리러 온 사자를 베어 죽여 버렸어. 그와 동시에 가신 전원이 사표를 내고서 자신의 의지로 움직이겠다고 선언했고, 게다가 영민들이 의용병으로 모여 군대를 형성해서 농성하며 주인인 비코네 백작과 디아를 유폐했다. 그러면서 비코네 백작가는 내란을 일으킨 것이 되었어. 이미 군대가 파견되어 전쟁이 시작됐다."

비코네 백작과 디아는 어지간히 인망이 두터운 모양이다.

원래 영민은 자신들을 통치하는 귀족이 누구든 신경 쓰지 않는다. 지배자가 누구든 자신들의 삶과는 관계없다고 생각한다.

실제로 내가 암살한 귀족들의 영지에는 죽인 귀족 대신 왕족의 꼭두각시가 될 귀족이 파견되었는데, 지배자가 바뀌었어도 영민들에게는 아무런 혼란도 일어나지 않았다.

그런데 비코네의 영민들은 자진하여 들고일어났다. 디아를 지키기 위해.

"그래서 그 내란을 조기 진압하기 위해 디아와 그 부친의 목을 내걸어 비코네 영민들의 전의를 없애라는 겁니까? 대체 누구의 의뢰죠? 우리 투아하데가 받아야 할 의뢰라고는 도저히 생각할 수 없습니다."

"의뢰인은 비코네 백작이다. 그의 충신이 목숨 걸고 그 뜻을 전했다."

"왜?"

"끝까지 얘기를 들어라. 의뢰 내용은 암살을 위장하여 디아를 납치하는 것. 가령 싸움에 이기더라도 증원이 올 뿐이야. 눈앞에 보이는 싸움에 이겨 봤자 의미가 없다. 디아를 구하려면 이 방법밖에 없어. 그리고 그게 가능한 건 투아하데뿐이다."

마침내 납득이 갔다. 이미 반란을 일으킨 자들의 죽음은 면할 수 없고, 아무리 발버둥 쳐도 비코네 백작과 디아는 살아날 수 없다.

그렇다면 죽었다고 위장하여 다른 곳으로 빼돌릴 수밖에 없는 것이다.

"사정은 알겠습니다. 다만 이해할 수 없는 것이 어째서 아버지가 의뢰를 받았는가 하는 점입니다. 아버지가 투아하데의 신념을 굽히실 리 없는데요."

"그건 과대평가야. 나는 한 번 신념을 굽힌 적이 있다. ……어렴풋이 알아차리고 있겠지만, 에스리는 비코네의 영애다. 그리고 디아는 네 사촌이지. 나는 비코네 백작에게 빚을 갚아야 해. 그가 디아만이라도 구해 달라고 한다면 그러고 싶다. 그럴 만한 빚이 있어."

"만약 내가 거절하면."

"어쩔 방도도 없다. 내가 가겠지만 내 속도로는 제때 도착하지 못하겠지. 도착하기 전에 전부 끝날 거다. 네가 아니면 안 돼. 이건 투아하데의 신념에서 벗어난 사사로운 감정이고, 내가 너에게 하는 부탁에 불과하다."

이야기를 전하러 온 가신이 중상을 입었다는 것은 이미 싸움이 시작됐다는 뜻이다.

이웃 나라이기는 하지만 비코네령까지는 약 320km의 거리가 있는 데다가 커다란 산을 두 개나 넘어야 한다.

신체 능력 강화에는 한계가 있고, 평범한 마력으로는 도착하기 전에 마력이 다 떨어진다.

아버지라면 아마 휴식하면서 이틀.

그러나 나라면 몇 시간 만에 갈 수 있다. 비코네의 가신이 이곳에 도착하기까지 사흘은 걸렸을 테지만 몇 시간 만에 간다면 아직 늦지 않았다.

……이 의뢰를 받아서는 안 될 것이다.

대의명분은 없고, 알반 왕국의 국익을 해칠 위험성을 짊어진다.

나는 웃었다. 결심하지 않았던가. 첫 번째 실패를 되풀이하지 않겠다고.

단순한 도구가 아니라 한 명의 인간으로서 스스로 선택하겠다고.

그럼 내 마음에 물어보면 된다.

"아버지…… 이 암살, 맡겠습니다."

"이유를 듣지."

"세 가지 이유가 있습니다. 첫째, 디아에게는 마법을 배운 은혜가 있습니다. 둘째, 디아에게 반했습니다. 셋째, 디아가 구해 주길 바랄 때 달려가겠다고 그녀와 약속했습니다. 분명 디아는 날 부르고 있어요."

디아가 투아하데를 떠날 때 건네준 팔석 목걸이를 움켜쥐었다.

이걸 받았을 때, 디아는 말했다.

『그리고 그때 뭐든 들어주겠다고 한 약속, 지금 부탁할게. 내가 루그를 꼭 만나고 싶다고 생각했을 때, 반드시 달려와 줘!』

분명 디아는 나를 부르고 있다. 지금이 바로 약속을 이행할 때다.

나는 나를 위해 내 마음을 따라 사지로 향하겠다.

"그런가. ……나는 살면서 딱 한 번. 알반 왕국을 위해서만 투아하데의 칼을 휘두르겠다는 신념을 굽힌 적이 있다. 왜 그랬는지 아느냐?"

"아뇨. 아버지가 그런 짓을 하시다니 상상도 안 갑니다."

"에스리를 위해서였다. 설마 아들도 똑같은 선택을 할 줄이야. 나와 안 닮게 컸다고 생각했는데 이상한 부분만 닮아 버린 모양이야. ……힘내라."

고개를 끄덕였다. 그리고 가슴이 뜨거워졌다. 그런가. 아버지도 어머니를 위해 신념을 굽혔나. 우리는 정말로 닮았다. 그 사실에서 가족의 유대가 느껴졌다.

방을 나온 나는 옆방에서 치료를 받고 있는 남자에게 이야기를 듣고 출발했다.

디아를 살리기 위한 암살. 반드시 완수한다.

Episode21

# 제21화 암살자는 늦지 않는다

The world's best assassin, to reincarnate in a different world aristocrat

저택을 나서니 암살 시 차림을 한 타르트가 있었다.

"루그 님의 장비를 가져왔습니다. 저도 준비는 다 됐어요."

장비를 받아 몸에 걸쳤다. 타르트는 아버지와 내가 하는 이야기를 엿들었다. 그 사실을 나도 알고 아버지도 알고 있었지만 그냥 두었다. 타르트라면 지금처럼 출발 준비를 갖춰 주리라고 믿고.

"목적지는 300km 이상 너머에 있어. 나는 전속력으로 갈 거야. 타르트의 속도로는 쫓아올 수 없어."

타르트가 있어 주면 일하기는 편하다.

하지만 이번에는 의지할 수 없었다. 여기서부터 전력 질주를 이어가지 않으면 늦고 만다.

"함께 갈 수는 없어요. 하지만 한계까지 이끌어 드릴 수는 있어요. 【초회복】이 있는 루그 님도 전력으로 달리면 마력과 체력 회복이 쫓아오지 못할 테죠. 갑니다!"

내 대답도 듣지 않고 타르트는 내가 가르친

오리지널 바람 마법을 썼다.

유선형 바람 결계로 카울을 만들어 공기를 갈라서 공기 저항을 경감해 속도를 버는 마법이었다.

타르트는 전력으로 질주했다. 나는 그 뒤에 바싹 붙어 달렸다.

바람의 저항은 크다. 시속 40km를 넘어섰을 즈음부터 운동 에너지의 절반은 공기 저항을 지우기 위해 소비되고, 속도를 높이면 높일수록 지수 함수적으로 공기 저항은 늘어난다.

전력으로 달리면 【초회복】이 쫓아오지 못하는 양의 마력과 체력을 소모한다.

하지만 타르트가 마법으로 바람을 가르며 전진해 준다면 바람의 저항을 받지 않고 【초회복】이 따라잡는 체력 소비와 마력 소비로 전력 질주에 가까운 페이스를 유지하며 나아갈 수 있다.

타르트는 필사적이었다. 바람 카울을 만들어 내며 전력으로 질주하면 정신도 체력도 소모된다.

숨이 흐트러지고 땀을 뚝뚝 흘리고 있음을 뒤에서도 알 수 있었다.

그래도 결코 페이스를 떨어뜨리지 않았다.

한 시간을 그렇게 달렸을까?

타르트의 발이 멈췄다. 다리가 후들후들 떨리고 있었다.

한계였다. 아니, 한계는 진즉에 넘어섰다. 의지의 힘으로 한계를 초월했지만 그것도 더는 감당할 수 없게 되었다.

"죄송해요. 제가 할 수 있는 건 여기까지예요."

숨을 헐떡이며 타르트가 말을 쥐어짰다.

나는 그녀의 뒤에서 옆으로 이동해 어깨에 손을 얹었다.

"고마워. 타르트 덕분에 힘을 온존할 수 있었어."

덕분에 여기서부터는 전력을 낼 수 있다.

"……루그 님은 디아 님을 좋아하시죠?"

"그래."

"힘내세요. 두 분이 함께 돌아오셔야 해요. 저는 루그 님이 돌아오시길 쭉 기다릴 테니까요."

미소 지은 타르트는 내 등을 툭 밀고 그 자리에 주저앉았다.

웃고 있는데도 울 것 같은 얼굴이었다.

"반드시 돌아올게."

그런 타르트를 두고 달리기 시작했다.

여기서 발을 멈추면 타르트의 노력이 헛수고가 되니까.

◇

계속 달렸다.

달리며, 타르트가 준 배낭에서 염료를 꺼내 머리를 염색하고 얼굴 인상을 바꾸는 변장을 한 다음 아예 스카프로 얼굴을 가렸다.

만에 하나라도 투아하데가 관여했다고 여겨지면 안 되기 때문이다.

비코네령까지 가는 길은 평탄한 직선이 아니었다. 덤불길도 있고 산길도 있었다.

난관인 커다란 두 산 중에서 첫 번째 산이 눈에 들어왔다.

두 산을 일일이 답파하고 있다가는 몇 시간 만에 비코네령에 갈 수 없다.

첫 번째 산의 정상까지 올라가 도움닫기를 하고 영창하며 절벽에서 뛰었다.

"【강철 날개】."

【총격】 등과 마찬가지로 【식을 짜는 자】로 만들어 낸 오리지널 마법.

경량 금속 알루미늄으로 만든 행글라이더를 만들어 냈다.

첫 번째 산의 정상에서 날아 두 번째 산을 넘어가는 것으로 길을 단축할 수 있다.

행글라이더의 날개가 바람을 받아 하늘을 날았다.

바람이 뺨을 어루만졌다. 행글라이더에는 동력이 없다. 활공하고 있을 뿐이다.

상승 기류가 불지 않는 한, 고도가 천천히 떨어진다.

고도가 부족해 산을 넘을 수 없게 되었다. 바람은 불지 않았다.

……그렇다면 바람을 불게 하면 된다.

"【바람 부르기】."

직접 만든 상승 기류를 타 단숨에 고도를 높였다.

그리고 두 번째 산을 넘었다. 자, 조금만 더 가면 된다.

◇

착지 후, 국경을 빠져나가 질주했다.

도중에 보존식을 먹고 마법으로 물을 만들어 목을 축였다.

320km를 답파하는 데 걸린 시간은 약 다섯 시간.

이 정도 속도로, 심지어 다른 사람의 눈을 피해 이동할 수 있었던 것에는 이유가 있다.

디아를 만나기 위해 몇 번이나 온 적이 있었기 때문이다.

그렇지 않았다면 이 세계의 엉성한 지도를 보고 이토록 빨리 올 수 없었으리라. 처음 디아를 만나러 갔을 때는 헤맸었다.

한 달에 한 번 밀회한 것이 이런 순간에 도움이 될 줄은 몰랐다.

마침내 목적지에 도착했다.

비코네령, 그중에서도 비코네 저택이 있는 도시가 전쟁터가 되어 있었다.

나는 전장에서 300m쯤 떨어진 숲속에 모습을 숨겼다.

비코네는 백작인 만큼 저택은 성이라고 표현해야 할 정도였다.

싸움을 전제로 만든 성벽까지 도시 외곽에 있었다.

비코네 백작의 가신들은 그 벽을 살려서 어떻게든 버티고 있었다.

하지만 내가 생각했던 것보다 적의 수가 많아 형세는 상당히 불리했다.

성벽이라는 이점은 있어도, 약 1500에 이르는 귀족파에 비해 가신의 수는 200도 채 되지 않았다. 인수보다 마력 보유자가 몇 명 있는지가 중요하다고는 하지만 이렇게까지 차이가 나면 싸움이 되지 않는다.

간신히 성내로 침입하는 것을 막고 있으나 당장에라도 함락될 듯했다.

잠깐, 이상한데. 어떻게 막고 있는 거지?

내 눈에 보이는 바로는 마력 보유자의 수도 귀족파가 압도하고 있었다. 마력 보유자라면 성벽을 뛰어넘는 것쯤 어렵지 않을 텐데.

의문점은 더 있었다. 귀족파 무리는 유난히 성의 창문을 신경 쓰고 있었다.

"그렇게 된 건가."

……디아가 있었기에 이 성은 아직 함락되지 않았다.

나무 그늘에 숨어 기척을 지웠다.

저택에 숨어들기 전에, 귀족파의 기세를 꺾기 위해 여기서 소동을 일으키자.

당장에라도 성이 함락될 듯한 상황은 위험하다.

"각오를 다지자……. 디아를 구하려면 디아를 뺏으려 하는 자를 죽일 수밖에 없어."

가능한 한 사람을 죽이고 싶지는 않았다. 하지만 이 상황에서 아무도 죽이지 않고 디아를 구하는 것은 불가능했다. 최우선 사항을 달성하기 위해 자신의 손을 더럽히기로 했다.

오리지널 마법으로 총을 만들어 냈다.

소음기는 쓰지 않는다. 임전 태세로 마력을 휘감고 있는 상대를 죽일 만큼 화력을 높이면 폭발음을 숨길 수 없기 때문이다.

투아하데의 눈동자에 마력을 담았다.

전장에서 마력 보유자와 그렇지 않은 자의 역량 차이는 커서, 마력 보유자 한 명에게 대항하려면 비마력 보유자가 백 명 필요하다고 한다.

반대로 말하자면 마력 보유자를 한 명 죽이면 백 명을 죽인 것과 같다.

투아하데의 눈동자는 마력이 보인다. 본래 아주 가까이 가야만 상대의 마력을 느낄 수 있어서 마력 보유자를 특정하기는 어렵다.

그러나 이 눈이 있으면 누가 마력 보유자인지 알 수 있다.

깊이 숨을 들이쉰 후, 내뱉음과 동시에 불 마법을 행사해 철통 안에서 폭발시켰다.

텅스텐 탄환이 발사되어 전선에서 싸우고 있던 마력 보유자의 가슴에 큰 구멍을 뚫었다.

우선 한 명.

곧장 탄환을 넣어 또 한 명.

담담히 죽여 나갔다.

쓸데없는 행동이나 망설임이라고는 없는 효율을 추구한 움직임.

그렇게 네 명을 죽였을 때 변화가 나타났다.

평범한 병사를 방패로 삼는 위치로 마력 보유자가 이동했고, 게다가 동료가 죽었을 때의 상황과 소리로 사수가 있는 방향을 특정했다. 이쪽으로 병사를 파견하고 궁수 부대가 화살 비를 퍼부었다.

나는 그 자리를 뒤로하고 크게 우회하며 반대쪽으로 이동을 개시했다.

"역시 총을 알고 있나."

대응이 너무나도 빠르고 적확했다.

이유는 간단했다.

이미 디아가 총격을 보였기 때문이다.

그것이 바로 3일 이상 버틸 수 있었던 이유이리라.

디아의 사격 정밀도는 300m쯤. 성의 창문에서 마력 보유자조차 죽일 수 있는 위력의 사격으로 성문을 넘으려 하는 무리를 견제했다.

적의 수를 줄일 뿐만 아니라, 스나이퍼가 노리고 있다는 사실이 적을 위축시켰다.

마력 보유자는 대부분 귀족이거나 그 분가다.

신분이 있는 데다가, 마력 보유자라는 강력한 패를 한 번 쓰고 버릴 수는 없다.

잡졸이라면 동시에 돌격하여 누군가 죽더라도 몇 명이 성벽을 넘는 전법을 쓸 수 있겠지만 마력 보유자는 그런 방식으로 쓸 수 없었다.

마력 보유자가 앞으로 나가지 않으면 비코네의 마력 보유자가 성벽을 이용해 귀족파의 일반병을 압도할 수 있다.

바람 마법으로 소리를 주워들었다.

병사들은 비코네 백작 영애 말고도 쇠공 마법을 쓸 수 있는 자가 있다고 외치고 있었다.

적의 진격이 눈에 보이게 느려졌다.

병사 1500명 중 네 명이 죽은 것은 별반 문제가 아니겠지만, 마력 보유자만이 핀포인트로 죽으면서 크게 동요한 모습이었다.

추격타를 날릴 거면 지금이다.

우회가 끝나 반대편 숲에 숨어서 금속제 활과 화살을 마법으로 만들어 냈다.

특수한 화살로 부속 장치가 달려 있었다.

그 부속 장치에 빨간빛을 담은 보석을 달았다.

"이 카드는 쓰고 싶지 않았지만…… 그런 소리를 하고 있을 때가 아니지."

보석의 정체는 팔석이었다. 그것도 임계점 직전의 마력을 담은.

팔석은 마력을 저장하는 성질을 가진 돌로, 본래는 마력량을 측정하는 데 쓰인다.

하지만 한계를 넘는 마력을 주입하면 깨져서 저장된 마력이 폭발한다.

예전에 나는 이 돌로 투아하데 저택을 날릴 뻔했다.

몇 번의 실험을 거쳐, 불 속성으로 변환한 마력 70%, 바람 속성 마력 20%, 땅 속성 마력 10%를 담는 것이 가장 살상력이 높음을 알았다.

이미 임계점 직전인 팔석에 더욱 마력을 담았다.

쩌적, 임계점을 넘으며 팔석에 금이 갔다.

활시위를 당기고 쐈다.

붉은빛 궤적을 남기며 나무들 사이를 빠져나간 화살은 귀족파 병사들의 중심에 착탄했다.

그리고 7초 후

빛이 범람하면서 대폭발이 일어났다.

불 속성으로 생겨난 불길이 바람 속성으로 일어난 바람을 받아 폭발, 땅 속성 마력은 무수한 쇳조각으로 변환되어 총탄처럼 사방으로 튀었다.

폭풍의 효과 범위는 약 200m. 폭풍을 타고 날아간 쇳조각에 의한 2차 피해는 거기서 수백 미터까지 더 미친다.

수십 명의 인간이 날아가고, 불타고, 쇳조각에 관통되었다.

팔석에는 일반적인 마법사 300명분의 마력이 있어서 폭발하면 이렇게 된다.

나는 마력량이야 일반인의 천 배를 넘지만 한 번에 방출할 수 있는 양은 좀처럼 오르지 않아 기껏해야 남들의 일고여덟 배였다.

하지만 이 팔석이 있으면 이 정도 일도 가능했다.

적이 밀집된 곳에 팔석을 세 개 더 날리고 겸사겸사 【총격】으로 마력 보유자를 한 명 더 쏜 다음 그 자리를 뒤로했다. 이 이상 여기에 머무르는 것은 위험했다.

방금 그것도 일종의 암살이라고 할 수 있을 것이다.

암살이란, 정체를 보이지 않고 대상이 의식하지 못하게 살상하는 것이다. 지금 내 【총격】으로 죽은 마력 보유자도, 팔석의 폭발로 날아간 녀석들도 누가 자신을 죽였는지조차 모른 채 운명했다.

철저히 암살로 밀어붙이는 것은 암살자의 자존심 때문이 아니었다. 그 외의 방법을 쓸 수 없기 때문이었다.

정면으로 돌격하면 수적 차이에 밀려 죽는다. 그 사실은 총과 팔석이 있어도 변하지 않는다.

하지만 암살이라면 모습조차 보이지 않고 일방적으로 적을 혼란에 빠뜨려 전력을 감소시킬 수 있다.

네 번의 팔석 폭발로 귀족파 병사들은 완전히 갈팡질팡하고 있었다.

믿음직해야 할 마력 보유자들도 자신이 무엇과 싸우고 있는지조차 몰라 겁먹기 시작했고, 마력 보유자가 우선적으로 노려진다는 깨달음이 두려움에 박차를 가하고 있었다.

"비코네 병사들은 잘 단련되어 있네. 호기임을 아는 모양이야."

방어 일변도였던 비코네 백작의 병사들이 성문을 열고 돌격했다.

상당한 수를 솎아 냈지만 아직 수적 차이는 있는 상황이었다.

그러나 수는 더 많아도 적은 극도의 패닉 상태. 이런 상태라면 공격에 나설 수 있다.

실제로 비코네 백작의 병사들은 마력 보유자가 중심이 되어 적을 무찌르기 시작했다.

전장은 대혼란에 빠져서 성이 당장 함락될 것을 걱정할 필요는 없어졌다.

애초에 나는 혼자서 이 싸움의 결과를 뒤집을 생각이 없었다.

방금 벌인 일련의 공격은 양동 작전이었다.

나와 디아의 움직임에 주의를 기울이지 않게 하려면 일방적인 싸움이 아니라 눈 돌릴 새도 없는 혼전인 편이 좋았다.

그리고 팔석을 쓴 것은 또 다른 의미가 두 개 더 있었다.

디아를 구하기 위한 포석이었다.

자, 지금이라면 저택에 숨어드는 것도 어렵지 않다. 가자. 디아를 암살하러(구하러).

Episode22

# 제22화 암살자는 공주 곁으로

The world's best assassin, to reincarnate in a different world aristocrat

많은 병사를 죽였다.

내가 죽인 사람이 전부 악인인 것은 아니었다. 그저 명령받아 어쩔 수 없이 전장에 온 자도 있었다.

……그 사실에 가슴이 아팠다. 전생에는 없었던 감정이다.

양동을 시작하기 전에 결심했었다.

디아를 구하기 위해서라면 내게서 디아를 뺏으려 하는 무리를 죽이겠다고.

수단을 고르다 보면 디아를 구할 수 없다.

그래서 후회는 없었다. 참회는 디아를 구한 뒤에 해도 된다.

"최악의 예상이 빗나가서 다행이야."

이렇게 많은 병력이 쳐들어온 것은 나쁜 쪽으로 예상이 빗나간 결과지만, 더 최악의 상황도 상정했었다.

나는 발로르 상회의 정보망으로 용사와 신기에 관해 정보를 모으고 있었다.

그러면서 용사일 가능성이 큰 남자와 그 남자가 가진 신기의 정보를 얻었다.

쿨란의 사냥개와 마찬가지로 말이다.

그 남자는 이 나라에 있다.

나는 「그가 귀족파에 붙어서 귀족파의 반란이 성공한 것 아닐까?」 하는 가설을 세우고 있었고, 그를 뒷받침하는 증거도 적게나마 존재했다.

만약 그 가설이 옳다면 신기를 장비한 용사 같은 힘을 가진 적이 비코네령에 있을 가능성조차 있었다.

하지만 그런 최악의 예상은 빗나갔다. 만약 이곳에 있다면 반드시 나타났을 터다.

"여기서부터도 힘들지."

전장이 대혼란에 빠져 저택에 침입하기는 상당히 편해졌지만 디아 곁으로 가는 것은 여전히 어려웠다.

디아 암살은 절대 공공연하게 실행할 수 없다. 죽었다고 위장하여 디아를 데리고 나간다는 것은 가신조차 일부를 제외하면 몰라야 한다.

비코네의 패배는 피할 수 없고, 가신들 대부분은 포로가 되어 심문이나 고문을 받는다. 그때 비밀이 들통나지 않기 위해서도 필요한 조치이다.

그래서 사흘 이상 귀족파 군대가 공격하고 있는데도 누구 한 명 침입하지 못했던 성에 단독으로 숨어들어야 했다.

일반인에게는 불가능하겠지만 암살자인 나라면 가능했다.

기척을 지운다는 말이 있다.

실제로 기척을 지우는 것은 아니었다. 소리를 내지 않고 눈에 띄지 않게 행동할 수는 있어도 몸은 그곳에 존재하여 호흡하고 냄새가 있고 체온을 방출한다.

사람은 살아 있는 한, 존재의 흔적을 계속 뿜어낸다.

기척을 지우는 것은 흔적을 최대한 덮고 타인의 지각 범위 밖에 자신을 두는 기술이다.

그러려면 누구보다 넓은 시야와 지각 범위를 가져야 했다.

그걸 위한 오리지널 마법을 썼다.

바람이 주위에 가득 찼다.

바람에 실려 온 정보의 홍수가 뇌에서 휘몰아쳤다. 일반인이라면 뇌가 타 버렸을 것이다. ……하지만 나는 일반인이라면 뇌가 망가질 정보를 일상적으로 다루며 【초회복】과 【성장 한계 돌파】로 뇌의 성능을 상승시킨 상태였다. 그렇기에 이 정보량을 버틸 수 있었다.

이 마법은 바람을 보내 바람의 흐름 변화를 입체적인 시각으로 변환하여 안 보이는 장소를 볼 수 있었다.

마법으로 먼저 파악한 후, 소리를 주워들어 상황을 확인하고 호흡과 심장 소리, 열량을 느낌으로써 범위 내에 있는 모든 인간의 동작을 읽어 나갔다. 이건 전생 전에 마법 없이도 쓸 수 있었던 기술이다.

여기까지 보이면 미래 예측 같은 일조차 가능했다.

모든 인간의 의식을 벗어난 침입 경로를 도출했다. 자, 가 볼까.

◇

사람들의 의식 사이를 누벼 저택에 숨어들었다.

그대로 디아 곁으로 향했다.

디아가 어디 있는지는 알고 있었다.

나는 오직 전황을 바꾸기 위해 팔석을 폭발시킨 것이 아니었다.

팔석 폭발은 디아에게 보내는 메시지였다.

팔석을 쓰면 내가 왔음을 깨닫고 반드시 창문으로 얼굴을 내밀 테니까.

예상대로 네 번째 폭격과 동시에 디아가 창문으로 상체를 내밀었다. 그 모습을 봤기에 방의 위치를 알 수 있었다.

누구에게도 들키지 않고 디아가 있는 방에 도착하여 문손잡이를 잡았다.

잠겨 있었다. 금속 조작 마법을 써서 강제로 열었다.

방 안에는 디아와 장년 남성이 있었다.

"루그! 정말로 와 줬구나!"

디아가 예쁜 은색 머리카락을 나부끼며 내 품에 뛰어들었다.

새삼 디아의 키를 넘어섰음을 깨닫고 조금 기뻐졌다.

디아를 꽉 끌어안아 그 온기를 확인했다.

내가 정말 좋아하는 디아의 냄새와 부드러움.

무사해서 다행이야.

다만 낯빛이 창백했다. 투아하데의 눈은 그 이유를 간파했다.

그녀는 마력을 거의 다 써서 마력 결핍증이 오기 직전이었다.
조금이라도 가신들을 지키려고 필사적으로 노력했을 것이다.
"디아가 바랄 때 반드시 달려오겠다고 약속했잖아."
"……옛날에 한 약속, 기억하고 있었구나."
고개를 끄덕였다. 디아와 한 약속을 잊을 리가 없다.
그렇게 부둥켜안은 우리를 장년 남자가 복잡한 얼굴로 보고 있었다.
옷차림은 화려하지 않았다. 하지만 진짜 귀족 특유의 풍격과 세련된 아름다움이 있었다.
"연애에는 통 관심이 없는 줄 알았더니 설마 네게 마음을 뺏겼을 줄이야. 직접 만나는 건 처음이로군. 나는 디무르 비코네. 그 아이의 아빠다."
"저는 루그 투아하데. 당신의 의뢰에 부응하기 위해 이곳에 왔습니다."
"딸을 데려가 달라고 의뢰했지만 다른 의미에서 데려가 버릴 것 같군. ……가신들에게는 비코네를 버리고 도망가라 했거늘. 디아와 나를 두고서는 갈 수 없다고 하고, 끝내는 우리가 귀족파에 투항하려는 것을 알아채고 이렇게 가둬 버렸어."
자랑스러운 듯, 슬픈 듯, 다양한 감정을 담아 비코네 백작은 중얼거렸다.
그가 디아를 데려가 달라고 한 것은 가신이 도망칠 길을 만들기 위함이기도 하리라.

디아가 죽으면 그들이 이 땅에 머물 필요는 없다.

패배가 정해진 싸움을 포기하고 뿔뿔이 도망칠 수 있다.

"비코네 백작님은 어쩌실 겁니까?"

"나 혼자라면 어떻게든 돼. ……조금 싸우고 싶어졌어. 그러니 실컷 날뛰어 적을 유인해서 다른 자들이 도망치기 쉽게 만든 후에 모습을 감춰야지. 한동안 몸을 숨기고 역적들을 박멸할 준비를 할 생각이다. 진정한 소유주에게 이 나라를 되돌리기 위해."

백작쯤 되면 강력한 마력 보유자로 어릴 때부터 단련받고, 아버지가 벗이라고 부르는 남자였다.

자기 혼자 살아남는 것만 생각한다면 어떻게든 될 것이다.

"알겠습니다. 비코네 백작님, 이 방에 불을 붙일 겁니다. 각본은 디아의 자살. 마침 몸집이 작아서 디아로 보이기도 하는 시체가 있습니다."

"웬 커다란 자루를 지고 있나 했더니. 안에 든 건 시체인가."

팔석을 사용한 세 번째 의미는 불탄 시체를 조달하기 위해. 폭풍에 날아간 시체를 하나 회수했다. 디아로 보이도록 조금 가공해 뒀다.

"예. 이 시체에 디아가 착용하고 있는 반지를 끼워서 적당히 태우면 훌륭한 디아의 시체가 완성됩니다."

만약 전생에 이런 짓을 했다면 치아 형태 등으로 들켰겠지만 이곳에서는 그럴 걱정이 없었다.

"훌륭한 후계자를 둔 키안이 부럽군."

나는 배낭에서 기름을 꺼냈다.

침대를 중심으로 기름을 듬뿍 뿌렸다.

"마지막으로 연출입니다. 디아, 창문으로 얼굴을 내밀고 소리쳐. 이런 내용으로. 『나 때문에 누군가가 이 이상 다치는 건 괴롭다. 나는 누구의 것도 되지 않는다』. 대사가 끝나면 창문을 닫아. 그러고 나서 불을 붙일 거야."

"음, 좋은 연출이군. 전선에서 지휘 중인 자는 디아의 죽음을 위장한다는 것을 알고 있어. ……혼란을 틈타 가신들이 도망치도록 해 주겠지. 디아도 그걸로 괜찮지?"

"네, 아버지."

가신 전원이 살 수는 없다.

싸움을 중단하고서 도망쳐도 몇 명은 반드시 붙잡힐 것이다. 도망치는 데 성공하더라도 그 후의 인생이 순조로울지는 알 수 없다.

하지만 그래도 여기서 가망 없는 싸움을 계속하는 것보다는 희망이 있었다.

그것을 알기에 디아는 거스르지 않았다. 그녀는 각오를 다졌다.

사실은 이 싸움에서 이기게 해 주길 원할 것이다.

내가 전력을 다하면 이 싸움에서 이길 수 있음을 디아는 알고 있다.

디아와 공동 개발한 용사 암살용 마법이라면 적군을 전멸시킬 수 있으니까.

디아는 귀족파를 근절시켜 달라고 내게 굉장히 부탁하고 싶을 터다.

하지만 그러지 않았다. 디아는 이 싸움에서 이기는 데 의미가 없음을 알고 있었다.

더 많은 사람이 살려면 내가 제시한 계획이 최선임을 이해하고 있었다.

“루그, 언제든 준비됐어.”

강한 의지를 담아 디아가 등을 돌리고 창문을 잡았다.

창을 열고 결의와 함께 입을 뗐다.

이로써 내가 할 일은 거의 끝났다.

이제 디아와 둘이서 투아하데로 돌아가기만 하면 된다.

이대로 아무 일도 없으면 좋겠다. ……그렇게 생각한 순간, 강렬한 오한이 느껴졌다.

전력으로 마력을 높이고 디아의 어깨를 당겨 내 뒤로 보냈다.

이건 위험하다.

디아가 창을 열고 입을 떼려던 순간, 오한이 일었다.

논리가 아닌 제육감.

암살자이기에 가지고 있는 위기 감지 능력이 경종을 울렸다.

거의 무의식적으로 디아의 어깨를 당겨 내 뒤로 보내고, 팔석에 마력을 담아 임계 상태로 만든 후 창문으로 상체를 내밀었다.

성벽의 아득한 후방에서 어떤 거한이 디아를 향해 창을 던졌다.

남자는 거꾸로 세운 빨간 머리에 근육질이었고 사나운 웃음이 꺼림칙할 만큼 잘 어울렸다.

그 남자의 주위는 이 세상 것이 아닌 듯한 불길한 마력이 가득했다.

저건 정말로 인간인가?!

마력이 보이는 눈이기에 알 수 있었다.

나의 순간 마력 방출량과는 비교도 되지 않는 거대한 마력이 창에 담겨 있음을.

임계 상태의 팔석을 마력으로 튕겨 사출했다.

거한이 던진 창은 변형되어 끝이 갈라지고 벌어지며 가속했다.

그 속도는【총격】으로 쏘는 텅스텐마저 능가했다. 이 눈이 아니었다면 포착할 수 없었을 것이다.

창이 지나가자 대지가 파였고 귀족파 병사도 비코네령의 병사도 순식간에 다진 고기가 되었다. 창끝만이 아니라 주위에도 보이지 않는 칼날이 만들어져 있었다.

저것은 창이면서 대량 살육 병기였다.

남자가 투척한 창과 손가락으로 튕긴 팔석이 부딪쳤다.

이 팔석은 특별히 제작한 팔석이었다. 지향성을 가지게 해서 폭발이 전방에 집중된다.

초음속의 창과 300명분의 초마력에 의한 쇳조각 폭발이 충돌했다.

창이 폭발을 뚫고 성벽을 가루로 만든 후, 저택의 벽에 꽂히며 멈췄다.

만약 팔석 폭발로 위력을 감퇴시키지 않았다면 보이지 않는 칼날이 주위를 난도질하여 이 저택도 우리도 무사하지는 못했으리라.

벽에 꽂힌 창이 덜걱덜걱 움직이더니 소유주 곁으로 향했다.

……이게 신기인가.

정보는 모으고 있었고 마침내 하나 구입할 준비도 갖춰지고 있지만 실물은 처음 봤다.

남자와 눈이 마주쳤다. 그 남자와의 거리는 약 650m. 내【총격】으로도 도달은 하겠지만 정밀 사격은 불가능한 거리였다.

이 거리에서 녀석은 창을 던져 정확하게 이쪽을 노렸다.

신기의 성능인가? 그것도 있겠지만 그게 전부는 아니다. 저 남자의 기량과 말도 안 되는 순간 마력 방출량이 이런 일을 가능케 했다.

방출량만 비정상적이고 마력 총량은 평범하다고 생각하고 싶지만, 그건 너무 희망적인 관측이다.

아무튼 지금 해야 할 것은 답례다.

마법을 영창하여 포를 불러냈다. 괴물을 상대하는 데 총으로는 부족했다.

라이플링이 있는 120mm포.

포신도 두껍고, 탄환도 비례하여 커져서 거의 우유병만 해 이질적이었다.

그리고 포신이 두껍다는 것은 더 강한 폭발을 견딜 수 있다는 뜻이었다.

전력을 담은 폭발도 견딘다.

"둘 다 귀를 막고 입을 반쯤 벌려!【포격】."

가진 카드 중에서 네 번째로 위력이 높은 필살 마법이 발동되었다.

초중량, 초경도의 탄환이 라이플링에 의해 초고속 회전하며 남자를 향해 날아갔다.

【총격】과는 비교가 되지 않았다.【총격】이 소총이라면 이쪽은 전

차포.

텅스텐을 밀어내는 화력은 진짜 전력으로 폭발시킨 마법이었다.

오해하기 쉬운데 초대형 포의 명중 정확도는 소총을 웃돈다.

속도가 빠르고 도달 시간이 짧으면 중력의 영향은 적어지고, 운동 에너지와 질량이 클수록 바람 등의 영향이 적어져서 정확도가 오른다.

【총격】으로는 400m가 한계지만 【포격】이라면 1km까지는 저격할 수 있다.

……문제는 좀 과하게 요란해서 암살에 적합하지 않다는 점 정도였다.

【포격】의 포구 초속은 1,650m/s. 마하 4.8에 달한다.

0.4초 만에 660m 너머에 착탄하여 굉음이 울려 퍼지고 흙먼지가 일었다.

방에 스파이크와 앵커를 고정하여 쏜지라 벽에 금이 가고 창문이 모조리 깨져 버렸다.

디아와 비코네 백작은 입을 쩍 벌리고 있었다.

"우와, 루그의 【포격】 오랜만에 봤어. 이거, 그 사람 흔적도 없이 사라지지 않았을까?"

"방금 그건 뭐지?"

"제 암살술 중 하나입니다. 멀리 있는 목표를 죽이기 위해 쓰죠."

"암살이란 대체 무엇인지 모르겠군."

이 정도로 죽어 준다면 좋겠는데.

답은 바로 나왔다.

흙먼지가 걷혔고 남자는 건재했다.

이마에서 피를 흘리며 변함없이 사납게 웃고 있었다.

나도 웃어 버리고 싶어졌다.

차라리 빗나갔다면 희망을 가질 수 있었다.

전차포에 필적하는 【포격】을 정통으로 맞았으면서 고작 저 정도 피해라니.

"아파아아아아아아아아아아아아아아, 이게 아픔인가! 처음이야. 나쁘지 않은데!!"

여기까지 남자의 외침이 들렸다. 그 위협적인 외침에는 희열이 담겨 있었다.

디아가 와들와들 떨었다.

남자의 근육이 한층 더 팽창하며 옷이 터졌고, 심지어 오니[#1] 같은 뿔까지 생겼다.

……짚이는 바가 있었다. S랭크 스킬 【베르세르크】.

분노를 트리거로 신체 능력과 마력을 상승시키고, 분노 오라에 의해 공격과 방어에 상승 보정을 받는다.

조건부로만 강화할 수 있는 만큼 다른 S랭크 스킬을 능가하는 상승 폭을 보이는 스킬이었다.

다시 【포격】을 맞더라도 전혀 아프지도 가렵지도 않을 것이다.

"루그, 디아를 데리고 어서 도망쳐라. 저 남자가 나온 이상, 죽음

---

#1 오니(鬼) 일본의 요괴. 일반적으로 머리에 뿔이 달렸고 쇠몽둥이를 든 무서운 이미지로 그려진다.

을 위장할 여유조차 없어. 앞선 내전은 저 남자가 끝냈다. 왕족도 저 남자는 누구도 막을 수 없다며 항복했어. 저것은 혼자서 전쟁을 끝낼 수 있는 남자다. 설마 이렇게 빨리 와 버릴 줄이야.”

비코네 백작이 친절하게 설명해 주었다.

전쟁을 혼자서 끝낼 수 있나……. 그거라면 투아하데가 더 뛰어나다. 이쪽은 전쟁이 일어나기 전에 끝내고 있으니까.

남자는 희색만면하여 이쪽을 보며 계속 외쳤다.

“성가신 마법을 쓰는 여자가 있다고 해서 와 봤더니 엄청난 걸 찾았어. 거기 너, 선택해라! 한 명도 남김없이 모조리 죽을 건지, 기사답게 나와 결투할 건지! 네놈이 이기면 전군을 물리고 다시는 비코네령을 건드리지 못하게 하겠다! 절대 도망치지 않는 게 좋을 거야. 그런 짓을 하면 날 억제할 자신이 없거든! 처음으로 제대로 싸울 수 있을 듯한 상대를 찾았으니 말이지!”

그가 어떤 인물인지 알겠다. 3일 이상 버티고 있는 비코네령을 탐탁지 않게 여긴 귀족파가 그를 파견했다. 그리고 그는 너무 강한 탓에 지루했고, 처음으로 자신을 상처 입히는 데 성공한 나를 보고 기뻐하고 있었다.

투쟁심으로 똘똘 뭉친 남자이기에 제대로 된 결투를 동경했고, 난생처음 결투할 수 있는 상대를 발견해 신난 것이다.

……그것은 방심이고, 교만이고, 파고들 틈이다.

무적인 줄 알았던 남자에게서 치명적인 약점을 발견했다.

“비코네 백작님, 디아, 완전히 찍혔어. 기초 스펙이 너무 달라서 도망칠 수 없어. 결투를 받아들이겠다고 대답할 수밖에 없어."

"그럴 수가. 하지만 루그라면 저 사람을 이길 수 있지?"

디아가 불안한 얼굴로 물었다.

나는 천천히 고개를 저었다.

"결투라면 100% 지겠지. 【포격】으로 죽지 않는 이상, 결투 중에 저 녀석을 죽일 수단은 하나도 없어. 버텨 봤자 10초야."

텅스텐 양손창을 만들어 냈다. 초중량 금속이라 양손창의 중량은 100kg을 넘었다. 그리고 두 가지 마법을 창에 걸었다.

"그럼 왜 그렇게 냉정한 거야?! 지면 죽는다고! 무모해. 나도 같이 싸울게."

"결투로는 이길 수 없다고 했을 뿐이야. ……결투를 받아들이겠다고 선언할 거지만 결투 따위 할 생각은 없어. 그러니까 이 창은 이렇게 할 거야."

창밖으로 창을 던졌다.

디아가 불안해하며 눈물을 글썽거리고 있었다.

창을 만들자마자 버리다니 미쳤다고 생각하고 있을 것이다.

하지만 이것에는 큰 의미가 있었다.

"디아, 나는 병사도, 기사도, 하물며 용사도 아니야. 암살자야. 결투 따위 안 해. ……내가 할 수 있는 건 암살뿐이야. 이번에도 그럴 거야."

아무런 문제도 없다며 미소 지었다.

암살은 의외로 베리에이션이 풍부하다.

이 상황에서도 가능한 암살이 있었다.

그리고 이미 암살을 위해 필요한 공정은 거의 끝냈다.

"비코네 백작님, 따라와 주세요. 저쪽이 이 전쟁을 기사 간의 결투로 결판내겠다고 한다면 백작님이 입회할 필요가 있어요."

실제로 전쟁의 승패를 기사 한 명에게 맡기는 것은 이 세계에서 드문 일이 아니다.

전력이 비등비등하면 전쟁이 길어져서 서로 피폐해진다. 그리되지 않도록 가장 실력 있는 기사를 골라 결투를 시켜서 승패를 정하는 것이다.

이렇게 될 줄은 몰랐다. 내가 기사 흉내라니…… 계획대로 되는 일이 없었다. 하지만 예상하지 못한 일이 일어나는 것은 당연했다. 임기응변으로 대응하는 것이야말로 암살자에게 필요한 자질이다.

디아를 구한다. 그 목표를 달성할 수 있다면 과정은 어찌 되든 좋다.

"알겠다. 가지. 끌어들여서 미안하다. ……남은 모든 전력으로 저 남자를 막고 그사이에 너와 디아가 도망치는 방법도 있지만……."

"안 그러는 게 좋아요. 저 남자가 상대라면 그런 짓을 해 봤자 1분도 버티지 못해요. 그리고 그럴 필요는 없어요. 아까부터 말씀드리고 있잖아요. 저는 저 남자를 암살할 겁니다."

저 남자가 파격적으로 강한 이유는 무엇일까.

만약 저것이 정말로 용사라면 죽여 버리는 것은 문제일지도 모른다.

그러나 여기서 저것을 암살하지 못하면 어차피 끝장이다. 뒷일을 생각할 만큼 여유롭지 않은 상황이었다.

일단은 죽인다. 그러고 나서 생각하겠다.

암살자(내가)가 할 수 있는 일은 그것뿐이다.

Episode23

# 제23화

## 암살자는 신창을 날린다

The world's best assassin, to reincarnate in a different world aristocrat

나를 걱정스럽게 바라보는 디아의 시선을 뿌리치고 비코네 백작과 함께 안뜰로 나갔다.

"알겠어. 결투를 받아들이겠어."

빨간 머리 거한에게 결투를 받아들이겠다고 전하자 녀석은 진심으로 기뻐하며 웃었다.

녀석 곁으로 향하며 카운트했다.

앞으로 443초.

언제 격전을 벌였냐는 듯 이미 양 진영은 싸움을 멈춘 상태였다.

저 남자가 그저 일갈했을 뿐인데. ……괴물 같은 놈.

성에서 수백 미터를 걸어가 전망 좋은 평지에서 녀석과 마주했다.

빨간 머리를 거꾸로 세운 녀석은 자기 키보다 큰 양손창을 들고서 나를 기다리고 있었다.

가뜩이나 근육질인 몸이 S랭크 스킬 【베르세르크】로 괴이하리만큼 팽창했고 눈은 희미하게 빛났으며 뿔이 자라서 흡사 오니였다.

몸에 휘감은 투기는 구현화되어 불길을 휘감고 있는 것 같았다.

……이상하네. 【베르세르크】 발동 시에는 압도적인 힘을 손에 넣는 대신 부작용으로 이성을 잃을 텐데, 호전적이기는 하지만 이성은 남아 있었다.

【베르세르크】의 단점을 지우는 스킬로 짚이는 것은 있지만…… 딱 알맞게 【베르세르크】와 동시에 뽑을 수 있나? 여신이 선택하게 해 줬다면 이해가 가지만.

앞으로 221초.

"너, 이름은?"

"페리 마르코니. 비코네와는 먼 친척이야."

본명을 밝힐 수는 없기에 가명을 말했다.

"페리, 기억했다. 네 덕분에 처음으로 내 피가 무슨 맛인지 알았어."

남자는 그렇게 말하며 이마에서 흐른 피를 닦고 핥았다.

이미 상처는 아물어 있었다. 마력 보유자라고는 하지만 몇 분 만에 나을 만한 상처는 아니었을 터.

단단한 몸을 【베르세르크】로 강화한 절대 방어. 어떤 스킬로 【베르세르크】의 결점을 지워서 전사의 기술을 잃지 않았기에 직격을 가하기는 어렵다. 게다가 어지간한 대미지라면 즉시 재생되기까지 한다.

치트도 작작 쓰라고 무심코 말하고 싶어졌다.

"그것참 잘됐네. 나만 이름을 밝히는 건 불공평하지 않아? 그쪽 이름도 가르쳐 줘. 지금부터 결투할 거잖아. 통성명이 없으면 멋이 안 나. 기사의 예의지."

어찌 되든 좋다고 생각하지만 어쨌든 이 남자는 기사 놀이를 소망하고 있었다.

거기에 어울려 주겠다. 기사 놀이에 빠져들어 줄수록 행동을 조종하기 쉽다.

“이거 미안하군. 세탄타 맥네스다. 좋은데, 전장에서만 볼 수 있는 멋이 있어.”

맥네스는 이쪽 왕족과 관련된 일족이었다. 왜 그런 그가 귀족파에 붙었을까.

……그리고 그는【쿨란의 사냥개】다.

용사일 가능성이 가장 큰 남자라고 확정했다.

아니, 그건 창을 썼을 때부터 알고 있던 사실인가.

“세탄타. 확인하고 싶은 게 있어. 이 결투에서 내가 이기면 병사를 물려 주는 거겠지?”

“그렇게 말했잖아. 병사를 물릴 거고 다시는 건드리지 못하게 하겠어. 건드리는 녀석은 내가 죽이겠다고 맹세하지. 뭣하면 서약(겟슈)이라도 할까?”

어이없어하며 세탄타는 어깨를 으쓱였다.

서약(겟슈)은 신에게 바치는 맹세였다.

“믿을게. 다만 나는 결투에서 이기고 널 죽일 거야. 약속이 지켜질지 불안해.”

좀 더 불을 붙이기 위해 일부러 도발적인 말을 꺼냈다.

“자신만만한데? ……나한테 이런 식으로 말하는 녀석은 처음이야. 어이! 딜무라! 만약 내가 죽으면 나 대신 맹세를 지켜라! 이제 만족했나?"

"고마워. 그리고 마지막 질문이야. 내가 지면 어떻게 되지?"

"그야 디아 영애 빼고 전부 죽는 거지. 내키진 않지만 그러기로 돼 있어. 그쪽이 너도 불타오르지?"

"그래, 불타오르네. 질 수 없게 됐어."

"그럼 냉큼 시작하자고. 배고파서 죽을 것 같아. 강자에 굶주려 있거든."

솔직히 이런 대화는 불편했다. 성격에 안 맞았다.

"그 전에 주변 병사들을 서로 물리지 않을래? 너와 싸우면서 주변을 휘말리게 하지 않을 자신이 없어. 널 이기기만 하면 전쟁은 끝나. 그럼 괜히 죽일 필요도 없잖아?"

"상냥하시군. 잘 교육받고 자랐나 봐?"

"그래. 엄격하게 교육받았어."

우리의 말을 듣고 양 진영의 병사들이 물러났다.

디아를 구하기 위해 필요한 살인을 하겠다고 결심했지만 괜히 죽이고 싶지는 않았다.

……그리고 시간 벌기와 위치 잡기에 이 구실은 딱 좋았다.

조금씩 저택에서 멀어졌다. 싸우기 편한 장소가 좋지 않겠냐고 그에게 물어보며.

그렇게 그를 목적지까지 유도하여 세세히 조정했다.

마법으로 티탄 합금 단검을 네 개 만들어서 두 개는 허리에 차고 두 개는 양손에 들었다.

앞으로 44초.

"준비를 기다리게 해서 미안."

"괜찮아. 만전 상태로 싸워야 재미있지. 너 이도류인가. 하! 쪼끄만 단검이군. 그런 앙증맞은 단검으로 내 창을 막을 순 없을 것 같은데."

"싸워 보면 알 거야. 아니, 모를지도."

이도류는 그저 이쪽으로 주의를 끌어서 진짜 공격을 의식하지 못하게 하는 눈속임이다.

"무슨 뜻이지?"

"이 결투는 창을 막을 필요도 없이 끝난다는 뜻이야."

앞으로 19초.

"진짜 자신만만하네. 너무 재미있어서 슬슬 죽이고 싶어졌어. 신호는 어떻게 할 거지?"

"이 동전이 떨어지면 시작하는 게 어때?"

"좋아."

손으로 동전을 튕기자 동전이 허공에서 빙글빙글 돌았다.

세탄타의 의식이 거기에 집중되었다. 결투에서 무엇보다 중요한 것은 초동. 그렇기에 그는 동전이 떨어지는 순간을 놓치지 않으려고 온 신경을 집중시켰다.

……다른 것이 눈에 보이지 않을 만큼.

앞으로 8초.

그는 눈치채지 못했다. 자신이 암살당하려 한다는 것을.

암살은 따지자면 의식하지 못하게 살해하는 것이다.

이렇게 눈앞에 있으며 대화하면서도 의식하지 못하게 죽일 수는 있다.

그래, 지금처럼.

"나는 전사가 아니야. 그래서 화려함도 멋도 줄 수 없어. 그저…… 죽어라."

카운트 제로.

동전이 떨어진 순간. 녀석의 투기와 마력이 폭발했고 눈앞에 있던 세탄타가 사라졌다.

그가 초속으로 이동한 것은 아니었다. 그러려고 했지만 그러기 직전에 내가 암살했다. 투아하데의 눈으로도 좇지 못할 일격으로.

이어서 세탄타가 있던 대지가 수 킬로미터 깊이까지 파이며 땅이 흔들리고 갈라졌다.

모든 마력을 두 다리로 보내 뒤로 뛰었다. 뛴 직후에 모든 마력을 방어로 돌렸다.

여파만으로 죽을 수도 있는 마법을 써서 죽였다. 전력으로 몸을 지켜야 했다.

그리고 그것이 왔다.

대지가 폭발했다.

충격파와 흙먼지 해일이 세탄타가 있던 곳을 중심으로 방사상으로 퍼져 나갔다.

순식간에 삼켜졌다. 전후좌우 분간을 못 한 채 날아가 생매장되어 흙과 함께 쓸려 갔다.

바람 배리어로 산소를 확보. 죽기 살기로 마력을 방출하여 몸을 지켰다. 안 그러면 죽는다.

얼마나 패대기쳐지고 날아갔는지 모르겠다.

마침내 흔들림이 멎었다.

내 상태를 체크, 양쪽 발뼈가 부러져 있었다. 한계를 넘어선 속도로 뛰로 튄 반동이었다. 그 외에 갈비뼈에 금이 갔고 왼팔도 부러졌다. 발뼈와 갈비뼈는 마력을 보내 자기 치유력을 높이자. 깔끔하게 부러졌으니 이대로 붙어도 상관없다.

다만 왼팔은 복잡골절 상태였다. 처치하지 않고 자기 치유력을 높이면 이상하게 붙을지도 모른다. 응급 처치만 하자.

땅 마법을 사용해 흙먼지 더미에서 빠져나갔다.

기가 막혔다. 아까 그 위치에서 성벽까지 내동댕이쳐진 모양이었다.

"용사 암살용으로 개발한 술식, 【궁니르】. 세탄타, 그게 널 죽인 마법이다."

처참한 광경이 펼쳐져 있었다.

세탄타가 있던 위치를 중심으로 최소한 수 킬로미터는 대지가 송곳 모양으로 파여서 바닥이 보이지 않았다. 흙먼지가 성의 지붕에도 덮여 있었다.

여파만으로도 이 정도 파괴력이다. 직격당한 세탄타는 무사할 수 없다.

존재의 흔적조차 남아 있지 않았다.

주변에 있던 많은 병사가 생매장되어 비코네의 병사는 구조 활동을 하고 있었고, 반대로 귀족파 병사는 겁먹고 혼비백산 달아났다.

역시 맨 처음에 피난시키길 잘했다.

만약 반경 200m 이내에 있었다면 죽었을 것이다.

대(對)용사용 암살 마법, 【궁니르】.

실제로 창밖에 텅스텐 창을 던졌을 때, 이미 암살은 80% 끝난 것이었다.

땅 마법 중에 접촉한 대상의 중력을 두 배로 만드는 마법이 있다.

그것을 조사해 보니 중력의 강도를 지정한 배수만큼 늘리는 술식이어서 커스텀하여 마이너스로 만들 수도 있었다.

그리고 나는 텅스텐에 작용하는 중력을 마이너스 두 배로 했다.

즉, 약 $19.8m/s^2$씩 가속하여 하늘로 올라간다.

내 마력으로 유지할 수 있는 한계는 약 3분. 그 시간 동안 가속하며 상승하고, 중력 역전이 사라져도 운동 에너지가 소실될 때까지 계속 올라가 고도 1023.5km에서 정지한다.

당연히 정지한 다음에는 떨어질 뿐이다.

고도 1023.5km에서 자유 낙하하면 시속 4480m/s까지 가속한다.

100kg의 물질이 마하 14로 떨어지는 것이다. 그 위력은 대략 $3.6\times10^9$줄.

전차포의 운동 에너지가 $9\times10^6$줄이니, 그걸 기준으로 삼으면 전차포 400발분의 위력이 된다. 중량을 늘리면 늘릴수록 위력을 더욱 향상시킬 수 있지만, 질량을 늘리면 그만큼 중력 반전 술식의 소비 마력도 늘어나 유지 시간이 짧아진다.

현재로서는 이 위력이 한계였다.

……이 【궁니르】의 원형은 미국이 개발하던 무기, 신의 지팡이다.

궤도 위성에서 금속을 투하함으로써 실현되는, 핵에 필적하는 위력의 질량 무기.

다만 위성까지 그만한 질량을 운반하려면 막대한 비용이 들고, 가령 운반해서 투하하더라도 지표에 닿기 전에 마찰로 전부 타 버리는 등의 문제가 있었다.

그러나 이 세계의 마법이라면 쉽게 허들을 넘을 수 있다.

고도 1000km까지 운반하는 것은 중력을 반전시키면 되고, 마찰도 【바람막이】라고 해서 바람이 물체를 피하는 편리한 마법이 있었다.

이 【궁니르】는 현재 최대 화력이자 비장의 패였다.

"알고 있었지만 위력은 차치하고 결점이 많네."

일단 무엇보다도 도착하기까지 걸리는 시간이 문제였다.

초고도상까지 상승하여 낙하한다는 성질상, 착탄까지 10분쯤 걸리고 만다.

다음으로 창에 의한 핀포인트 공격이라는 점.

평범한 마력 보유자 정도는 여파로 죽일 수 있기에 반경 100m 이내는 킬링 존이지만, 용사급을 상정하면 창 본체를 때려 박을 필요가 있었다.

마법 덕분에 공기 저항은 무시할 수 있어도 자전을 포함해 다양한 계산이 필요했다.

다 계산했더라도, 창을 하늘로 보내면서 조금만 각도가 틀어져도 치명적으로 빗나간다.

무인도에서 몇 번이나 연습하길 잘했다.

안 그랬으면 빗맞혔을 것이다. 그 섬을 찾아 준 마하에게 고마울 따름이다.

이번에는 계산대로 떨어뜨렸지만 아직 개선이 필요한 술식이라고 할 수 있었다.

"아무튼 시체를 확인해야지."

바람 마법을 써서 색적했다. 끝장냈다고는 생각하지만 확실하다고는 할 수 없었다. 마하 14의 속도로 떨어진【궁니르】는 투아하데의 눈으로도 포착하지 못했다.

구석구석 바람을 보내 봐도 남자의 모습은 보이지 않았다. 땅 마법으로 땅속을 살펴봐도 반응은 없었다.

또 하나 신경 쓰이는 점이 있었다. 신기 게 볼그도 보이지 않는다는 점이었다. 신기는 불멸. 그러니 그만한 충격에도 사라질 리가 없다.

신기가 없다는 것은 설마 그 남자가 가지고 사라졌다는 뜻인가?

"그건 말도 안 돼."

창을 챙겨 도망칠 여유가 있다면 녀석은 결투를 계속하려고 했을 것이다.

이쪽으로 디아가 달려왔다.

이미 귀족파 병사들은 철수…… 아니, 도주해서 안전했다.

이런 재해를 일으켜 세탄타를 죽여 버린 괴물과는 싸우고 싶지 않을 것이다.

"루그! 무사해서 다행이야."

디아가 달려들었기에 안아서 받아 주었다.

디아는 안겨 드는 버릇이 있는 듯했다. 뺨에 키스하더니 부끄러운지 귀까지 새빨개져서 얼굴을 돌렸다.

그런 디아가 참을 수 없이 사랑스러워서 이쪽을 보게 하고 이번에는 내가 입술에 키스했다. 디아는 그것을 받아들였다. 키가 역전한 탓에 필사적으로 까치발을 들고 있는 모습이 귀여웠다.

그저 맞댈 뿐인 어린아이의 키스였다.

그런데 왜 이렇게 행복하고 가슴이 따뜻해지는 걸까.

"너무 갑작스러워서 깜짝 놀랐어. ……하지만 기뻐."

디아는 동작이 하나하나 어여뻤다.

……자, 그럼 이제부터 어떻게 할까. 귀족파 녀석들이 남김없이 도망쳤으니 죽음을 위장할 수도 없다.

생애 첫 암살 실패였다.

하지만 나쁘지 않았다. 암살률 100%인 것은 자랑거리였지만, 그런 것보다도 디아가 살아났다는 사실이 훨씬 기뻤다.

그렇게 생각하는 것도 이전의 나였다면 있을 수 없는 일이었다.

Epilogue

# 에필로그 — 암살자 루그 투아하데가 사는 법

The world's best assassin, to reincarnate in a different world aristocrat

결투가 끝난 후, 이런저런 일이 있었다.

더 시간을 들여 조사했지만 세탄타도, 신기게 볼그도 찾지 못했다.

그리고 귀족파가 철수했고 세탄타와 한 약속이 있긴 했지만 보복의 위험성이 높다고 생각한 비코네 백작은 살아남은 가신들에게 사재를 배분하고 비코네령을 떠나라고 지시했다.

비코네 백작은 연줄을 의지해 몸을 숨기고 힘을 길러 언젠가 역적을 치겠다고 했다.

그리고 디아는 이름을 버리고 투아하데에서 다른 사람으로 살게 되었다.

아버지라면 호적 등은 실수 없이 준비할 테고, 비코네 백작은 디아가 스오이겔에 있는 것처럼 위장 공작을 하겠다고 했다.

좀 몰지각한 소리지만 디아와 함께 보내는 나날은 매력적이고, 그녀와 함께라면 새로운 마법 연구의 능률이 오른다. 나로서는 기쁜 일이었다.

……그리고 용사를 암살하기 위한 비장의 패를 써 버렸다. 그것도 많은 사람 앞에서.

【궁니르】의 원리와 성질을 간파한 자는 없겠지만, 그래도 한 번 보인 패(카드)는 신뢰성이 떨어진다.

새로운 마법. 그것도 【궁니르】를 뛰어넘는 마법을 개발해야 하고, 그러려면 디아의 협력이 필요했다.

지금은 디아를 공주님처럼 안고서 귀가하고 있었다.

이렇게 달리는 것은 어깨에 둘러메는 것보다 지치고, 복잡골절이라 수술한 뒤 자기 치유력을 높여둔 왼팔은 아직 약간 아팠다. 하지만 이렇게 안는 것은 정신적으로 매우 좋았다. 디아의 온기와 부드러움을 즐길 수 있었다.

"디아, 이걸로 좋았던 거야?"

"……이렇게 돼 버린 건 슬퍼. 하지만 루그 덕분에 정말로 슬픈 일은 벌어지지 않았어. 고마워."

결국 비코네는 영지도 재산도 가신도 잃었다.

그래도 최악의 사태만큼은 피했다고 생각한다.

"투아하데 생활에 익숙해질 때까지는 고생하겠지만 힘내 줘."

"그건 걱정 안 해도 돼. 2주나 지낸 적이 있고, 난 투아하데령을 좋아하는걸. 그리고 루그가 있잖아."

내게 걱정 끼치지 않으려고 애써 밝은 목소리를 내고 있었다.

디아는 굳센 아이다.

이미 해는 저물어 있었다. 도망치는 우리에게는 좋은 상황이었다.

"있지, 루그. 왜 목숨 걸고 도와주러 온 거야? 투아하데에는 아무런 이익도 없지 않았어?"

"디아를 위해서야. 디아가 날 부르면 달려가겠다고 약속했고 말이지."

"……그렇구나. 루그, 고마워. 난 내 방식으로 은혜를 갚을게."

"신경 쓰지 마. 그 약속을 한 계기가 디아에게 은혜를 갚기 위해서였으니까. 보은에 보은을 받으면 영원히 보은이 반복되게 돼."

그 약속은 디아에게 무리한 부탁을 한 대신 뭐든 하겠다고 내가 말함으로써 맺게 되었다. 말하자면 보은이기도 했다.

"그러네. 하지만 평생 서로 은혜를 갚는다니, 조금 멋질지도."

"확실히 그렇긴 하네."

아직 마음에 낀 안개는 걷히지 않았다.

하지만 아주 조금 빛이 밝혀졌다. 그런 기분이 들었다.

◇

어떻게든 투아하데에 돌아왔다.

【초회복】이 있어서 정말로 다행이었다.

디아는 내 품속에서 기절하듯 잠들어 있었다. 무리해서 녹초가 되었을 것이다.

저택에 돌아가자 발소리가 들렸다.

마중 나온 타르트는 나를 보더니 눈물을 글썽거리며 가슴 앞에서 깍지를 꼈다.

"어서 오세요, 루그 님. 무사히 돌아와 주셨군요! 다행이에요. 정말로.”

“설마 안 자고 기다렸어?”

“그렇지는…… 않아요.”

거짓말이다. 눈을 보면 알 수 있었다.

내 체력을 온존시키기 위해 앞장서 이끌어 주느라 지쳤을 텐데 깨어 있다니 터무니없는 짓이다.

나와 달리 【초회복】도 없으면서.

그렇게 무리하지 말라고 화내려다가 그만뒀다.

지금 건네야 할 말은 그런 말이 아니었다.

“고마워. 타르트가 애써 줬기에 마지막까지 집중력이 지속됐어.”

……【궁니르】는 극한의 마법이다.

계산은 복잡하고 마법은 치밀하다. 창을 던질 때는 조금의 흔들림도 허락되지 않는다. 상대를 착탄 포인트로 유도하는 것은 신경을 몹시 소모한다.

조금이라도 집중력이 떨어졌다면 실패했을 것이다.

타르트 덕분에 한 시간을 편하게 갈 수 있었다. 그러면서 생긴 약간의 여유가 있었기에 성공했다고 나는 생각한다.

“네! 노력한 보람이 있었어요. ……그분이 디아 님이군요.”

타르트는 내게서 디아에 관한 이야기를 여러 번 들었지만 직접 만난 적은 없었기에 흥미롭게 쳐다보았다.

“일어나면 소개할게. 이 영지에서 살게 될 테고.”

“으으, 정말로 무척 예쁜 분이에요. 인형 같아요. 질투 나요.”

그렇게 말하는 타르트도 상당한 미소녀이니 질투하지 않아도 되는데.

쑥스러워서 입 밖에 내지는 않을 거지만.

기척을 느끼고 고개를 돌리니 아버지가 있었다.

"임무를 잘 완수했다."

"나중에 자세히 보고드리겠지만, 유감스럽게도 처음으로 암살에 실패했습니다."

암살을 위장하여 납치할 예정이었으나, 세탄타와 결투하고 승리한 탓에 적병이 도주하여 암살을 위장할 수 없게 되었다.

"디아가 그렇게 살아 있다면 그걸로 됐지. 너라면 정체를 들키거나 디아를 여기로 데려온 걸 들키는 멍청한 짓은 하지 않았을 테고."

"네, 그건 틀림없습니다."

"그럼 됐다. 푹 쉬어라. ……한심한 아비 대신 벗의 소원을 들어줘서 고맙다."

「그리고……」 하고 아버지가 말을 이었다.

"긴급한 연락을 하나 전하마. 네가 출발한 후, 알반 왕국에 용사가 탄생했다는 연락이 왔다. 용사가 나타났다는 건 앞으로 마물이 늘어나고 마족이 나타난다는 뜻이지. 너도 신경 써 둬라."

용사가 나타났다면 세탄타는 용사가 아니었던 건가?

그건 희소식이긴 하지만 동시에 불안 요소이기도 했다. 그게 용사가 아니라면 그 불합리한 강함은 뭐지?

반대로 생각하면 평범한 인간이 그렇게까지 강해지는 뭔가가 존재한다는 뜻이다. 세탄타는 철저히 조사해 보자.

"네, 조심할게요. 디아는 앞으로 어떻게 하실 건가요?"

"물론 호적은 준비해 뒀다. 투아하데에서 살게 될 거다. 디아의 은발은 매우 눈에 띄어. 이 나라에서 그 머리카락을 가진 자는 너와 에스리 정도다. 그렇다고 염색해 버리기는 너무 아깝지. ……그래서 루그의 여동생 호적을 쓸 거다. 다른 용도로 쓰기 위해서였지만 만들어 둔 것도 있어. 네 동생이라면 은발이어도 부자연스럽지 않겠지."

디아가 여동생, 왜 그렇게 되는지 모르겠다.

확실히 우리 가계라면 은발도 자연스럽긴 하다.

하지만…….

"왜 누나가 아니라 동생이죠?"

"다른 용도로 준비한 호적이 동생이기도 하고, 잊었느냐? 다음 달에는 그거야."

"아."

그런가. 잊고 있었다.

확실히 동생이어야 했다.

"디아는 키가 작고 얼굴도 동안인 데다가, 그러하니. 동생이어도 충분히 통해."

아버지가 디아의 가슴을 보고 말한 것은 내 마음속에 담아 두자.

엄마를 보건대 그런 혈통일지도 모른다.

"알겠습니다. 디아에게도 얘기해 둘게요."

연상의 동생이라는 유쾌한 상황이 됐다는 것을 알면 화내겠지만, 이야기하면 이해해 줄 터다.

"음, 그러도록 해라. ……마지막으로 용사는 너와 동갑이다. 그러면 필연적으로 곧 만나게 돼. 거기서 말이다."

심장이 뛰었다.

5년 전에 이 나라에서 정해진 규칙이 하나 있다. 그 탓에 귀족들은 열넷에 성인이 되어 바로 결혼하지 않고 열넷에 약혼, 열여섯에 결혼하는 것이 일반화되었다.

용사가 동갑이라면 규칙을 따르는 한 반드시 만날 터다.

"실례되지 않게 행동하겠습니다."

"어쩌면 용사는 거기서 동행자를 찾을지도 몰라. 우리에게는 사명이 있다. 귀찮은 일을 괜히 떠안고 싶지는 않지만…… 만약 필요하다면 그쪽을 우선해도 상관없다. 왕족도 불평하지는 않을 거다."

……마침내 죽여야 할 타깃을 볼 수 있다.

그곳에서 철저히 감시하자.

마왕을 죽일 때까지는 죽일 수 없다.

그동안 모든 능력을 알고 약점을 간파하여 벌거숭이로 만들자.

병행해서 용사를 죽이지 않고 세계를 구할 방법도 찾겠다.

첫 번째 인생 때와 달리 필요 없는 살인은 하지 않기로 다짐했다.

하지만 디아와 타르트, 마하. 소중한 가족들과 함께하는 사랑스러운 세계를 위해 용사를 죽일 수밖에 없다면…… 망설이지 않고 암살할 것이다.

그것이 바로 자신의 의지로 암살하기로 한 루그 투아하데가 사는 법이니까.

■ 작가 후기

『세계 최고의 암살자, 이세계 귀족으로 전생하다』를 읽어 주셔서 감사합니다.

원작을 쓴 『츠키요 루이』입니다.

표제대로 세계 최고의 암살자가 이세계에서 전생합니다.

그리고 그는 전생의 기술과 마법을 조합하여 최강에 이릅니다. 그의 바람은 이번에야말로 자신을 위해 살고 행복해지는 것.

첫 번째 세계에서는 도구일 뿐이었던 그가 이세계에서 평범한 행복을 발견해 나갑니다.

그런 그의 두 번째 인생을 응원해 주세요.

선전

영 에이스 UP에서 코미컬라이즈가 결정됐습니다!

스메라기 하마오 선생님께서 집필해 주시며 1월 말에 연재 개시 예정입니다. 이 책을 보실 즈음에는 이미 연재가 시작됐을 겁니다.

또한 스니커 문고에서 동시 전개 중인 「회복술사의 재시작」이라는 시리즈의 5권이 이번 달에 발매됩니다. 모든 것을 잃은 회복술사가 과거로 돌아가 빼앗긴 모든 것을 되찾습니다. 꽤 과격하고 야한 소설이지만 재미있어요. 코미컬라이즈, 드라마 CD 등으로 무르익고 있는 시리즈이니 그쪽도 꼭 한번 봐 주세요!

감사 인사

레이아 선생님, 멋진 일러스트를 그려 주셔서 감사합니다. 굉장히 힘줘서 그려 주셨다는 게 전해져서 작가로서 기쁘게 생각합니다. 레이아 선생님의 일러스트에 어울리는 재미있는 이야기를 써나가도록 유의하겠습니다.

담당 편집자 미야가와 님. 늘 빠르고 성실하게 대응해 주셔서 대단히 감사히 여기고 있습니다.

카도카와 스니커 문고 편집부와 관계자 여러분. 디자인을 담당해 주신 아츠지 타카히사 님, 여기까지 읽어 주신 독자님들께 무한한 감사를 드립니다! 고맙습니다.

세계 최고의 암살자,
이세계 귀족으로
전생하다
AI SAIKO NO
SA TSUSYA
1권 발매
축하드립니다!
Reia
루그
멋있어~
레이아

# 세계 최고의 암살자, 이세계 귀족으로 전생하다 1


1판 1쇄 발행 2020년 3월 20일
1판 2쇄 발행 2021년 10월 22일

**지은이_** Rui Tsukiyo
**일러스트_** Reia
**옮긴이_** 송재희

**발행인_** 신현호
**편집장_** 김승신
**편집진행_** 원현선 · 권세라
**편집디자인_** 양우연
**관리 · 영업_** 김민원 · 조인희

**펴낸곳_** (주)디앤씨미디어
**등록_** 2002년 4월 25일 제20-260호
**주소_** 서울시 구로구 디지털로 26길 111 JnK디지털타워 503호
**전화_** 02-333-2513(대표)
**팩시밀리_** 02-333-2514
**이메일_** lnovellove@naver.com
**L노벨 공식 카페_** http://cafe.naver.com/lnovel11





ISBN 979-11-278-5474-4 04830
ISBN 979-11-278-5473-7 (세트)

**값 9,800원**